UNGEZÄHMTE MAGIE

DIE HEXEN VON WHITE HAVEN 2

TJ GREEN

Ungezähmte Magie

Mountolive Publishing

Copyright © 2018 TJ Green

Alle Rechte vorbehalten

ISBN 978-1-991313-07-2

Paperback ISBN 978-1-991313-05-8

Hardback ISBN 978-1-991313-06-5

Cover design von Fiona Jayde Media

Editing von Missed Period Editing

www.happenstancebookshop.com

Contents

Eins	1
Zwei	10
Drei	24
Vier	37
Fünf	51
Sechs	60
Sieben	73
Acht	80
Neun	88
Zehn	96
Elf	112
Zwölf	118
Dreizehn	132
Vierzehn	140
Fünfzehn	156
Sechzehn	166
Siebzehn	182
Achtzehn	188

Neunzehn 198

Zwanzig 208

Einundzwanzig 217

Zweiundzwanzig 223

Dreiundzwanzig 237

Vierundzwanzig 245

Anmerkung der Autorin 256

Über die Autorin 258

Bücher von TJ Green 260

# Eins

A very wartete bereits ungeduldig vor dem Hexenmuseum. Es war 2:30 Uhr morgens, und in der Kleinstadt White Haven war es ruhig, abgesehen von den unheimlichen Schnauf- und Knurrgeräuschen, die aus dem Inneren des Gebäudes drangen. Die Dämonenfalle war zugeschnappt und hatte etwas gefangen, und die dadurch ausgelöste Warnung hatte sie aus einem unruhigen Schlaf gerissen. Jeden Augenblick würden die anderen Hexen eintreffen.

Es war Sonntagabend, drei Nächte nach Gils Tod, und Avery war übernächtigt und hatte Augenringe. Wenn sie ehrlich war, war sie froh, durch das Bedürfnis geweckt zu werden, etwas Nützliches tun zu können. Sein Tod hatte sie wachgehalten, während sie sich mit Was-wäre-gewesen-wenn-Gedanken herumschlug. Seitdem hatte sie die anderen nicht mehr gesehen.

Avery sah sich nervös auf dem Parkplatz um. Wenn das ein Dämon im Museum war, und es klang definitiv danach, hatte ihn jemand beschworen. Wenn es Faversham gewesen war, und sie war überzeugt, dass es so sein musste, war er dann in der Nähe oder agierte er aus der Ferne?

Als sie in Richtung Stadt blickte, sah sie Schatten über den Parkplatz huschen. Es waren die anderen Hexen, und sie seufzte erleichtert auf.

Alex kämpfte mit der Müdigkeit und fragte blinzelnd: „Wie lange schon?"

„Höchstens dreißig Minuten", entgegnete sie und rückte ihren Rucksack zurecht, in dem sich ihr Zauberbuch befand.

Briar nickte bestätigend. „Nicht zu fassen, dass die Falle tatsächlich funktioniert hat. Ich habe eine Gänsehaut." Sie sah sich um. „Ist Reuben nicht da?"

Avery schüttelte den Kopf. „Nein. Ich dachte, es wäre besser, ihn nicht zu stören. Hast du ihn gesehen, El?"

„Nein. Er will im Moment niemanden um sich haben." El versuchte, sich cool anzuhören, aber Avery bemerkte eine Anspannung in ihrer Stimme, die sie sonst nicht hatte.

„Na gut", meinte Alex und nickte. „Dann bringen wir es hinter uns. Ich habe mein neues Zauberbuch dabei – darin steht ein Zauberspruch, der meiner Meinung nach funktionieren sollte."

„Ausgezeichnet", erwiderte Avery, „denn meine Idee ist noch nicht ausgereift. Und Leute, irgendjemand muss diesen Dämon beschworen haben. Der oder diejenige könnte noch hier sein." Sie ging zur Hintertür und flüsterte einen Zauberspruch, woraufhin sich die Tür öffnete und sie ins Museum schlüpfen konnten.

Der Geruch von Blut und Moder lag schwer in der Luft, aber noch stärker war der Geruch von Schwefel. Auch der Lärm war hier drinnen lauter, und sie bekam eine Gänsehaut, als sie die wilden, unmenschlichen Geräusche hörte, die aus dem Hauptraum kamen. Ein flackerndes orangefarbenes Licht erhellte den Eingang.

„Was passiert da gerade?", flüsterte El.

„Das werden wir bald herausfinden", entgegnete Alex und ging voran.

Avery lief ein Schauer über den Rücken, als sie die dunkle, vielgliedrige, sich windende Gestalt sah, die sich gegen die Fesseln der

Dämonenfalle stemmte. Als der Dämon sie den Raum betreten sah, heulte er auf und entblößte in seinem großen Maul Reihen voller scharfer Zähne, und seine blutroten Augen fixierten sie mit durchdringendem Blick. An der Wand dahinter befand sich das magische Tor, durch das er gekommen war. Die Siegel leuchteten in Flammen und beißender Rauch strömte von ihnen aus; Avery konnte undeutliche Gestalten sehen, die in der anderen Dimension lauerten.

„Möge die Große Göttin uns beschützen", flüsterte Briar. Sie stand auf und traf ihre persönlichen Vorbereitungen, mit denen Avery langsam vertraut wurde. Sie zog ihre Schuhe aus und stellte sich barfuß auf den Boden, um sich zu erden und die Kraft der Erde zu schöpfen.

Alex holte sein Zauberbuch hervor und legte es auf einen kleinen Schaukasten. Er arbeitete schnell und sicher, während El ein Kurzschwert aus ihrem Rucksack zog und sich bereit zum Zuschlagen aufstellte.

Avery beobachtete sie interessiert. „Was soll das mit dem Schwert, El?"

„Nachdem du das Zeremonienschwert neulich Abend erfolgreich eingesetzt hast, um Luft zu kanalisieren, dachte ich, ich würde dieses hier mit Feuer binden – es ist kleiner und leichter zu tragen, und zusätzlich verfügt es noch über eine kleine Überraschung." Sie verzog das Gesicht. „Das wird lustig."

„Nun, so kann man es auch sagen."

„Alex, wenn deine Bannsprüche nicht funktionieren, was ist dann dein Notfallplan?", fragte El.

„Ein Sturm aus Elementarmagie?" Alex blickte von den Seiten auf. „Ich habe die Sache im Griff. Vertraut mir. Gebt mir nur noch einen Augenblick Zeit."

Avery holte tief und bewusst Luft und versuchte, sich zu konzentrieren. Magie funktionierte am besten mit einem klaren Kopf und einem konkreten Plan. Während sie auf Alex wartete, betrachtete Avery den Dämon. Als sie ihnen das letzte Mal begegnet waren, war es unmöglich gewesen, ihn richtig unter die Lupe zu nehmen, aber jetzt, da dieser gefangen war, konnte sie sich Zeit lassen. Wie die anderen Dämonen bestand er aus Feuer und Rauch, seine Form war bedrohlich, aber scheinbar substanzlos. Dieser hier war jedoch größer und hatte mehr Gliedmaßen. Er strahlte Kraft aus. Es wand sich so schnell, dass es schwierig war, seine Gestalt richtig zu erkennen, oder ob er überhaupt eine besaß. Es schien sich ständig zu verändern, ein Glied verwandelte sich in ein anderes, und seine Augen bewegten sich in dem, was sie für seinen Kopf hielt. Es schnappte mit seinem riesigen, klaffenden Maul und entblößte lange, scharfe Zähne, und sein frustriertes Knurren klang wie das Kratzen von Nägeln auf einer Tafel. Feuerpeitschen schlugen gegen die unsichtbaren Wände der Falle und trachteten verzweifelt danach, sie zu erreichen.

Dahinter befand sich das faszinierende magische Tor, über dessen Runen und Siegel Feuer loderte. Sie fragte sich, ob die Tatsache, dass sie diesen Dämon gefangen hatten, bedeutete, dass sich das Tor nicht schließen ließ.

Alex rief: „Ich bin bereit! Sprecht mir nach."

Sie fassten sich an den Händen und Alex begann seinen Zauberspruch. Er war in archaischem Englisch verfasst und zunächst stolperte er über die Worte, doch dann wurde er sicherer und sie wiederholten die Worte gemeinsam, wobei die Worte bei jedem Durchgang an Kraft und Entschlossenheit zunahmen.

Der Dämon wand sich noch wütender, seine Gestalt veränderte sich zu schnell, um jede Veränderung nachzuverfolgen. Avery wäre fast zurückgewichen, so Furcht einflößend war seine Wildheit, aber sie blieb standhaft und erhob ihre Stimme, wobei die verzweifelten Fluchtversuche des Dämons ihr weitere Kraft schenkten.

Dann, mit einem gewaltigen Krachen, zerbrachen die unsichtbaren Wände der Dämonenfalle und ein Flammenmeer schoss durch den Raum, umschlang Briars Knöchel und zog sie zur Türöffnung. Es schien, als hätte die Falle noch etwas Kraft, da der Dämon in ihrem Kreis gefangen blieb, aber immer mehr Flammenstränge schossen auf sie zu.

Briar glitt schreiend über den Boden und versuchte, sich zu befreien, indem sie Energiestöße auf den Dämon schleuderte, aber er war zu stark.

El ließ Averys Hand los und rannte mit ihrem Schwert, das nun von einer weißen Flamme umhüllt war, durch den Raum.

Avery schwankte für einen Moment, aber Alex verstärkte seinen Griff um ihre Hand, wiederholte den Zauberspruch und sie schöpfte erneut aus ihrer Zauberkraft, indem sie ihre Stärke mit seiner verband, während sie die Worte immer schneller wiederholten.

El schnitt und hackte mit Wut auf die Flammenseile ein. Die Seile schrumpften, als sie sie durchtrennte, aber sie konnte Briar immer noch nicht erreichen, die immer näher an den Dämon herangezogen wurde. Sie wiederholte ihren Angriff und Avery versuchte, die Konzentration nicht zu verlieren. Schließlich durchschnitt El das Flammenseil, das Briar festhielt, gerade als sie den Rand der Falle erreicht hatte.

Mit einem heimtückischen Flüstern veränderte sich das Tor und sie alle gerieten fast ins Wanken. Avery hatte gedacht, es sei schon vorher offen gewesen, aber als ihr Zauber zu wirken begann, verschwanden die Runen und enthüllten die Dimension in all ihrem Schrecken. Es war, als würde man in einen gigantischen Feuerstrudel blicken, der sich über Äonen erstreckte – Avery spürte die Zeit, nicht den Raum, und es war furchterregend.

El packte Briar und zerrte sie durch den Raum, wobei beide in ihrer Eile stolperten.

Aber das Tor war nur für wenige Sekunden offen. Es zog den Dämon zurück in seine Gefilde und schloss sich mit einem lauten Knall und tauchte sie in Dunkelheit.

Einen Moment lang bewegte sich niemand, dann zauberte Avery einen Ball aus magischem Licht in ihre Hände und warf ihn an die Decke, wo er schwebte und den Raum darunter erhellte.

„Geht es allen gut?", fragte Avery. Ihr Herz pochte in ihrer Brust und ihr war ein wenig schwindelig.

Alex stand unbeweglich da und grinste dann. „Na klar! Ich habe gerade einen Dämon verbannt und eine Dimension geschlossen – bedankt euch nicht alle auf einmal bei mir!"

„Ich meinte El und Briar", entgegnete sie mit hochgezogener Augenbraue. „Aber gut gemacht. Das war sehr beeindruckend."

„Beeindruckend? Das war mehr als nur beeindruckend, das war fantastisch!"

Avery zwinkerte ihm zu. „Nur ein Scherz. Es ist interessant, dass dein Zauberbuch solche Zaubersprüche enthält."

Briar unterbrach sie. „Mach dir keine Sorgen um uns – ich bin nur fast in eine Höllendimension gesaugt worden. El, danke. Du warst brillant." Briar sah blass aus, hielt sich für ein paar Augenblicke die Hände auf Knöchel und Wade und murmelte einen Zauberspruch. „Das tut wirklich weh. Ohne meine Jeans wäre es noch viel schlimmer gewesen."

El lächelte und blickte auf ihr Schwert. „Das hat besser funktioniert, als ich gedacht hätte."

„Was war denn das Besondere an deinem Schwert?", wollte Avery wissen.

„Eisfieber."

„Gibt es das überhaupt?"

„Jetzt schon. Dämonen mögen es nicht."

„Wow. Dieser Abend ist wirklich merkwürdig."

Alex trat näher an das nun verschlossene magische Tor und zog eine große Flasche mit einem Trank aus seiner Tasche. „Eine letzte Sache noch." Er öffnete die Flasche und schüttete den Inhalt mit einer abschließenden Beschwörungsformel über das Tor, woraufhin die Runen und Zeichen zu verblassen begannen, bis sie vollständig verschwunden waren. „Erledigt. Da kommt nichts mehr raus."

El sah verwirrt aus. „Aber wer hat den Dämon beschworen? Wo steckt derjenige?"

Alex zuckte mit den Schultern. „Vielleicht hat es jemand aus der Ferne getan. Wo auch immer er ist, er wollte White Haven in Angst und Schrecken versetzen."

„Vielleicht ist es ein Ablenkungsmanöver", gab Avery zu bedenken.

„Von was?", fragte El. „Wir haben alles mit Schutzzaubern versehen und getan, was in unserer Macht stand."

Briar stand auf und gesellte sich zu ihnen. „Vielleicht dachte derjenige, der das getan hat, dass der Dämon einen von uns töten würde. Wir sind zu gut. Ich habe endlich das Gefühl, dass wir einen Sieg errungen haben."

„Kommt schon", forderte Alex sie auf. „Lasst uns hier aufräumen und dann verschwinden."

„Wartet mal kurz", bat Avery und ging auf die zerbrochene Vitrine neben der Tür zu. Sie war seit dem letzten Besuch unverändert. Unter dem zerbrochenen Glas befand sich eine einfache Tuschezeichnung, die Helena darstellte, wie sie an einen Pfahl gefesselt war. Sie war in einen Umhang gehüllt und ihr dunkles Haar wehte ihr ins Gesicht, als würde ein starker Wind wehen. Ein Mann beugte sich mit einem brennenden Ast über den Scheiterhaufen, um ihn anzuzünden. Um den Scheiterhaufen herum stand eine Gruppe von Menschen und schaute zu. Avery schauderte. *Die arme Helena.* Sie dachte an ihr Gespräch mit Samuel Kingston zurück. *Was, wenn sie verraten worden war?* Avery musste es herausfinden.

Neben dem Bild waren Gegenstände ausgestellt, die auf einem Altar verwendet wurden. Da war ein Athame, alt und abgenutzt, die Klinge stumpf, der Griff mit einem alten keltischen Muster verziert. Daneben befanden sich ein graviertes Kelchglas, eine Ritualschale aus Silber und zwei Stumpenkerzen, die einmal angezündet worden waren. Es gab zwei Schalen aus geschnitztem Holz, in einer die Spuren von etwas, von dem Avery annahm, dass es Salz war, die andere wurde traditionell für Wasser verwendet. Die Gegenstände waren symmetrisch auf einem weißen Baumwolltuch ausgelegt und in einer Vitrine mit Glasrahmen versiegelt. Auf der Rückseite des Altars waren Pflanzenbündel aufgereiht, und Avery erkannte Lorbeerblätter, Vogelbeeren, Eicheln, Eichenblätter und eine Spirale aus Haselzweigen. Sie lächelte, als ihr klar wurde, dass es sich tatsächlich um einen Altar handelte, der vor vielen Jahren hier aufgestellt worden war und über den Helena wachte.

Ein altes ledernes Buch lag daneben, das mit beschriebenen Seiten gefüllt war. Es sah aus wie ein Hauptbuch, und darunter befand sich ein Schild mit der Aufschrift: *„Die letzten Verkaufsunterlagen aus Helena Marchmonts Laden."* Avery blätterte mit eifriger Neugier durch die Seiten. *Hatte Helena das selbst geschrieben?* Während das Hexenlicht von oben leuchtete, begann eine silberne Form auf den offenen Seiten in der Mitte des Buches zu erscheinen. Avery schnappte nach Luft. Es war eine Botschaft.

Nein, es war eine Karte.

Sie beugte sich vor, wischte Glassplitter beiseite und griff nach dem Buch.

„Was ist los, Avery?", fragte Alex und stellte sich neben sie.

„Schau!" Sie hob das Buch und drehte es im Licht. „Es ist eine Karte."

Er beugte sich näher heran. „Eine Karte! Von was?"

Sie schüttelte den Kopf. „Ich weiß es nicht."

El und Briar gesellten sich zu ihnen, Briar lächelte. „Das lag all die Jahre hier und hat darauf gewartet, dass du es findest."

„Könnte es uns zeigen, wo ihr Zauberbuch ist?", fragte Alex.

„Worum sollte es sonst gehen?"

Zum ersten Mal seit Tagen spürte Avery einen Funken Aufregung in sich aufsteigen. Nach Gils Tod schien ihr nichts mehr wichtig gewesen zu sein. Selbst die Verbannung des Dämons und das Schließen des Tores zur Dämonenwelt, obwohl es wichtig gewesen war, hatten sie belastet. Sie hatte sich gefragt, was sie da taten, und ob es das Risiko wert war. Aber es musste sein. Der Weg zu ihrem Zauberbuch befand sich direkt vor ihr.

# Zwei

Am Tag von Gils Beerdigung war es bewölkt und böig, zieimlich passen, dachte Avery.

Es war Donnerstag, eine ganze Woche nach Gils Tod, und die Tage dazwischen waren lang und unglaublich traurig gewesen. Außer der Notwendigkeit, einen Dämon zu vertreiben, war nichts Außergewöhnliches passiert. Avery war dankbar für die Atempause, aber es war nervenaufreibend. Sie war angespannt und wartete darauf, dass etwas passierte, während sie versuchte, ganz normal mit ihrem Leben weiterzumachen. Sie nahm an, dass Faversham den Dämon beschworen hatte, aber wenn dem so war, hatte er nicht gewartet, um sie anzugreifen, und ihre Häuser standen noch, als sie zurückkehrten. Vielleicht hatte El recht und sie hatten ihn bei ihrem Kampf in den Schmuggler-Tunneln verletzt. Nun, die Ruhe würde nicht lange anhalten. Er würde schnell heilen und ihre kurze Atempause würde viel zu schnell vorbei sein.

Der Schock über Gils Tod hatte sich in der ganzen Stadt verbreitet und es schien, als würde ganz White Haven an der Beerdigung teilnehmen, die in der *Old Haven Church* stattfand, die auf einer Klippe mit Blick auf das Meer thronte. Sie hatte dort seit dem 12. Jahrhundert Wind, Regen und Sonne getrotzt und der Friedhof war um sie herum angelegt, unter knorrigen Bäumen, die vom Wind verformt worden waren. Die Kirche war aus riesigen Steinblöcken gebaut und hatte einen massiven viereckigen Turm. Sie war eine von mehreren Kirchen in White Haven, und niemand wurde mehr dort begraben – die Grabstätten waren voll. Nur Gils Familienstand und die Tatsache, dass sie ein Mausoleum dort hatten, hatten seine Beerdigung dort ermöglicht.

Als Avery nach dem kurzen Gottesdienst, in dem Gils Tugenden gepriesen wurden, ohne dass seine heidnischen Überzeugungen erwähnt wurden, die Kirche verließ, schaute sie sich auf dem Gelände um und fragte sich, ob einige ihrer Familienmitglieder hier begraben sein könnten. Sie mochten Hexen sein, aber sie landeten trotzdem auf einem Friedhof wie alle anderen auch.

Briar schniefte in ein Taschentuch neben ihr, und Avery legte einen Arm um ihre Schulter. „Alles in Ordnung, Briar?"

„Nicht wirklich. Ich glaube, ich breche gleich in lautes Weinen aus, und das wäre mir dann wirklich peinlich."

„Mir auch", entgegnete Avery, während sie an den Wegrand trat und Briar mit sich zog.

Alex und Reuben waren zwei der Sargträger, ebenso wie drei von Gils engen Geschäftsfreunden und ein entfernter Cousin. Sie verließen die Kirche und gingen den Weg zum Mausoleum hinunter, das sich ein Stück weiter unter einem breiten, schattigen Baum befand. Sie sahen alle schick aus in dunklen, einreihigen Anzügen, und Avery musste lächeln. Sie hätte nie gedacht, dass sie Alex oder Reuben je in einem Anzug sehen würde. Reuben sah aus, als wäre er eine Million Meilen weit weg, sein Gesichtsausdruck war grimmig, und er starrte in die Ferne, als würde er kaum jemanden wahrnehmen.

Die meisten Bewohner der Stadt verließen nach dem Gottesdienst die Kirche und gingen wahrscheinlich in die Kneipe, in der die Totenwache abgehalten wurde, aber El gesellte sich mit geröteten und geschwollenen Augen zu Avery und Briar. Sie hatte vorn bei Reuben gesessen, und Avery lächelte ihr matt zu, als sie Alicia, Gils Witwe, folgten, die mit ihren Eltern und einigen engen Freunden ging.

Alicia war eine zierliche Blondine mit stechend blauen Augen und sie trug einen schicken schwarzen Anzug. Avery hatte sie ein paar Mal getroffen, kannte sie aber nicht wirklich gut, und sie hatte den ganzen Tag über nur eine Sache zu ihr gesagt: „Es tut mir so leid, Alicia. Wenn du etwas brauchst ...“

Alicia hatte nur genickt, ihre Augen waren gerötet, und Avery konnte nicht herausfinden, ob sie wütend auf sie war, weil sie an den Ereignissen beteiligt gewesen war, die zu Gils Tod geführt hatten, oder ob sie einfach nur trauerte. Oder ob sie nur so tat. Sie verdächtigte sie immer noch, eine Spionin für Faversham zu sein.

Avery nickte zur Begrüßung einigen der Trauernden zu, die sich ihnen am Mausoleum anschlossen, und ging dann langsamer, sodass sie weit genug zurückblieben, um nicht belauscht werden zu können. Sie fragte El leise: „Wie geht es Alicia?“

El zuckte mit den Schultern. „Ich weiß es ehrlich gesagt nicht. Sie ist höflich, aber das ist auch schon alles. Sie hat kaum mit mir gesprochen, aber ich sehe sie nicht oft, also warum sollte sie besonders freundlich zu mir sein?“

Avery nickte und behielt ihre Gedanken für sich. Außer Alex hatte sie niemandem von ihren Ängsten erzählt, und sie hatten sich in der letzten Woche kaum gesehen, abgesehen von dem Abend im Hexenmuseum.

„Und was ist mit Reuben? Wie geht es ihm?“

El ließ den Kopf sinken, schwieg einen Moment, bevor sie Avery und Briar ansah. „Er kann mich kaum ansehen, geschweige denn mit mir sprechen. Ich glaube, er gibt mir die Schuld.“

„Das weißt du nicht", entgegnete Avery und versuchte, sie zu trösten. „Er trauert und ist wütend. Er wird sich schon wieder einkriegen."

„So habe ich ihn noch nie erlebt. Was auch immer zwischen uns war, es ist vorbei."

Briar umarmte sie. „Es wird schon wieder. Es braucht nur Zeit."

Das Mausoleum kam in Sicht. Es war ein verziertes Steingebäude mit einem schrägen Dach, einer Doppeltür aus dicken Holzbrettern und einem riesigen Schlüsselloch. Avery schauderte. Es war kein Ort, an dem sie gerne die Ewigkeit verbringen würde. Sie würde lieber unter einem Baum begraben oder eingeäschert und zwischen ihren Pflanzen verstreut werden.

Am Eingang sprach der Pfarrer ein paar Worte, von denen die meisten im Wind verhallten, und die Sargträger trugen den Sarg hinein.

Der Wind schien an dieser Stelle zu heulen und die Blätter über ihnen raschelten heftig, einige von ihnen flogen weg und wirbelten um sie herum. Avery sah sich vorsichtig um. Sie würde es Faversham zutrauen, irgendwo am Rand zu stehen und sich zu freuen, aber die einzige Person, die jetzt in Sichtweite war, war DI Newton, der zwischen den Bäumen und Grabsteinen hindurchging, um zu ihnen zu gelangen.

Avery stupste El und Briar an. „Schaut mal, wer da kommt."

Newton nickte ihnen zu, als er bei ihnen ankam, und beobachtete dann einen Moment lang den Pfarrer, der mit Alicia und ihrer Familie sprach. Avery hatte seit dem Schließen des Tores zu der anderen Dimension nur einmal mit ihm gesprochen, und das war kurz am Telefon, um ihm mitzuteilen, dass sie das Museum wieder öffnen konnten. Sein dunkles Haar war nach hinten gekämmt und leicht zerzaust im Wind, und er hatte dunkle Ringe unter den Augen. Er wandte sich Avery zu. „Danke, dass ihr das Tor geschlossen habt. Ihr hättet mich anrufen sollen."

„Wir hatten keine Ahnung, ob wir es schaffen würden, und es wäre zu gefährlich für Sie gewesen, dort zu sein. Außerdem hätten Sie nicht helfen können."

„Trotzdem wäre es mir lieber, ich wüsste vorher bescheid – falls so etwas noch einmal passieren sollte."

El sprang ein: „Hoffen wir, dass es nicht so weit kommt. Ich möchte mich eine Weile nicht mehr mit Dämonen herumschlagen müssen."

„Ich auch nicht", pflichtete Briar ihr bei. „Es hat die ganze Woche gedauert, bis mein Bein verheilt war."

Newton sah besorgt aus. „Warum? Was ist passiert?"

„Dämonen haben ein besonders bösartiges Feuer in sich." Briar zog ihren langen schwarzen Rock hoch und enthüllte eine dunkelrote Narbe, die sich um ihren Knöchel und ihre Wade wand.

Sein Gesicht wurde für einen Moment weicher, dann sah er aufgebracht aus. „Ihr hättet alle getötet werden können."

„Sie auch. Und Sie haben keine Magie, die Sie beschützt", gab Avery zu bedenken. „Und Sie haben ziemlich deutlich gemacht, dass Sie Magie und das, was wir tun, hassen. Es ist wahrscheinlich am besten, Sie da rauszuhalten."

Sie fand Newton so verwirrend. Er sah besorgt aus, aber auch missbilligend. Sie spielte immer wieder in Gedanken durch, was er über seinen Platz in der Stadt gesagt hatte. Er war unergründlich.

Er beobachtete sie genau, seine Aufmerksamkeit war irritierend. „Hast du dich entschieden, mir zu sagen, was wirklich vor sich geht?"

„Nein, und Sie?", konterte Avery.

„Ich verheimliche nichts", entgegnete er mit beißender Ungeduld. Er überragte sie um einiges, sodass sie gezwungen war, zu ihm aufzuschauen, um ihm in die Augen zu sehen.

„Wir auch nicht", erwiderte sie ruhig.

„Warum habt ihr dann das Museum bestohlen?"

Sie zögerte einen Moment. „Ich habe nichts gestohlen."

Er verzog das Gesicht. „Wirklich? Denn es fehlt eine Federzeichnung von Helena und ein Buch aus der Ausstellung."

„Vielleicht ist jemand nach uns eingebrochen." Sie ließ sich nichts anmerken.

Er sah aus, als wollte er noch etwas sagen, als Alex, Reuben und die anderen das Mausoleum verließen.

„Sieht aus, als wären wir hier fertig", bemerkte Briar und warf einen nervösen Blick zwischen ihnen hin und her.

„Wir sind noch lange nicht fertig", entgegnete Newton und trat vor, um sich Alicia anzuschließen.

Alex warf ihr einen Blick zu und nickte in Richtung Newton, der die Stirn runzelte. Sie zuckte mit den Schultern. Alex funkelte Newton an und Avery seufzte innerlich. Noch mehr Konflikte.

Sie drehte sich um und ging zurück zur Kirche, der Wind war jetzt stärker und ihr langes, rotes Haar peitschte ihr ins Gesicht. Sie strich es zurück, versuchte es zu bändigen, und dachte über die Karte nach, die sie unter dem Hexenlicht gefunden hatte, und fühlte sich nur leicht schuldig, weil sie sie gestohlen hatte. Sie gehörte eigentlich ihr, und wer weiß, wie lange sie dort gelegen hatte und darauf gewartet hatte, gefunden zu werden. Nachdem sie sie tagelang studiert hatte, war sie sich sicher, dass es sich um eine Karte handelte. Die Linien schienen nicht nur auf eine Karte hinzuweisen, sondern auch ein Haus oder ein Gebäude zu zeigen. Aber sie konnte einfach nicht entschlüsseln, wo sie anfangen sollte. Plötzlich kam ihr ein Gedanke. Was, wenn das Zauberbuch in einem Tresor oder einer Krypta lag? Es war möglich. Es gab viele alte Kirchen in der Stadt. Sie schaute auf die *Old Haven Church*. Vielleicht lag es sogar dort.

Vielleicht stand dort, wo Helena begraben worden war? Leider war das ein echtes Rätsel. Wer auf dem Scheiterhaufen verbrannt wurde, musste in nicht geweihtem Boden begraben werden.

Avery betrat die Kirche, das hohe Dach wölbte sich über ihr, und sie war froh, dem Wind zu entkommen. Die Kirche war jetzt leer und der Geruch von Lilien überwältigend. Sie seufzte und schloss die Augen, während sie überlegte, was sie als Nächstes tun sollte, aber ihre Träumerei wurde durch die Kirchentüren unterbrochen, die sich mit einem lauten Rufen öffneten. „Avery, wir müssen los."

Die Beerdigung war vorbei. Zeit, zur Totenwache zu gehen.

Alex' Pub, *The Wayward Son*, war nachmittags geschlossen und nur für Trauergäste geöffnet. Da jedoch eine große Anzahl von Menschen aus der Stadt an der Trauerfeier teilnahm, sah der Pub so voll aus wie sonst auch.

Reuben hatte eine großzügige Getränkerechnung aufgemacht, und die Trauerfeier war in vollem Gange, als sie eintrafen. Es wurde auch Essen serviert, und zusätzliches Personal war angeheuert worden, um Tabletts mit Sandwiches und Häppchen zu verteilen.

Avery nahm sich ein großes Glas Rotwein von dem Tresen und mischte sich unter die Gäste. Es gelang ihr, Sally und Dan und einige ihrer anderen Freunde zu finden, von denen sie das Gefühl hatte, sie in letzter Zeit vernachlässigt zu haben. Sally hatte nicht viel über Gils Tod gesagt, aber Avery wusste, dass sie etwas anderes als die offizielle Geschichte vermutete. Schließlich arbeitete sie sich zu Reuben vor. Er hatte seine Jacke ausgezogen, seine Krawatte gelockert und hielt ein

Glas mit einer großzügigen Menge Whiskey in der Hand. Er blickte zu ihr hinunter und lächelte matt.

„Ich wollte schon den ganzen Tag mit dir reden. Wie geht es dir?", fragte Avery besorgt.

„Mir geht es gut." Er zuckte mit den Schultern, ihre Blicke trafen sich kurz, bevor er sich im Pub umsah. „Es waren ein paar schwierige Tage."

„Natürlich. Es ist aber schön zu sehen, wie viele Leute hier sind."

„Ja." Er senkte die Stimme und wandte sich leicht vom Raum ab. „Wir müssen uns wohl noch einmal treffen. Um zu besprechen, du weißt schon ..."

„Wenn du bereit bist."

Reuben nickte und seufzte schwer. „Ich habe das Haus geerbt, nicht Alicia. Das war ein Schock."

„Wirklich?" Avery war einen Moment lang überrascht, dass er das Thema angesprochen hatte, und dann schüttelte sie den Kopf. „Weißt du was – es sollte dir gehören. Es ist das Haus deiner Familie. Du wohnst dort." Was stimmte. Das Haus war riesig, und er bewohnte eine Reihe von Zimmern auf einer der Etagen.

„Ich fühle mich dabei komisch."

„Musst du nicht. Gil ist kein Dummkopf. Ich nehme an, er hat Alicia eine ordentliche Summe hinterlassen?"

Er nickte. „Sie ist nicht sehr glücklich. Das hat mich an unser Gespräch neulich erinnert."

Avery erinnerte sich an ihr Gespräch in der Höhle auf Gull Island, an die Fragen, die sie über Alicia gestellt hatte, während sie versucht hatte, ihre Zweifel nicht laut werden zu lassen. Ihr Herz begann zu rasen. „Warum? Ist etwas passiert?"

„Sie ist seltsam. Mehr als nur sauer, weil sie das Haus nicht bekommen hat."

Avery sah sich während des Gesprächs um und entdeckte Alicia am anderen Ende des Raumes, mit einem Glas Weißwein in der Hand, und funkelte sie durch die Menschenmenge hindurch an. Es war, als könnte sie ihr Gespräch mithören. Avery lächelte nervös und wandte sich wieder Reuben zu.

„Ich war mir nicht sicher, ob du noch dabei sein willst."

„Keiner von uns hat eine Wahl", sagte er vielsagend. „Wir müssen uns alle treffen. Gib mir nur noch ein paar Tage."

Alex fand Avery im Hinterzimmer der Kneipe, wohin sie sich zurückgezogen hatte, um etwas Ruhe zu haben. Dieser Raum hatte etwas an sich. Er verströmte ein Gefühl von Frieden und Weite. Sie saß allein an einem Tisch und starrte aus dem Fenster. Es hatte angefangen, leicht zu regnen, und der Regen wehte fast seitlich über den Hof. Sie überlegte, wann es höflich wäre zu gehen, als Alex einen Stuhl heranzog und sich ihr gegenüber hinsetzte.

„Der Tisch, an dem wir unser erstes Date hatten", meinte er grinsend und bezog sich dabei darauf, dass sie erst vor Kurzem dort zu Abend gegessen hatten.

Es fühlte sich an, als wäre seitdem eine Ewigkeit vergangen. Der Gedanke wurde sofort von der Erinnerung an ihre gemeinsame Nacht erst letzte Woche abgelöst, und sie versuchte, sich zusammenzureißen. Wenn Avery ehrlich war, dachte sie oft daran, aber das würde sie ihm nicht sagen.

„Du bist so witzig."

„Ich weiß."

Sie beschloss, das Thema zu wechseln. „Hast du diesen Raum mit einem Zauber belegt? Hier ist es immer so ruhig."

„Vielleicht ein bisschen. Ich denke gerne, dass einige Gäste ein wenig Ruhe und Frieden verdienen. Das schreckt die Raufbolde ab."

Avery nickte. „Das gefällt mir."

Alex beugte sich vor und sie konnte seine Körperwärme über den kleinen Tisch hinweg spüren. „Ich habe über die *Courtney-Bibliothek* nachgedacht. Wir müssen sie uns morgen ansehen."

Daran hatte Avery überhaupt nicht gedacht, und sie sah ihn schockiert an. „Morgen?"

„Ja. Wir haben eine ganze Woche verloren. Ich will nicht, dass noch jemand stirbt, Avery." Er sah sie an, plötzlich ernst. Der ganze Mist ist Realität geworden. Gil ist tot, es gibt Dämonen und Tore zu anderen Dimensionen. Es ist, als hätte sich White Haven in den Höllenschlund verwandelt. Das könnte erst der Anfang sein. Ich bin nicht gerne im Nachteil."

Sie schloss die Augen und seufzte kurz. „Du hast recht. Und ich brauche sowieso Hilfe." Sie fragte sich, wann sie in der vergangenen Woche angefangen hatte, Alex Bonneville zu vertrauen und sich auf ihn zu verlassen. *Das Leben war im Moment wirklich seltsam.*

„Warum?" Seine Aufmerksamkeit galt ausschließlich ihr. Es war beunruhigend, als würde man von einem riesigen Scheinwerferlicht erfasst.

„Helenas Karte. Ich stecke fest. Ich habe keine Ahnung, wo ich suchen soll."

„Ich bin sicher, dass wir es schaffen. Ich hole dich nach meiner Schicht hier ab – ist das okay?"

„Wissen wir überhaupt, wo wir suchen sollen?" Avery war besorgt und fühlte sich unvorbereitet.

„Vertrau mir. Und lass Newton da raus. Er scheint viel herumzuschnüffeln."

„Er ist Polizist! Das ist sein Job. Und ich werde ihm nicht sagen, dass ich irgendwo einbreche. *Schon wieder.*" Sie sah ihn ungläubig an.

Er grunzte. „Wie auch immer."

„Hast du noch einmal über Alicia nachgedacht?"

„Nicht wirklich. Ich war hier zu beschäftigt, aber es scheint plötzlich ruhig geworden zu sein."

Avery kam ein anderer Gedanke. „Ich habe gehört, dass einer der Sargträger ein entfernter Cousin von Gil ist. Kennt er sich mit Magie aus oder mit irgendetwas, das mit seiner Familiengeschichte zu tun hat?"

Alex verdrehte die Augen. „Ich habe mit ihm einen Sarg getragen – ich bin nicht sein bester Freund!"

Jetzt verdrehte Avery die Augen. „War nur so eine Idee! Ich frage Reuben. Oder noch besser, ich frage El. Frauen sind viel besser in solchen Dingen."

Alex grinste. „Was, tratschen?"

„*Reden.* Ich mache es sogar selbst." Sie lächelte triumphierend.

„Na gut, Miss Marple." Er blickte auf. „Jetzt ist deine Chance, er ist gleich da."

Avery drehte sich um und sah einen älteren Mann mit hellbraunem, von grauen Strähnen durchzogenem Haar in der Tür zwischen den beiden Räumen stehen. Er wirkte verloren, als er das Hinterzimmer betrat, und sah sich ein wenig traurig um. Avery tat es weh, ihn so allein zu sehen, und sie funkelte Alex an, ein unausgesprochener Drang, ihn vorzustellen. „In Ordnung. Ich hole dich morgen Abend um elf Uhr ab. Sei bereit." Alex stand auf und rief: „Lindon. Ich möchte dir jemanden vorstellen."

Avery stand auf, als Lindon sich ihrem Tisch näherte und zwischen den beiden hin und her blickte. Alex stellte sie einander vor, entschuldigte sich dann und ließ sie allein.

„Setz dich", sagte Avery lächelnd, während sie sich hinsetzte und einen Schluck von ihrem Wein nahm. „Ich wollte nur sagen, wie leid es mir tut. Gil war ein wirklich großartiger Mann."

Lindon nickte und starrte einen Moment lang in sein Getränk, bevor er aufblickte. Avery fiel auf, wie sehr seine Augen denen von Gil ähnelten. „Danke. Ich habe ihn seit Jahren nicht mehr gesehen, nicht seit seiner Hochzeit. Ich hätte wirklich nicht gedacht, dass ich auch bei seiner Beerdigung dabei sein würde."

Avery wollte ihn etwas über Magie fragen, war sich aber nicht sicher, wie sie das anstellen sollte. „Du lebst also nicht in White Haven?"

„Nein. Unsere Seite der Familie hat vor vielen Jahren beschlossen, dass White Haven nichts für uns ist."

„Warum das?"

Er sah sie fragend an. „Ich glaube, das weißt du."

Sie schluckte. „Vielleicht tue ich das."

„Meine Familie war schon immer der Meinung, dass unsere besonderen Fähigkeiten das Leben verkomplizieren, und ich habe mich von ihnen ferngehalten."

„Ich weiß nicht, wie du das machst. Für mich ist es so natürlich wie das Atmen."

„Es ist wie eine lebenslange Diät – man gewöhnt sich irgendwann daran."

Avery beschloss, dass sie genauso gut zur Sache kommen könnte. „Weißt du irgendetwas über deinen alten Großonkel Addison?"

„Bitte sag mir nicht, dass du denkst, er hätte etwas damit zu tun."

Avery blinzelte und lehnte sich verblüfft zurück. Das war nicht die Antwort, die sie erwartet hatte. Sie dachte, er würde sie verständnislos ansehen. „Kennst du ihn? Oder weißt du von ihm und der Tatsache, dass er mit seiner Familie verschwunden ist?"

„Meinst du nicht, dass er verbannt wurde?"

„Woher willst du das wissen, wenn Gil keine Ahnung hatte?"

Lindon blickte aus dem Fenster auf den wirbelnden Wind und Regen, der gegen die Scheibe prasselte. Es wurde immer schlimmer, es entwickelte sich zu einem ausgewachsenen Gewitter. Er dachte einen Moment nach und wandte sich dann wieder ihr zu, während sich sowohl Müdigkeit als auch Trauer in seinen Zügen widerspiegelten. „Er ist einer der Gründe, warum wir gegangen sind, Avery. Schwarze Magie. Er hat seine Familie für sein Wissen geopfert. Sie sind nicht verschwunden. Er hat sie getötet."

Avery ließ vor Schreck fast ihr Getränk fallen. „Woher weißt du das?"

„Meine Urgroßmutter Felicity war die jüngste Schwester von Addison – wir sind nicht erste Cousins, nur für den Fall, dass du dich das fragst. Eines Nachts gab es einen Vorfall, Schreie, eine Blutspur, ein Altar wurde im Wald hinter dem Haus gefunden. Die Einzelheiten waren meiner Urgroßmutter nicht bekannt, aber es wurden Schritte unternommen und Addison wurde verbannt. Er war so arrogant, dass er dachte, er käme damit durch. Er lag falsch. Magie war jahrelang ein Schimpfwort. Diese Geschichte wurde über Generationen in unserer Familie erzählt, um daran zu erinnern, warum man überhaupt keine Magie praktizieren sollte. Wir vergessen das nicht."

„Aber das ist nicht das, was Magie ist!", rief Avery verzweifelt, um das zu verteidigen, was sie liebte. „Das war eine Sünde."

„Ist es das? Gil ist tot."

„Es hat schon immer Schwarze Magie gegeben, aber es hat auch immer gute Magie gegeben." Sie spürte, dass sie ihn verlor. „Weißt du, wo Addison hin ist?"

„Nein, ich will es auch nie wissen." Er schaute auf seine Uhr. „Wie auch immer, ich muss los. Ich habe eine lange Rückfahrt vor mir."

„Du bleibst heute Nacht nicht hier?"

„Nein, ich werde nicht in White Haven bleiben." Er stand auf und schob seinen Stuhl zurück. „Es war schön, dich kennenzulernen, Avery. Tut mir leid, wenn ich negativ geklungen habe, ich weiß, dass du es gut meinst. Pass auf dich auf."

Avery sah ihm nach und Tränen stiegen ihr in die Augen. White Haven war ihr Zuhause, in vielerlei Hinsicht ein magischer Ort, aber jetzt wünschte sie sich fast, sie könnte mit ihm gehen.

Drei

A m nächsten Abend traf Alex pünktlich um elf Uhr ein, der Motor seines Alfa Romeo Spider Boat Tail lief im Leerlauf unter ihrem Fenster.

Avery schlüpfte in ihre schwarze Kampfhose, ihr schwarzes T-Shirt, ihre schwarze Lederjacke und ihre schwarzen Stiefel und setzte sich auf den Beifahrersitz. „Ich weiß nicht, ob ich dafür bereit bin."

Er grinste, seine Zähne blitzten im schwachen Licht. Sein Haar war auf dem Kopf zusammengebunden und seine Wangen waren stoppelig. „Du siehst bereit aus", meinte er, während er den Wagen die Straße entlang und aus der Stadt herausfuhr.

„Das ist eine Illusion. Ich habe den größten Teil des Abends geschlafen und dann Panik bekommen, verhaftet zu werden. Wollten wir diesen Ort nicht erst bei Tageslicht auskundschaften?"

„Keine Zeit. Das wird schon, du machst dir zu viele Sorgen."

Er konzentrierte sich auf die Straße und fuhr schnell, aber souverän, und Avery lehnte sich im Sitz zurück und blickte abwechselnd zu ihm und aus dem Fenster. Die Straßen von White Haven gingen schnell in Hauptverkehrsstraßen über, als Alex auf die A390 in Richtung Truro fuhr. Um diese Uhrzeit war die Straße ruhig und sie kamen gut voran.

Die Nähe zu Alex wurde zunehmend nervenaufreibend. Avery war sich seiner Statur und Größe sowie seines markanten, männlichen

Dufts sehr bewusst und ihr Blick schweifte über seine starken Unterarme und Hände, die das Lenkrad umfasst hielten. Sie errötete, als sie sich an das Gefühl seiner Hände auf ihrem Körper erinnerte, und wandte sich ab, um ihr Verlangen zu zügeln.

Er brach das Schweigen, das zwischen ihnen entstanden war. „Und, wie geht es dir? Die letzte Woche war ziemlich hart."

„Mir geht es gut, ich komme gerade so über den Tag und versuche, nicht paranoid zu werden, weil ich befürchte, von Faversham verfolgt zu werden. Und wie geht es dir?"

„Ich versuche, nicht daran zu denken, Faversham umzubringen, denn im Moment würde ich nichts lieber tun." Er warf ihr einen Blick zu. „Du nicht auch?"

„Ja, aber wir sind noch nicht so weit. Ich weiß nicht, ob ich es jemals sein werde." Angst überkam sie. „Das meinst du doch nicht ernst. Wir sind keine Mörder. Wir finden einen anderen Weg."

„Wenn er dich anfasst, *werde* ich ihn umbringen."

Avery traute ihren Ohren kaum und für einen Moment fehlten ihr die Worte. Sie sah ihn an, während er grimmig nach vorn starrte, und beschloss, die Sache herunterzuspielen. „Nun, ich werde dafür sorgen, dass es nicht dazu kommt."

„Ich meine es ernst."

Avery wurde sanfter und lächelte. „Danke." Sie fragte sich halb, ob sie etwas über den Abend sagen sollte, und die Luft im Wagen schien sich mit Bedeutung zu füllen, aber sie wollte nicht das verderben, was auch immer zwischen ihnen zu sein schien. Sie lachte, um die Spannung zu brechen. „Ich hoffe, er tut dir auch nicht weh – ich glaube nicht, dass ich für einen Amoklauf geeignet bin. Ich mache mir schon genug Sorgen, eine Bibliothek zu überfallen!"

„Du bist mächtig, viel mächtiger als dir bewusst ist. Sieh nur, was du neulich Abend getan hast. Du bist *geflogen*, als Gil getötet wurde!

Du bist tatsächlich durch den Raum geflogen." Er warf ihr einen weiteren Blick zu, seine Augen dunkel und intensiv. „Sag mir nicht, dass du nicht darüber nachgedacht hast."

„Ehrlich gesagt, habe ich das tatsächlich nicht." Sie meinte es ernst. Gils Tod hatte alles in den Schatten gestellt. „Es ging alles so schnell, mit dieser Welle der Wut, und dann ist Gil gestorben, und nun ja ..." Sie zuckte mit den Schultern. „Ich habe es irgendwie vergessen."

„Kannst du dich daran erinnern, wodurch es ausgelöst wurde?"

Avery zögerte einen Moment, als sie an den Augenblick zurückdachte, als sie hinter Reuben aus dem Gang gekommen war. „Reiner, blinder Zorn und das Bedürfnis, Faversham und dieses Steinmonster davon abzuhalten, dich und El anzugreifen. Ich habe buchstäblich alles aus mir herausgeholt, meine Kraft wirklich konzentriert. Ich musste schnell handeln, und das wusste ich." Sie rutschte auf ihrem Sitz hin und her. „Was ist mit dir und El? Ihr habt beide eine starke Kraft kanalisiert."

„Es ist ironisch, nicht wahr? Faversham hat offensichtlich Angst davor, dass wir die Bücher finden und sie benutzen, und doch zwingt uns die Tatsache, dass er uns angreift, dazu, auf Kraftreserven zurückzugreifen, von denen wir nicht einmal wussten, dass wir über sie verfügen."

„Er hat uns beschuldigt, unsere Kraft zu verschwenden. Wahrscheinlich hat er recht."

„Jetzt nicht mehr."

„Hattest du noch weitere Visionen?"

„Jeden Abend."

Avery sah ihn schockiert an. „Wirklich? Was zeigen sie dir?"

„Variationen derselben Sache – schwarze Augen, Feuer, Hitze, Tod. Ich dachte, sie würden verschwinden, nachdem Gil gestorben ist, aber das ist nicht der Fall. Legst du immer noch die Karten?"

„Jeden Tag. Sie ändern sich natürlich, aber die Bedrohung ist immer noch da. Es betrifft mehr als nur Faversham, oder?"

„Ich denke schon", entgegnete er traurig.

Eine Weile unterhielten sie sich, bis sie die Außenbezirke von Truro erreichten. Inzwischen war es nach Mitternacht und die Straßen waren größtenteils leer. Alex fuhr durch die Stadt, überquerte den Truro River und steuerte auf das *Royal Cornwall Museum* zu. Es befand sich im Stadtzentrum und in den umliegenden Straßen verließen noch einige Leute Pubs und Klubs. Alex hielt sich an die Seitenstraßen in Richtung The Leats und bog in eine Seitenstraße ein, um in einer Wohnstraße zu parken.

„Ich nehme an, das Museum hat eine Hintertür?", fragte Avery, deren Herz nun unbehaglich schnell schlug.

„Natürlich. Zeit für ein bisschen Magie."

Sie hatten sich bereits auf den Zauberspruch geeinigt, den sie verwenden würden, und mit einer kurzen Beschwörungsformel wurden beide in Schatten gehüllt, wobei der Zauberspruch auch dafür sorgte, dass, falls sie jemand sah, der Blick von ihnen abglitt und sie ungesehen blieben.

Avery folgte Alex, während er durch die Straßen zum hinteren Teil des Gebäudes schlich, wo sich eine unauffällige Tür in der Wand befand.

Das Museum war riesig und erstreckte sich von der River Street, wo sich der Haupteingang befand, bis zu The Leats auf der Rückseite. Es war im 19. Jahrhundert aus großen grauen Steinblöcken erbaut worden und war solide und imposant.

„Wo ist die Bibliothek?", fragte Avery und blickte die Straße hinunter. Sie war menschenleer.

„Man kann sie nur über das Museum betreten", flüsterte Alex.

Über ihnen war eine Sicherheitskamera angebracht. Während Alex am Schloss arbeitete, benutzte Avery Magie, um den Winkel leicht nach oben und über ihre Köpfe hinweg zu verändern, sodass die Kamera von der Tür wegzeigte. Mit einem Klicken öffnete sich die Tür und sie schlüpften hinein.

Sie befanden sich in einem schmalen Gang, der in die Mitte des Gebäudes führte. Unmittelbar links von ihnen befand sich eine Schalttafel an der Wand, die die Steuerung des Sicherheitssystems beherbergte, und die Lichter blinkten und begannen nun rot zu blinken. Alex hielt seine Hand darüber und innerhalb von wenigen Augenblicken leuchteten sie wieder grün. Die beiden standen einen Moment lang da, um ihre Augen an die Dunkelheit zu gewöhnen, aber im Gebäude herrschte Stille. Über ihnen an der Wand befand sich eine weitere Sicherheitskamera, und Avery schaltete sie mit einem Flüstern aus, woraufhin das rote Licht erlosch.

Alex zauberte ein Hexenlicht herbei und ging schnell den Gang entlang voraus. Sie kamen an Büros und Lagerräumen vorbei, bis sie zu einer großen hölzernen Doppeltür kamen, und nachdem sie durch diese hindurchgegangen waren, befanden sie sich in der großen zentralen Halle. Avery keuchte vor Staunen. Die Halle war bis zur hohen Decke, die der Höhe des Gebäudes entsprach, offen und in der Mitte befanden sich Glasvitrinen mit verschiedenen Objekten. Avery warf einen kurzen Blick auf die Vitrine in der Nähe und stellte fest, dass darin Töpfe und Keramik ausgestellt waren, die bei archäologischen Ausgrabungen in Cornwall gefunden worden waren. In der Mitte des Raumes stand eine alte Kutsche mit riesigen roten Rädern.

Im hinteren Teil der Halle befand sich eine geschwungene Treppe, die in den ersten Stock führte. Über ihnen verlief auf der Höhe des ersten Stocks ein Zwischengeschoss, das von einer weißen Balustrade umgeben war und hinter dem sich weitere Vitrinen befanden.

„Das Museum ist größer, als ich erwartet hatte", flüsterte Avery Alex zu.

„Das steht alles auf ihrer Website. Der Haupteingang ist dort drüben", erklärte er und zeigte auf die andere Seite. „Ich hole einen Führer."

Einige Minuten lang stand Avery allein da und hörte, wie Alex' Schritte immer leiser wurden, und sie lauschte nervös auf weitere Geräusche, aber er war schnell zurück und ging voraus, die Treppe hinauf und durch die Galerien im ersten Stock. Avery blieb für ein paar Augenblicke stehen, als sie an der De Pass Gallery vorbeikamen, wo ihr die ausgestellten altägyptischen Artefakte die Sprache verschlugen. Alex war schnell bei ihr und nahm ihre Hand. „Ich bringe dich tagsüber wieder her, wenn du dir etwas ansehen möchtest", meinte er ungeduldig.

Sie gingen weiter, bis sie das hintere Ende des ersten Stocks erreicht hatten, und standen innerhalb weniger Minuten vor den Doppeltüren der *Courtney Library*, deren Name in Messing an der Wand darüber prangte.

Die Tür war verschlossen, aber wieder konnten sie das Schloss mit ihrem Zauber öffnen und traten ein. Sie fanden einen mit weichen Teppichen ausgelegten Bereich mit einem kleinen Empfangsbereich und ein paar Computerterminals hinter einem Schreibtisch vor. Die Bibliothek erstreckte sich vor ihnen, die Regale hoch und dicht mit Büchern gefüllt. Der Geruch von altem Papier lag in der Luft und Avery atmete tief ein und genoss den beruhigenden und vertrauten Duft.

Alex schloss die Tür hinter ihnen und verriegelte sie wieder. „Wir müssen die Archive finden. Du gehst in diese Richtung und ich versuche es hier", erklärte er und zeigte Avery nach rechts.

Sie nickte und ging an den Regalen vorbei. Sie sah kleine Räume, die vom Hauptraum abgingen und in denen verschiedene Sammlungen untergebracht waren. Am Ende des Hauptraums befand sich eine schwarze Tür, die kleiner als üblich war, und sie öffnete sie, und fand eine schmale Treppe, die nach oben führte.

Sie drehte sich um und rief mit leiser Stimme: „Alex!"

Er tauchte aus der Dunkelheit auf, seine Haut war blass unter dem seltsamen, leuchtenden Weiß des Hexenlichts. „Gefunden?"

„Vielleicht. Hast du etwas gefunden?"

„Bücher, Bücher und noch mehr Bücher."

Avery nickte und ging die steile und schmale Treppe hinauf. Die Dekoration war hier minimal und der Teppich dünn und abgenutzt. Sie erreichten einen kleinen Treppenabsatz und sahen, nachdem sie sich umgedreht hatten, ein Gewirr von Räumen mit niedrigen Decken vor sich. Dies mussten die alten Dienstboten-quartiere oder Dachböden gewesen sein – sie wusste nicht, ob das Museum jemals ein Privathaus gewesen war.

„Mist", bemerkte Alex. „Das ist ein Labyrinth."

Averys Mut sank. „Glaubst du, das wir hier richtig sind? Denn wenn nicht, werden wir viel Zeit verschwenden."

Alex zeigte auf ein Schild an der Wand, auf dem stand: *Archive – Zutritt nur in Begleitung von Bibliothekspersonal.*

„Na toll, dann bringen wir es lieber schnell hinter uns."

Zum Glück waren die Räume deutlich ausgeschildert und en-thielten Angaben zu Jahrzehnten, Themen oder Jahrhunderten all der Dinge, die sich darin befanden.

Sie gingen an den ersten Räumen vorbei und schlossen sie schnell aus, und dann kamen sie zu einem Raum auf der rechten Seite, der mit *Manuskripte aus dem 16. Jahrhundert* beschriftet war. In der Mitte des Raums verlief ein Metallregal, das mit Aktenordnern in Kartons gefüllt war.

Sie warfen einander einen kurzen Blick der Erleichterung zu und gingen hinein, wobei sie sich zu beiden Seiten des zentralen Regals begaben, um effizienter suchen zu können. Ab und zu zog Avery einen der Kartons heraus, um sich dessen Inhalt genauer anzusehen, und obwohl sie viele interessante Papiere und Abhandlungen über Landwirtschaft und die Region fand, gab es nichts über die Hexenprozesse. Frustriert trat sie einen Schritt zurück und blickte auf und um sich. Eine Welle der Müdigkeit und Verzweiflung überkam sie. *Was machte sie hier?* Sie war eine respektable Hexe. Sie brach nicht in Gebäude ein und durchwühlte das Eigentum anderer Leute.

„Ich kann dich von hier aus schnaufen hören", rief Alex leise von der anderen Seite.

„Entschuldigung. Ich habe eine Gewissenskrise."

„Das brauchst du nicht. Ich fühle mich auch nicht gut dabei. Aber ich glaube, ich habe etwas gefunden."

Avery stellte fest, dass Alex auf den Knien einen Karton durchwühlte, dessen Inhalt um ihn herum verstreut war. Avery ließ sich neben ihm nieder und durchsuchte lose Blätter und ein paar gebundene Bücher.

Alex zeigte auf einen weiteren Karton über ihnen. „Ich denke, den sollten wir uns auch ansehen."

Avery zog ihn heraus und stellte ihn auf den Boden, während sie den Inhalt durchsuchten und zusammen arbeiteten, Seite an Seite. In dem Karton lag ein kleines gebundenes Buch, und als Avery es berührte, wusste sie sofort Bescheid. „Das ist es."

„Wirklich?", fragte Alex und schaute hinüber. „Du hast es noch nicht einmal geöffnet!"

„Ich weiß es einfach." Sie öffnete das Buch aufgeregt und darin stand in verschnörkelter und blumiger Schrift der Titel: *Die Hexenprozesse von White Haven.*

Sie sah Alex schockiert an, ihr Herz pochte erneut wie wild. Vorsichtig blätterte sie die ersten Seiten um und sah dort in der langen Liste der Angeklagten den Namen Helena Marchmont. Die Emotionen des Augenblicks überwältigten sie und ein paar Tränen stiegen ihr in die Augen. Sie versuchte schnell, sie wegzuwischen, bevor Alex sie sah. Sie war so ein sentimentaler Dummkopf. Aber auch Alex war verstummt und sie sah sich zu ihm um und fragte sich, warum er nichts gesagt hatte.

Er hielt ein sehr altes ledernes Buch mit dem Zeichen der Erde darauf, ein auf dem Kopf stehendes Dreieck mit einer Linie durch das untere Drittel – ein weiteres Zauberbuch. Er hob den Kopf und sah sie an.

„Das kann doch nicht wahr sein", bemerkte Avery und konnte kaum atmen.

„Es gehört Briar", stellte er mit großen Augen fest.

„Verdammt. Wir müssen hier raus und alles mitnehmen. Wie kann das hier sein?"

„Ist das eine Falle?"

„Das kann nicht sein. Wenn Faversham gewusst hätte, dass es hier ist, hätte er es schon längst geholt."

Alex schlug die ersten Seiten auf und fluchte erneut. „Sieh dir die Seiten an, Ave!"

Sie beugte sich vor und sah auf einigen Seiten schwache weiße Runen, die nur durch das Hexenlicht sichtbar wurden, das über ihnen schwebte.

„Hast du dein Zauberbuch schon einmal unter Hexenlicht betrachtet?", fragte Avery.

„Nein. Verdammt! Ich komme mir wie ein Idiot vor. Die ganze Zeit über wurden Nachrichten direkt vor unserer Nase versteckt!"

Alex holte seinen Rucksack heraus und legte das Zauberbuch vorsichtig hinein. Dann packte er einige der anderen Papiere in einen Aktenordner aus Pappe, den er für alle Fälle mitgebracht hatte.

„Steht in diesen Papieren irgendetwas über die Favershams?", fragte Avery.

Er schüttelte den Kopf: „Ich weiß es nicht. Nehmen wir alles mit."

Avery warf noch einen kurzen Blick auf das Buch mit den Prozessprotokollen und sah, dass es Zeugenaussagen von Stadtbewohnern enthielt. Ein kurzer Blick in die Akte zeigte einige andere Artikel, die für die Hexenprozesse relevant waren. Sie hasste es, das zu tun, aber sie machte es Alex nach und packte alles in ihren eigenen Rucksack.

Ein plötzliches *Knall* von unten ließ sie verstummen.

„War das eine Tür?"

„Schnell, stell die Kisten zurück", sagte Alex und stellte seine Kiste wieder auf das Regal. Allerdings war sie jetzt leer.

Sie hörten Schritte unten und zwei Stimmen, die sich gegenseitig etwas zuriefen.

„Haben wir da unten etwas offen gelassen?", fragte Avery und versuchte verzweifelt, sich daran zu erinnern, was sie getan hatten.

Alex schüttelte den Kopf. „Nein. Ich habe alles hinter uns verschlossen. Ich bezweifle, dass sie überhaupt hier hochkommen. Vielleicht haben sie gemerkt, dass die Kameras ausgeschaltet sind."

Obwohl ihr Herz jetzt wie wild raste, überprüfte Avery die Kartons auf beiden Seiten der bereits untersuchten. Sie würden auf keinen Fall zurückkommen; sie mussten jetzt alles mitnehmen. Sie war froh, dass sie nachgesehen hatte. Es waren Seiten mit Zeugenaussagen – oder zumindest sah es auf den ersten Blick so aus. Sie stopfte die Papiere zu den anderen und versuchte, so vorsichtig wie möglich zu sein, während sie schnell arbeitete. Sie schob den letzten Karton an seinen Platz und eilte zu Alex, der das Hexenlicht gelöscht hatte. Sie blieben stehen und lauschten gemeinsam. Schwere Schritte kamen die Treppe hinauf und sie hörten, wie die Tür geöffnet wurde.

Alex zog sie schnell hinter die Tür, versuchte, im Dunkeln nicht zu stolpern, und drückte sie in die Ecke, sodass sie von seinem Körper verdeckt wurde. Avery wusste, dass ihr Schattenspruch den grellen Lichtern nicht standhalten würde, wenn sie ein Geräusch machten.

Das Hauptlicht ging im schmalen Gang an, und Avery drückte sich fester an die Wand, froh, dass sie Alex vor sich hatte. Die Dielen knarrten, als der Sicherheitsbeamte den Gang entlangging und ab und zu stehen blieb. Er war wohl allein. Als er an ihrem Raum vorbeikam, flutete das Licht der Taschenlampe herein und der Lichtstrahl wanderte ein paar Mal über den gesamten offenen Bereich, dann ging er weiter, und Avery atmete langsam aus. Sie warteten endlos scheinende Minuten, während er langsam den Gang hinaufund wieder hinunterging, dann ging das Licht aus und die Tür wurde geschlossen.

Avery lehnte sich an Alex. Das war zu knapp gewesen.

„Sollen wir warten, bis sie verschwinden?", fragte Avery.

„Sie könnten noch Stunden hier sein", überlegte er. „Lass uns jetzt abhauen."

Sie gingen den Gang entlang, schlichen lautlos durch die Tür und die schmale Treppe hinunter, bis sie die Hauptbibliothek erreicht hatten. Sie war leer und still, und sie riskierten ein blasses Hexenlicht, um den Weg zur Haupttür zu finden, wo sie es wieder löschten und auf Geräusche aus den darüberliegenden Galerien lauschten.

Mit einem Klicken öffneten sie die Tür einen Spalt und betraten den Holzboden des Museums. Es war dunkel; in der Ferne leuchtete eine Taschenlampe durch die Gänge und zwei Stimmen waren zu hören.

Sie schlichen von Galerie zu Galerie, duckten sich in den Eingang jeder Galerie und schlichen langsam weiter. Die Männer gingen in die Haupthalle und verschwanden dann in den anderen Galerien im Erdgeschoss. Die Beleuchtung in den Vitrinen war eingeschaltet, und Alex und Avery warfen sich nervöse Blicke zu und eilten dann die Treppe hinunter. Als sie die Haupthalle betraten, hörten sie eine weitere Stimme, die sich vom Gang aus näherte, der nach hinten führte. Avery erstarrte für einen Moment und zog dann Alex zu der altmodischen Kutsche, die in der Mitte des Raums stand. Innerhalb von Sekunden lagen sie flach auf dem Boden, die Tür hinter sich geschlossen.

Die Kutsche war klein, und während sie sich relativ bequem zwischen den Sitzen hinlegen konnte, wurde Alex eingeengt und erdrückte sie.

„Autsch!", flüsterte Avery, als Alex' Gewicht sie niederdrückte und sein Knie auf ihrem Bein lag.

„Entschuldige, Prinzessin", flüsterte er ihr ins Ohr.

Sekundenlang hörten sie, wie der Sicherheitsbeamte herumlief, und dann hörten sie ihn sprechen. „Hey Boss, hier ist niemand. Wir haben oben und unten nachgesehen. Die Jungs sind gerade dabei, die Hinterzimmer zu durchsuchen." Es herrschte Stille, dann ein Grunzen. „Nein. Keine Anzeichen von Beschädigung. Kein gewaltsames Eindringen. Ich schätze, die Kameras sind einfach ausgefallen." Wieder herrschte Stille, dann: „Ja, wir kommen bald raus."

Avery hörte, wie seine Schritte leiser wurden, als er zu den anderen Räumen ging.

Alex hob den Kopf und spähte durch das Fenster. „Er ist weg. Lass uns abhauen. Sofort!"

Er stieß die Tür auf, befreite sich aus seiner misslichen Lage, wobei er Avery hinter sich herzog, und schloss dann leise die Tür. Sie gingen den Gang entlang, der zur Hintertür führte.

Draußen stand ein großer Sicherheitswagen auf der Straße, aber er war leer. Sie liefen hinaus auf die Straße und eilten die Seitenstraße entlang, wo sie langsamer wurden, als sie sich Alex' Wagen näherten.

Averys Herz pochte in ihrer Brust und sie erwartete jeden Moment einen Schrei zu hören. Schweißperlen bildeten sich auf ihrer Stirn und sie freute sich über die kühle Nachtluft. Sie hatte gar nicht bemerkt, wie heiß ihr war.

Mit einem leisen *Piep* schaltete Alex die Alarmanlage seines Wagens aus und sie stiegen schnell ein. Sie hielten erst am Stadtrand an, um sich gegenseitig zu gratulieren, und beide warfen nervös einen Blick über die Schulter.

Avery ließ sich in ihrem Sitz zurückfallen, als sie auf die A390 fuhren und beschleunigten. „Das war knapp."

„Aber erfolgreich. Kommst du mit zu mir?"

Avery spürte, wie ihr der Atem stockte, und sie sah ihn mit großen Augen an.

„Du willst doch sicher die Zauberbücher im Hexenlicht überprüfen?", fragte er grinsend.

Sie lachte. „Ja, das will ich! Aber ich brauche einen sehr starken Kaffee. Oder Alkohol. Oder vielleicht beides ..."

Vier

Das Hexenlicht schwebte über den beiden Zauberbüchern und enthüllte silbrige Formen, die auf magische Weise auf das alte Papier der Zauberbücher gezeichnet waren.

„Runen und Texte", murmelte Alex und blätterte vorsichtig in seinem eigenen Buch, während Avery in Briars Buch blätterte.

„Auf einigen Seiten sind Markierungen, aber nicht auf allen", bemerkte Avery.

Briars Buch war genauso alt wie die anderen und enthielt eine Mischung aus Zaubersprüchen, Beobachtungen zu Mondzyklen und Experimenten mit Kräutern und Edelsteinen. Die Hexen, denen dieses Zauberbuch gehört hatte, pflegten jedoch, den Erfolg der Zaubersprüche zu kommentieren oder Verbesserungsvorschläge zu machen, sodass es sich sowohl wie ein Tagebuch als auch wie ein Zauberbuch las. Das Hexenlicht enthüllte zusätzliche Notizen, einige davon in normaler Sprache, während einige Seiten entweder mit einer einzelnen Rune oder einer Reihe von Runen markiert waren.

Avery warf einen Blick auf das Buch von Alex. „Die Art und Weise, wie die Runen verwendet werden, ähnelt der in diesem Buch."

Alex nickte. „Einige Markierungen dienen dem Schutz, andere kennzeichnen Monate oder, wie ich denke, die besten Zeiten für die Anwendung eines bestimmten Zauberspruchs. Sie scheinen eine versteckte Ebene zur Verbesserung der Zaubersprüche zu bieten, was seltsam ist. Warum sollten sie eine versteckte Botschaft in ein bereits sehr privates Buch einfügen?"

„Zusätzlicher Schutz vor neugierigen Blicken?"

Avery blätterte zu den unbenutzten Seiten am Ende, das Zauberbuch war versteckt worden, bevor sie jemals benutzt werden konnten. Einige waren tatsächlich leer, aber ganz am Ende enthüllte das Hexenlicht einen weiteren Zauberspruch. „Schau dir das an, Alex. Dieser Zauberspruch wurde komplett versteckt!" Sie starrte verwirrt auf die Seite. „Hier steht: Teil Drei, Die Erdung. Wo sind die anderen Teile?"

Alex blätterte schnell zu den letzten Seiten seines eigenen Buches und fluchte. „Ich habe Teil Fünf, Die Beschwörung."

Sie sahen einander an, als ihnen die Erkenntnis dämmerte.

„Ein Zauberspruch, der sich über alle fünf Zauberbücher erstreckt?", fragte Avery und blickte zurück auf Briars Buch. „Ich weiß nicht, wofür er ist. Kannst du das bei deinem erkennen?"

Er schüttelte den Kopf. „Nein. Es ist nur ein sehr langer Zauberspruch – ohne Zutaten. Er bezieht sich auf den Geister und Seelen, wie die meisten Zaubersprüche in meinem Buch, aber ich verstehe die Einzelheiten noch nicht."

„In diesem gibt es ein paar magische Zutaten und dann einen langen Beschwörungsspruch. Er ist ziemlich repetitiv." Averys Gedanken rasten, während sie die verschiedenen Möglichkeiten durchging. Die Zaubersprüche in Briars Buch waren dem Element Erde gewidmet, aber nicht ausschließlich. „Ein großer Zauberspruch, der in fünf Teile unterteilt ist, von denen sich jeder auf eines der Elemente konzentriert und der im hinteren Teil jedes Zauberbuchs versteckt ist. Die anderen Zauberbücher müssen die anderen Teile enthalten."

„Ein großer Zauberspruch", wiederholte Alex. „Ich habe ein schlechtes Gefühl dabei. Es gibt einige Gründe, einen Zauberspruch aufzuteilen."

„Damit alle fünf Hexen mitmachen?"

„Ja. Und um sicherzustellen, dass alle einverstanden sind. Oder weil er für eine Person allein zu mächtig war."

„Bei welcher Art von Zauberspruch würdest du dir eine Zustimmung aller Beteiligten wünschen? Bei einem Bindungszauber oder einem Zauber, um etwas Mächtiges freizusetzen?"

Alex seufzte und schaute auf seine Uhr. „Ich bin erschöpft, ich kann nicht klar denken. Es ist fast vier Uhr morgens."

„Ist es schon so spät? Wow, kein Wunder, dass ich so müde bin. Ich glaube, Adrenalin ist das Einzige, was mich noch auf den Beinen hält." Avery fuhr sich mit den Händen durch die Haare und versuchte, die Haarklammern zu lösen, mit denen sie zu einem lockeren Dutt hochgesteckt waren. Sie blickte auf und sah, dass Alex sie beobachtete. Sein Blick wanderte über ihre Hände, ihre Haare und dann zu ihren Lippen.

„Hier, lass mich das machen." Alex trat näher und griff nach ihren Haarspangen. Er neigte ihren Kopf, sodass er auf seiner Brust ruhte, seine Hände waren warm, als er die Haarklammern fand und sie löste. Er schüttelte ihr Haar mit den Händen frei, sodass es ihr über den Rücken fiel. „Du hast wunderschönes Haar", murmelte er.

Alex' wunderbarer, männlicher Duft umhüllte Avery, und sie atmete tief ein, während sie ihre Hände auf seiner Brust ruhen ließ und sich an ihn schmiegte. Er ließ seine Hände von ihrem Haar zu ihrem Rücken, ihren Schultern und dann zu ihrem Nacken wandern, und sie waren so warm und stark, dass ihr ein Seufzer entfuhr. Er beugte den Kopf, und sie spürte seine Lippen auf ihrem Nacken. Ein Schauer durchlief sie. Das war der Himmel auf Erden. Mit seinen Lippen wanderte er an ihrem Hals entlang, küsste sie sanft und näherte sich dann langsam ihrer Wange. Wie in Trance legte Avery ihren Kopf in den Nacken und er ließ seine Lippen zu ihren gleiten. Sie versank so mühelos in seinem Kuss, als würde sie ins Wasser gleiten.

In ihr erwachte das Verlangen, ein langsames Kribbeln in ihrem Bauch, das sich verlockend in ihrem Körper ausbreitete, ihr Gehirn war nicht mehr in der Lage, eine rationale Entscheidung zu treffen. Sie schlang ihre Arme um ihn und fuhr mit ihnen unter sein T-Shirt, als er sie näher an sich zog. Er strich ihr mit seinen Händen über die Arme, sodass sie ein Kribbeln verspürte und ihr der Atem stockte, dann ließ er seine Hände auf ihrer Taille ruhen. Er hob sie auf den Tisch und sie schlang ihre Beine um ihn, während sich ihr Kuss vertiefte. Als die Gefühle mit ihr durchgingen, kam erneut Wind auf, der ihnen durch die Haare fuhr und ihre Haut streichelte, und Alex reagierte darauf, die Kerzen um sie herum flackerten auf. Avery konnte sich nicht erklären, warum, aber die Intensität ihres Kusses war heftiger als zuvor, als eine dringende Lust zwischen ihnen aufflammte. Alex zog sich für einen Moment zurück, streifte mit seinen Lippen die ihren, seine Augen waren dunkel vor Verlangen, als er sie anstarrte. Für einen Augenblick schien es, als ob die Zeit stehen bliebe, als sie beide zögerten, und dann hob er sie hoch und trug sie in sein Schlafzimmer.

Wieder einmal erwachte Avery in Alex' Bettdecke gewickelt, sein Körper neben ihr ausgestreckt. Daran könnte sie sich gewöhnen, dachte sie, als sie sich auf den Rücken drehte und versuchte, ihn nicht zu wecken.

Tageslicht drang durch die Fensterläden aus Holz und warf ein blasses, schraffiertes Licht in den Raum. Draußen regnete es heftig.

Sie konnte hören, wie der Regen auf das Dach prasselte und er hüllte die Wohnung in einen Kokon, in dem alle anderen Geräusche ausgeblendet waren. Alex war warm, sein Arm schwer, und sie fuhr sanft über die dunklen Umrisse des Tattoos, das sich über seine Schultern und Arme zog.

Ein Teil von ihr ärgerte sich darüber, dass sie wieder einmal keinerlei Selbstbeherrschung gezeigt hatte, aber dem anderen Teil war es egal. Sie wusste nicht, ob die Sache zu etwas führen würde, aber es fühlte sich gut an, solange es anhielt. Avery hatte noch nie für jemanden so empfunden. Das lag zum Teil daran, dass sie beide Hexen waren. Er wusste, wer sie war, aber sie hatten auch eine Verbindung, einen Funken, den sie nicht erklären konnte. Zweifellos würde er ihr das Herz brechen, aber sie hatte sich damit abgefunden. Solange sie damit rechnete, würde es sich vielleicht nicht so schlimm anfühlen, wenn das Unvermeidliche eintrat. Innerlich verdrehte sie die Augen. Sie war so eine Närrin. Und dann erinnerte sie sich daran, was er gestern Abend über Faversham gesagt hatte. *Wenn er dich anfasst, werde ich ihn umbringen.* Sie sollte das wahrscheinlich nicht überbewerten.

Alex regte sich und murmelte in ihre Schulter. „Es fühlt sich spät an."

„Es *ist* spät. Es ist nach zwölf."

„Den Göttern sei Dank, dass ich nicht arbeiten muss." Er öffnete die Augen und blinzelte sie an. „Ich brauche Kaffee."

Sie lächelte. „Ich kann welchen machen."

„Nein, lass mich. Meine Maschine ist launisch. Möchtest du einen Kaffee?"

Sie fühlte sich verwegen. „Ja, bitte. Bekomme ich auch Frühstück?"

Er grinste sie an. „Klar. Aber nur, wenn du den ganzen Tag hierbleibst."

Sie drehte sich zu ihm um. „Warum soll ich hierbleiben?"

„Nun, Erstens – warum nicht? Und zweitens – wir haben viel zu tun. All das Zeug, das wir gestern Abend gefunden haben." Er kuschelte sich wieder an ihren Hals. „Ich verspreche dir, dass es sich für dich lohnen wird."

Sie hatte das Gefühl, keine Luft mehr zu bekommen. „Du musst mich nicht mit Sex bestechen."

„Das ist keine Bestechung. Es ist mir ein Vergnügen. Oder nicht?", fragte er und sah sie fragend an, während er ihren Blick hielt.

„Das weißt du doch ganz genau", entgegnete Avery und flüsterte es fast.

„Gut", meinte er leise, bevor er sie erneut küsste. Dann glitt er aus dem Bett, ging nackt durch das Zimmer und in die Küche. Sie konnte nicht anders, als ihn zu beobachten und seine langen, muskulösen Beine, seinen flachen Bauch und seine straffen Bauchmuskeln zu bewundern. Er war so verdammt sexy. Sie ließ sich zurück aufs Kissen fallen und blickte an die Decke. *Ich bin gefickt*, dachte sie, *wörtlich und im übertragenen Sinne.*

Alex bereitete ein fantastisches Frühstück mit Rösti, Eiern und Speck zu, und sie betrachtete ihn mit neuer Bewunderung. Er bewegte sich geschickt in der Küche und grinste, als er sah, dass sie ihn beobachtete.

„Ich wusste nicht, dass du kochen kannst", bemerkte sie.

„Musst du mich immer unterschätzen?", tadelte er sie. Aber sie merkte, dass er es genoss.

Sobald sie gegessen hatten, breiteten sie alle Papiere, die sie im Archiv gefunden hatten, auf dem Sofa, dem Tisch und dem Boden aus. Avery rief Briar mit den Neuigkeiten über ihr Zauberbuch an und die anderen hatten zugestimmt, später am Nachmittag vorbeizukommen.

„Ich wünschte, ich hätte daran gedacht, das Bild von Helenas Hinrichtung und das Hauptbuch mitzubringen", bemerkte Avery und machte es sich auf dem Sofa bequem. Sie kuschelte sich in die Ecke, das Buch mit den Prozessprotokollen und die zusätzlichen Unterlagen über Helenas Prozess neben sich.

„Was wir hier finden, könnte uns vielleicht helfen, die Karte besser zu verstehen", überlegte Alex. Er saß auf dem Teppich, die anderen Papiere neben sich und die Zauberbücher auf dem Tisch.

Eine Weile arbeiteten sie schweigend Seite an Seite. Das Buch mit den Prozessnotizen war schwer zu lesen, die Sprache umständlich und die Schrift an einigen Stellen verblasst. Die ersten Prozesse betrafen einige alte Frauen, die von einem örtlichen Bauern beschuldigt wurden, sie würden Milch sauer werden lassen und Ernten ruinieren. Eine andere wurde beschuldigt, eine Totgeburt verursacht zu haben. Avery seufzte. Dies war während der Hexenprozesse üblich, und sowohl Männer als auch Frauen waren die Ankläger. Es war jetzt unmöglich zu sagen, aber es war mehr als wahrscheinlich, dass diese armen Frauen nichts mit dem zu tun hatten, was ihnen vorgeworfen wurde. Nach den wenigen verfügbaren Informationen handelte es sich bei diesen Frauen um alte Witwen, die von wenig Geld lebten und es schwer hatten, über die Runden zu kommen.

Anfangs war die Zahl der Angeklagten gering, doch dann schien eine Welle der Wut die Stadt zu erfassen, und weitere Frauennamen tauchten auf, zusammen mit einigen Namen von Männern. Avery lief es kalt den Rücken hinunter. Es muss furchtbar gewesen sein. Die Prozesse endeten alle mit einem Hexenprozess, der mit dem Ertränken der Angeklagten endete. Diejenigen, die überlebten, wurden gehängt, aber die meisten ertranken trotzdem. Zu diesem Zeitpunkt war noch nicht die Rede davon, Hexen auf dem Scheiterhaufen zu verbrennen.

Zu Beginn gab es einige Zeugenaussagen, in denen einige der armen Angeklagten verteidigt wurden, aber mit der Zeit wurden diese immer weniger, da diejenigen, die versuchten, sie zu verteidigen, sich bald selbst auf der Liste der Angeklagten wiederfanden. Und dann tauchte Helenas Name auf und Avery zögerte einen Moment, fast ängstlich, weiterzulesen.

Sie muss geseufzt haben, denn Alex rief ihr über den Tisch zu: „Alles in Ordnung?"

Sie sah zu ihm auf. Über seiner Schulter schwebte ein Hexenlicht, das sein Zauberbuch und das danebenliegende von Briar beleuchtete. „Ich bin gerade auf Helenas Namen gestoßen. Das ist so schrecklich. Ich will es nicht lesen, aber es muss sein."

„Möchtest du, dass ich es tue?"

„Nein. Schon gut. Ich verhalte mich nur albern. Aber ich kann nicht anders, als mir vorzustellen, was wäre, wenn das jetzt passieren würde. Was wäre, wenn jemand einen Dämonen sehen würde und wir irgendwie dafür verantwortlich gemacht werden würden?"

„Niemand würde das glauben. Derjenige würde in der nächsten psychiatrischen Abteilung eingesperrt werden. Außerdem könnten wir das mit einem Zauberspruch vermeiden."

„Könnten wir das? Helena konnte es nicht."

„Du weißt noch nicht, was passiert ist", erinnerte er sie.

„Du hast recht", entgegnete sie. „Ich muss mich konzentrieren."

Avery nahm das Protokoll wieder zur Hand und bekam ihren ersten Schock. Helena wurde als Helena Marchmont, Witwe von Edward Marchmont und Mutter von Ava (acht Jahre alt) und Louisa (fünf Jahre alt), angeklagt. *Helena war Witwe.* Das machte sie verwundbar. Edward war Kaufmann gewesen, aber Helena hatte keinen Beruf, und das würde passen. Als Frau eines Kaufmanns musste sie nicht arbeiten. Sie hatten Geld und Status – wenn er ihr etwas hinterlassen hatte, was wahrscheinlich war. Es war seltsam, aber die angegebene Adresse war eine andere als die, die sie von Anne hatte. Vielleicht war dies eine spätere Adresse. Das Häuschen, das sie am Rande der Stadt gefunden hatte, hätte nicht zu einem Kaufmann gepasst. Vielleicht war dies das Haus von Helenas Familie. Mit etwas Glück würde Avery das Haus finden, in dem sie mit ihrem Ehemann gelebt hatte. Sie seufzte erneut und las weiter.

Die erste Anklage gegen Helena wurde am 9. Oktober 1589 vermerkt, und sie reichte mehrere Jahre zurück. Ein Mann namens Timothy Williams hatte sie beschuldigt, seine Frau getötet zu haben, als sie ihr Kind bei der Geburt verlor und dann selbst starb. Er sagte, sie habe es absichtlich getan, da sie Rivalen im Geschäft waren. Andere hatten sie verteidigt und gesagt, sie sei eine respektable Frau, die ihrer Gemeinde half. Avery erkannte die Namen der Ashworths (Briars Familie), der Bonnevilles und der Jacksons. Sie waren auch als Kaufleute aufgeführt. Auch das ergab Sinn, besonders bei den Jacksons. Und dann erwähnte das Protokoll einen weiteren Ankläger. *Die Favershams.* Thaddeus Faversham gab an, dass seine Frau bei der Geburt beinahe gestorben wäre, aber durch Gottes Gnade überlebt hatte. Ihr Kind war jedoch gestorben, nachdem es von Helena Marchmont, die bei der Geburt anwesend gewesen war, verflucht worden war. Er fuhr dann fort, fehlgeschlagene Schiffslieferungen aufzulisten, die aufgrund von Stürmen auf Grund gelaufen waren. Er beschuldigte Helena Marchmont, diese Stürme verursacht zu haben. Thaddeus führte Beweise dafür an, dass Helenas Mutter als weise Frau und Hexe bekannt war und dass sie ihre Fähigkeiten eindeutig geerbt hatte. Joseph Marchmont, Helenas Schwager, hatte sie verteidigt, aber dann schienen die beiden Mädchen bedroht worden zu sein. Avery konnte sich seine Angst vorstellen. Helena wurde angeklagt, aber er musste seine Nichten beschützen.

Dann beschuldigte Thaddeus auch die Jacksons, die Bonnevilles und die Ashworths, aber nichts davon schien zu zählen – zumindest wurden sie nicht offiziell angeklagt. Vielleicht waren sie einfach zu bekannt und zu angesehen. Und dann beschuldigte jemand namens Elijah James Helena.

Avery spürte eine Welle der Wut in sich aufsteigen. Williams, James und Faversham mussten zusammengearbeitet haben und vielleicht hatten sie auch andere so eingeschüchtert, dass sie Helena ebenfalls der Hexerei beschuldigten. Sie glaubte nicht und würde auch nie glauben, dass Helena in der Lage gewesen wäre, anderen Schaden zuzufügen.

Helena war für schuldig befunden worden. Es war unmöglich, die Details zwischen diesen Zeilen der Anschuldigungen zu erkennen – das Protokoll war trocken und emotionslos – aber was auch immer die Angeklagten gesagt hatten, es hatte nichts gebracht, und Avery war sich nicht sicher, ob sie noch mehr für sie riskieren hatten können.

Es war interessant, dass so viele von ihnen auf die eine oder andere Weise Kaufleute waren. Vielleicht hatten die Favershams ihre Familien, Geschäfte und Lebensgrundlagen bedroht. So oder so hatten die Ankläger gewonnen. Ein Datum wurde festgelegt, der 31. Oktober, und Helena wurde auf dem Scheiterhaufen verbrannt.

Und es schien, als sei Helena die Letzte, die angeklagt wurde, als hätte ihr Tod den Wahnsinn beendet. Vielleicht war die Stadt entsetzt über das, was geschehen war.

Avery seufzte erneut und blickte auf, um festzustellen, dass Alex sie beobachtete. „Das ist schrecklich."

„Erzähl schon, ich höre dir zu."

Sie erzählte die Geschichte, und während sie sprach, ergaben die Ereignisse ein wenig mehr Sinn, aber sie hatte immer noch das Gefühl, dass etwas Unausgesprochenes, etwas Bedeutendes im Raum stand.

Warum sollte eine Hexe eine andere auf so öffentliche Weise bedrohen, nur aus geschäftlichen Gründen?

Alex versuchte, sie zu beruhigen. „Bei diesen Hexenprozessen sind alle ein bisschen durchgedreht – sie haben die Menschen in einen Rausch versetzt, zumindest für eine Weile, und dann hat sich alles wieder beruhigt. Das entschuldigt jedoch nicht ihr Verhalten. Es waren andere Zeiten, Avery. Aber es ist interessant, dass die Favershams den Angriff angeführt haben. Es könnte geschäftliche Gründe haben oder eine Tarnung für etwas sein, das mit Magie zu tun hat. Was ist aus ihren Kindern geworden?"

„Ich weiß es nicht. Ich nehme an, dass sich ihr Onkel Joseph um sie gekümmert hat, oder vielleicht Helenas Mutter. Sie wird hier nicht weiter erwähnt, also hat sie sich vielleicht versteckt oder ist gestorben. Ich muss meinen Familienstammbaum überprüfen."

Er nickte auf den Stapel alter vergilbter Papiere neben ihr. „Was steht darin?"

„Ich weiß es nicht. Ich bin noch nicht dazu gekommen." Sie blickte sich im abgedunkelten Raum um. Der Regen peitschte jetzt gegen die Fenster, der Wind schlug gegen das Gebäude. Sie konnte das Rauschen der Brandung am Strand hören. Sie konnte den Hafen nicht sehen, aber sie wusste aus langjähriger Erfahrung, dass die Boote wild schaukeln würden, die Bürgersteige leer und die Pubs voll sein würden. Es war jedoch schön, sich auf Alex' Sofa zusammenzurollen, auch wenn ihr Lesestoff trostlos war. Sie lächelte ihn an. „Wie kommst du voran?"

„Ganz gut. Es gibt Gemeinsamkeiten bei den Runenzeichen bestimmter Zaubersprüche, aber ich möchte erst die anderen Bücher durchsehen. Ich weiß immer noch nicht, worum es bei den Zaubersprüchen im hinteren Teil geht." Er fröstelte. „Es wird kalt." Er starrte auf das Kaminfeuer, und plötzlich schlugen Flammen auf die darüber gelegten Holzscheite über, und dann erwachten die Kerzen in seiner Wohnung zum Leben, zusammen mit ein paar Ecklampen.

Avery stöhnte. „Ich freue mich nicht darauf, später von hier nach Hause zu gehen. Ich werde klatschnass werden."

„Du kannst hierbleiben", schlug er vor.

Sie schüttelte den Kopf. „Das geht nicht. Die Katzen müssen gefüttert werden und ich muss morgen früh zur Arbeit."

„Ich fahre dich zurück, es dauert nicht lange."

„Danke", erwiderte sie und wünschte sich bereits, sie müsste nicht gehen, auch wenn sie erst in einigen Stunden aufbrechen würden.

Sie wandte sich wieder den anderen losen Papieren zu und stellte mit Schrecken fest, dass es sich um Briefe handelte. Sie waren an den Friedensrichter adressiert und stammten von Thaddeus Faversham. Ein noch größerer Schock war der Name des Friedensrichters. Sie schrie auf und blickte zu Alex auf, für einen Moment zu fassungslos, um zu sprechen.

„Was?", fragte er und kniff besorgt die Augen zusammen.

„Ich habe Newtons Verbindung gefunden. Der Friedensrichter hieß Peter Newton."

Alex war fassungslos. „Ich nehme an, es wäre ein zu großer Zufall, wenn es keine Verbindung zu unserem DI Newton gäbe."

Averys Gedanken rasten, während sie einige Möglichkeiten durchging. „Er hat Helena und viele andere zum Tode verurteilt. Newton hat gesagt: ‚Ich kenne meinen Platz in der Stadt.' Ist er hier, um uns zu beschützen oder um uns zu verurteilen?"

„Oder um die Stadt *vor* uns zu schützen?", überlegte Alex.

Avery fühlte sich verletzlich und sah sich im Raum um, als würde jeden Moment jemand hereinplatzen und sie wegzerren.

Alex versuchte, sie zu beruhigen. „Avery, es ist okay. *Wir* kommen schon klar. Ich werde nicht zulassen, dass uns etwas passiert – versprochen. Und du auch nicht. Du bist zu stark." Er nickte auf die Papiere in ihrem Schoß. „Lies die Briefe, hoffentlich geben sie uns etwas mehr Aufschluss."

Sie nickte und wandte sich wieder den Briefen zu; insgesamt waren es etwa fünf. Auch hier waren die Schrift und die Sprache schwer zu entziffern, aber sie gab nicht auf, entschlossen, den Ereignissen auf den Grund zu gehen.

Nach etwa einer halben Stunde stand ein Glas Rotwein vor ihr. Avery blickte auf und sah Alex grinsen. „Ich dachte, du brauchst eine Stärkung. Du bist mit den Gedanken ganz woanders. Gute oder schlechte Neuigkeiten?"

Sie lächelte, nahm ihm das Glas ab und trank einen Schluck, bevor sie sprach. „Danke. Nun, die Neuigkeiten sind gut und schlecht. Es war nicht der Friedensrichter, der die Hexenprozesse leitete, sondern der Hexenjäger. Der Friedensrichter war aufgrund seiner Position in der Stadt involviert. Er musste es sein, aber es scheint, dass er ein unfreiwilliger Teilnehmer war. Die ersten Briefe sind von Faversham an Newton und beschweren sich im Grunde über Helena, basierend auf den Anklagen, die er gegen sie erhoben hat. Es scheint, als wären sie eine höfliche Notwendigkeit gewesen, im Grunde eine Warnung, ihn zu unterstützen. Es gibt einen Brief von Newton, in dem er ihn auffordert, seine Handlungen mehr oder weniger sorgfältig zu überdenken, und Faversham antwortete im Grunde, er solle sich raushalten. Dann schickte der Hexenjäger einen Brief, in dem er Newton warnte, dass es gefährlich sei, Helena zu verteidigen, und dass es möglicherweise darauf hindeutete, dass er die Hexerei unterstütze.

Alex saß mit einer Flasche Bier in der Hand neben Avery auf dem Sofa und nahm ihr einen Brief ab, den er während sie sprach überflog. „Also war Peter Newton im Grunde verdammt, egal was er tat. Wenn er versuchte, sie zu unterstützen, waren sein Leben und seine Familie in Gefahr."

Avery lehnte sich zurück und blickte zur Decke. „Diese Mistkerle. Helena hatte nie eine Chance."

„Aber was hat sie *getan*, Avery? Und wenn Faversham ein Hexer war, was er wohl gewesen sein muss, warum hat er sich dann nicht mit Magie gerächt? Warum den Hexenjäger einschalten?"

Avery drehte sich zu ihm um. „Du hast recht. Das ist eine gute Frage."

Er sah selbstgefällig aus. „Ich weiß. Ich bin toll."

Sie verdrehte die Augen. „Und so bescheiden."

„Ist da noch etwas drin?" Er deutete auf die Papiere.

„Im Grunde nicht, außer dass die Leute auf sehr wortreiche Weise bedroht werden. Die Familie Faversham muss einfach abgrundtief böse sein. Der Hexenjäger klingt auch abscheulich."

„Das überrascht mich nicht. Aber das Gute daran ist, dass Newtons Vorfahre doch nicht so schlimm war."

„Er war rückgratlos."

„Er wurde bedroht", erinnerte Alex sie. „Vielleicht meinte unser Newton das mit seinem Platz. Vielleicht war sein Vorfahr so wütend und hilflos, dass sich seitdem die gesamte Familie geschworen hat, White Haven und die Hexen darin zu beschützen."

„Er hat eine seltsame Art, das zu tun", murmelte Avery.

„Das ist ein verdammt hartes Vermächtnis. Vor allem, wenn man keine Wahl hat."

Fünf

Wenig später tauchten El und Briar mit Pizza auf. Avery war etwas verlegen, weil sie bereits mit Alex dort war. Sie war sich sicher, dass sie wussten, was sie gemacht hatten, und obwohl es eigentlich keine Rolle spielte, war sie trotzdem verunsichert. Aber keiner von ihnen sagte etwas, obwohl Briar Avery mit hochgezogenen Augenbrauen und einem kurzen Grinsen ansah. Avery versuchte, mit großen Augen unschuldig dreinzuschauen, und wusste sofort, dass sie gescheitert war, als Briar noch mehr grinste. El ging jedoch mit den Pizzakartons direkt in die Küche und würdigte sie kaum eines Blickes.

Avery beschloss, das unausgesprochene Thema zu wechseln. „Wo ist Reuben?"

El seufzte. „Er wird kommen, wenn er bereit ist."

Die anderen tauschten besorgte Blicke aus, und Briar schüttelte warnend den Kopf.

„Er trauert, El. Wir müssen ihm Zeit geben", bemerkte Alex.

„Ich weiß. Ich wünschte nur, er wäre nicht wütend auf mich."

„Ich bin sicher, er ist im Moment auf alle wütend."

„Nein. Nur auf mich." Ihr Tonfall lud nicht zu weiteren Fragen ein.

Diesmal wechselte Briar das Thema und grinste breit. „Also, wo ist mein Zauberbuch?"

„Voilà, Madam", erwiderte Alex und deutete auf den Wohnzimmertisch.

Briar stieß ein kaum unterdrücktes, ausgesprochen unpassendes Quietschen aus und rannte los, um es sich anzusehen. „Ich kann es nicht glauben! Es ist einfach wunderschön.“

„Ich muss euch beiden etwas zeigen“, meinte Alex. „El, wir brauchen auch dein Zauberbuch.“

El holte ihr Zauberbuch aus ihrem Rucksack und reichte es ihm. Leider sah sie nicht annähernd so begeistert aus wie Briar.

„Komm her“, bat Alex und zog sie zum Wohnzimmertisch, wo er ihr Buch neben die anderen legte. „Ich hoffe nur, dass das auch bei deinem funktioniert.“

El sah verwirrt aus, als Alex die Lampen ausschaltete und ein Hexenlicht über die Bücher zauberte. Wie erhofft, zeigte Els Buch ebenfalls verborgene Runen und Schriften.

Plötzlich verschwand Els düstere Stimmung und sie setzte sich neben Briar. „Was? Wie? Es ist genau wie das Buch, das wir im Hexenmuseum gefunden haben. Ich habe nicht einmal darüber nachgedacht! Ich ärgere mich so über mich selbst ...“, brach sie ab und blätterte in ihrem Buch.

„Wir müssen die letzten Seiten überprüfen, wenn das okay ist?“

El schaute verwirrt. „Klar, aber warum?“

Alex antwortete nicht, als er zum Ende blätterte, und dort offenbarte das Hexenlicht einen weiteren Zauberspruch: *Teil Zwei, Mit Feuer versiegeln.*

El schnappte nach Luft. „Was ist das?“

Alex seufzte. „Am Ende jedes Zauberbuchs steht ein Teil eines Zauberspruchs. Wir glauben, dass sie zusammen einen großen Zauberspruch ergeben, aber wir haben keine Ahnung, was er bewirkt. Auch hier enthält deins keine Zutaten, wie meins, nur einen Zauberspruch – einen Sprechgesang. Du hast Teil Zwei, ich habe Teil Fünf. Briar, du hast Teil Drei.“

El und Briar schauten von Alex zu Avery und wieder zurück.

„Ich kümmere mich ums Essen", bot Avery Alex an. „Erklär du es ihnen."

Sie ging in die Küche, holte Oliven, Käse und Cracker sowie die Pizza heraus und hoffte, dass Reuben sie nicht lange warten lassen würde – falls er überhaupt kam. Während sie arbeitete, hörte sie den anderen zu, lächelte, während sie ihre Grimoires durchblätterten und Runen verglichen. Sie war überrascht, wie wohl sie sich bei ihnen allen fühlte, obwohl sie sich eigentlich fragen sollte, warum nicht? Sie hatte die letzten Jahre damit verbracht, auf Distanz zu ihnen zu gehen, und jetzt fragte sie sich, warum sie das getan hatte. Sie kannten sie, verstanden sie, wie es sonst niemand konnte, nicht einmal ihre ältesten Freunde.

Und Alex. Sie hielt einen Moment inne und beobachtete ihn. Sein langes Haar fiel locker über seine Schultern, sein Gesicht war lebhaft, während er über die Runen sprach, die er gefunden hatte. Alle Vorurteile, die sie anfangs ihm gegenüber gehegt hatte, wurden langsam abgebaut. Er war nachdenklich, witzig und sexy, und er wirkte aufrichtig. Als hätte er ihre Gedanken gehört, sah er auf, hielt ihren Blick einen Moment lang fest, bevor er zu seinen Erklärungen zurückkehrte. *Oh bei der Göttin*, dachte sie, *sei still, mein klopfendes Herz.*

„Diese Runen", fuhr er fort, „bieten Schutz. Sie müssen eine Möglichkeit darstellen, die Zaubersprüche zu kategorisieren. Aber diese", sagte er und zeigte auf einige verschiedene Seiten, „fügen dem Zauberspruch Wörter oder zusätzliche Anweisungen hinzu. Das deutet darauf hin, dass man mit einer anderen Hexe zusammenarbeiten sollte."

„Aber warum sollte man das nicht in den Text des Zauberspruchs einfügen?", fragte El. „Das ergibt keinen Sinn."

„Dieser hier", fuhr er fort und zeigte auf einen anderen Zauberspruch in seinem eigenen Zauberbuch, „schlägt eine zusätzliche Zutat vor – Eisenkraut – und fügt eine Warnung hinzu: *das Herz für immer zu verschließen.*"

Briar nickte. „Eisenkraut wirkt besser, wenn seine Verwendung geheim gehalten wird. Vielleicht dachte man, dass es die Wirksamkeit erhöht, wenn man es im Zauberspruch versteckt."

„Interessant", murmelte El. „Wie ein Zauberspruch im Zauberspruch."

Doch anstatt zu antworten, wurde Alex still, sein Gesicht verfinsterte sich und seine Augen starrten ins Leere.

„Alex!", rief El. „Was ist los?"

Avery ließ das Messer, das sie in der Hand hielt, klappernd fallen. „Fasst ihn nicht an!", schrie sie. „Er muss eine Vision haben."

El und Briar lehnten sich beide zurück und ließen Alex etwas Platz. Briar sagte: „So etwas habe ich noch nie gesehen."

„Nein, ich auch nicht", entgegnete Avery, die aus der Küche zusah. „Aber er hat gesagt, dass er sie regelmäßig bekommt."

Einige Augenblicke lang beobachteten sie Alex, der sich nicht von der Stelle rührte. Seine Augen flackerten schnell und sein Atem wurde flach, aber ansonsten war er so bewegungslos wie eine Statue. Gerade als Avery sich fragte, wie lange eine Vision normalerweise dauerte, blinzelte Alex und sah sich verwirrt um.

„Geht es dir gut?", fragte Briar und kniff besorgt die Augen zusammen.

„Mir geht es gut, aber Reuben steckt in Schwierigkeiten."

„*Was*?" El sprang auf und warf dabei fast eine Kerze um. „Wo ist er?"

„Am Stadtrand von White Haven", erwiderte Alex und stolperte auf die Beine. „Ich fahre."

„Nein. Ich fahre", erwiderte El mit vor Wut erbleichtem Gesicht. „Schlüssel", befahl sie, und ihre Schlüssel flogen durch den Raum und landeten in ihrer Hand.

Ohne zu zögern rannte sie die Treppe hinunter, gefolgt von den anderen. Avery half Alex, der immer noch benommen wirkte. Er hielt kurz inne, um den Raum zu verschließen.

„Vielleicht solltest du hier bleiben", schlug sie ihm vor, während sie wartete.

„Keine Chance. In einer Minute geht es mir wieder gut."

Innerhalb weniger Augenblicke waren sie draußen, stiegen in Els verbeulten alten Land Rover und El ließ die Reifen quietschen, während sie das Gaspedal durchtrat und durch den strömenden Regen raste.

„Wohin?", rief sie.

Old Haven Church", sagte Alex.

Briar saß neben El, bewegte ihre Finger und murmelte leise vor sich hin, während sie ihre Kräfte heraufbeschwor, und Avery schloss sich ihr an und versuchte, ihre wirren Gedanken zu ordnen. *Bitte lass es Reuben gut gehen,* dachte sie.

„Wer war da, Alex?", rief El über ihre Schulter.

„Faversham und eine Frau, die ich nicht erkannt habe."

„Eine Frau? Dann also nicht Alicia?", fragte Avery.

„Warum zum Teufel sollte es Alicia sein?", fragte Briar und drehte sich zu ihnen um.

„Nur ein Gedanke, den ich hatte. Ich erkläre es dir später", antwortet Avery ausweichend und stemmte sich gegen den Sitz vor ihr, als El viel zu schnell um eine Kurve fuhr.

Briar starrte sie finster an. „Bring uns nicht um, El!"

El ignorierte sie und konzentrierte sich auf die Straße. Avery wandte sich wieder Alex zu. „Wer?"

„Ich weiß es nicht. Ich konnte keine Gesichtszüge erkennen, nur das Gefühl, dass es eine Frau war. Dunkle Haare vielleicht?"

„Verdammt!", schrie El, als sie hinter einem Wagen stecken blieb. Sobald sie konnte, wich sie aus und bog auf die Straße ein, die zur *Old Haven Church* führte.

Der Regen prasselte weiter auf sie herab und der Wind peitschte die Äste der überhängenden Bäume gegen den Wagen. Die Straße war schmal und wenn ein entgegenkommendes Fahrzeug auf sie zukam, würde es eine Katastrophe geben. El war das egal. Sie gab Vollgas und Avery setzte ihre Magie ein, um den Regen vom Wagen fernzuhalten, und versuchte zu spüren, ob sich etwas vor ihnen befand.

Sie wandte sich an Alex. „Hast du noch etwas gespürt? Ich meine, war Reuben in der Hauptkirche?"

Er schloss die Augen und runzelte die Stirn. „Ich habe vor allem Wut und Verzweiflung gespürt. Es roch feucht. Ich glaube, es war vielleicht das Mausoleum? Ich weiß es nicht." Er sah sie angsterfüllt an.

Avery stellte sich vor, wie Reuben seinen Bruder in Stille betrauerte und dann angegriffen wurde, und ihre Brust zog sich vor neuerlicher Sorge zusammen.

Innerhalb weniger Minuten raste El auf den Parkplatz der Kirche zu. Reuben hatte seinen Wagen, einen alten VW Variant, dort geparkt. Sie stiegen hastig aus und rasten auf die Kirche zu, und waren klatschnass, noch bevor sie die breite, überdachte Veranda vor der verschlossenen Tür erreichten. Sie war verlassen. El machte sich wieder auf den Weg, die anderen folgten ihm und rannten den Weg hinunter zum Mausoleum, und in diesem Moment sah Avery, wie dunkler Rauch in die Luft stieg.

Die Tür des Mausoleums hing schief in den Angeln und eine Frau mit langen, dunklen Haaren lenkte Energiestöße wie Blitze auf das

Gebäude. Avery konnte von hier aus einen großen Riss in der Wand sehen und der Baum, der das Mausoleum schützte, schwelte. Es war niemand anderes zu sehen und es war klar, dass sie die herannahende Gruppe nicht sehen konnte. El schickte einen glühenden Feuerstrahl auf die Frau, der sich um ihre Beine wand und sie zu Boden riss. Sie drehte sich um, ihr Gesicht war vor Wut verzerrt, obwohl sie auf dem Boden lag. Briar blieb stehen und die anderen liefen weiter, aber nach ein paar Metern brach ein gewaltiger Riss in der Mitte des Weges auf, der Avery fast zu Fall gebracht hätte. Der Riss verbreiterte sich unter der gestürzten Frau, und obwohl sie sich mühsam auf die Beine kämpfte, brachte er sie aus dem Gleichgewicht, und sie fiel in ein immer breiter werdendes, dunkles Loch.

Die Frau streckte ihren Arm aus und schleuderte ihnen eine Energiewelle entgegen, die Avery und El dazu zwang, auf beiden Seiten des Weges in Deckung zu gehen, aber Alex blieb standhaft und hielt seine Hände nach oben und außen. Avery war sich nicht ganz sicher, was er getan hatte, aber die Energiewelle stoppte abrupt, als die Frau schrie und auf die Knie fiel, nun in Schlamm gehüllt, während die Erde begann, sie ganz zu verschlingen. Sie waren jetzt ganz nah, nur noch wenige Meter entfernt, und konnten sehen, wie die Frau um die Kontrolle kämpfte.

Avery blinzelte durch den Regen, strich sich das Haar aus dem Gesicht und sah einen großen, abgebrochenen Ast an der Seite des Mausoleums, der vom Wind umgestürzt worden war. Sie nutzte die wilde Energie des Windes, der um sie herum tobte, und zog den Ast in einen Luftwirbel, der ihn auf den Kopf der Frau schleuderte. Sie fiel bewusstlos zu Boden.

El rannte weiter zum Mausoleum, und Avery folgte ihr und kam im Eingangsbereich zum Stehen. Reuben lag bewusstlos auf dem Boden, Blut strömte aus einer Wunde an seiner Schläfe. El eilte zu ihm, kniete sich hin und fühlte seinen Puls, während Avery keuchend hinter ihr stand und sich nach Faversham umsah. Aber der Raum war leer, abgesehen von den Särgen von Reubens Familie; Gils Sarg stand auf einem Podest und sah viel zu neu aus.

Eine Welle von Traurigkeit und Wut und das Gewicht von Jahrhunderten drückte auf Avery, und sie holte tief Luft und versuchte, ihren Atem zu beruhigen. Sie wandte sich wieder dem Gelände zu und sah Alex und Briar über der Frau stehen. Sie waren jetzt alle völlig durchnässt, klatschnass und voller Schlamm, wo sie in die Erde hineingezogen worden war. Avery schauderte. Sie wäre fast lebendig begraben worden, und Avery wusste nicht, wie motiviert sie gewesen wäre, sie zu retten. Sie wandte sich wieder El zu. „Ist er okay?"

El nickte und sah erleichtert aus. „Er ist bewusstlos, aber am Leben."

Alex und Briar kamen am Mausoleum an und Alex deutete mit einem Kopfnicken in Richtung der Frau. „Was zum Teufel machen wir jetzt mit ihr?"

„Ich will sie verhören!", rief El und sah dabei wütend aus. Avery war schockiert; sie hatte El noch nie so erlebt.

„Ich bin ja dafür, sich zu verteidigen, El, aber ich greife sie jetzt nicht an, wo sie am Boden liegt", sagte Alex und runzelte die Stirn.

„Und wo ist ihr Wagen?", fragte Briar. „Wie ist sie hierhergekommen?"

„Auf dieselbe geheimnisvolle Art und Weise wie Faversham, nehme ich an. Ich würde zu gerne wissen, wie sie das machen!", bemerkte Avery.

Über das Rauschen des Windes und den fallenden Regen hinweg glaubte Avery, noch etwas anderes zu hören. Einen Fahrzeugmotor. „Jemand ist hier."

Alex lief zu El. „Lass uns Reuben aufwecken und ihn zum Wagen schleppen. Diese Frau kann hierbleiben. Mir ist es egal, ob sie eine Lungenentzündung bekommt."

Doch als Avery zur Kirche zurückblickte, sah sie zwei Dinge – die große, dunkelhaarige Gestalt von Newton, die um die Ecke der Kirche bog, und dann die unverkennbare, verschwommene Gestalt von Faversham, die neben der gestürzten Frau erschien.

Faversham zögerte einen Moment, schaute Avery an und dann wieder Newton, der nun auf sie zurannte. Faversham kniete sich hin, ergriff die Hand der Frau und verschwand dann mit einem Wirbelwind, wobei er sie mit sich zog.

Innerhalb von wenigen Augenblicken erreichte Newton das Mausoleum und suchte Schutz unter der Veranda. Er schüttelte Wasser von seiner Jacke und strich es sich aus den Haaren und aus dem Gesicht. Er blickte zurück auf die aufgerissene Erde, auf Reubens bewusstlosen Körper und dann auf die rissige Wand und den schwelenden Baum, bevor er ihr zerlumptes Äußeres betrachtete. „Ich glaube, wir müssen reden."

# Sechs

„Ich denke, jetzt wäre ein guter Zeitpunkt für euch, mir genau zu sagen, was los ist!", schrie Newton.

Er stand klatschnass mitten in Alex' Wohnzimmer und versuchte, sich mit einem riesigen Badetuch abzutrocknen. Wütend trocknete er sich die Kleidung ab und rieb sich die Haare, bis sie zu Berge standen. Er trug Freizeitkleidung, Jeans und ein T-Shirt, dazu einen alten Kapuzenpullover von der Universität, sodass er trotz seiner Wut jetzt viel zugänglicher wirkte als zuvor. Durch seine durchnässte Kleidung hatte er etwas von seiner Autorität verloren.

Alex stand ihm gegenüber, ebenfalls klatschnass, und versuchte ebenfalls, sich schreiend abzutrocknen. „Ich denke, es ist ziemlich klar, was los ist. Unser Freund Reuben wurde angegriffen und fast getötet. Soll ich eine Anzeige erstatten?"

„Nur, wenn du glaubst, erklären zu können, was zum Teufel passiert ist. Ich weiß nicht, ob Magie wirklich für eine gute Aussage geeignet ist."

„Nun, Magie fasst es ziemlich gut zusammen", entgegnete Alex sarkastisch.

„Fang von vorne an. Und erzähl mir *alles*."

„Sagen Sie mir zuerst, woher Sie wussten, dass wir dort waren", verlangte Alex mit misstrauisch zusammengekniffenen Augen.

„Einer meiner Kollegen hatte gesehen, wie ihr die Gasse entlanggerast seid, und es gemeldet. Ich habe alle gebeten, eure Fahrzeuge auf verdächtige Aktivitäten zu beobachten."

„Wirklich! Sie spionieren uns nach?", fragte Alex ungläubig.

„Zu eurem eigenen Besten", erwiderte Newton.

„Wir sind doch keine verdammten Kinder!"

„Nein. Ihr entfesselt nur Magie in einer ahnungslosen Gemeinde", bemerkte Newton trocken.

„Das tun wir eigentlich nicht! Die einzigen Menschen, auf die wir unsere Magie entfesseln, sind andere Hexen, die uns Schaden zufügen und unsere Zauberbücher stehlen wollen! Hexen, von denen wir nicht einmal wussten, dass sie existieren."

Newton starrte Alex eisig an. „Aber dabei wurden unschuldige Menschen verletzt."

„Nicht von uns."

„Erzähl mir alles", wiederholte Newton.

Alex warf Avery einen fragenden Blick zu, und sie nickte.

Alex seufzte und begann zu erklären.

Avery blickte von einem Mann zum anderen, leicht amüsiert, aber auch ein wenig erstaunt über ihre Feindseligkeit gegeneinander. Sie waren wie Feuer und Wasser, und sie beschloss, sich nicht einzumischen.

Sie saß vor dem lodernden Feuer, eingewickelt in eine Decke, nachdem sie sich die Haare mit einem Handtuch abgetrocknet hatte. Reuben lag auf Alex' Bett, wo Briar ihre Heilzauber einsetzte, um ihn wieder zu Bewusstsein zu bringen. El war bei ihr. Sie nahm an, dass sie rufen würden, wenn sie Hilfe brauchten. Avery vermutete, dass Alex jedes Handtuch und jede Decke, die er besaß, verteilt hatte.

Draußen war es inzwischen dunkel, und das Unwetter tobte unvermindert weiter. Sie waren vor einer knappen halben Stunde in

Alex' Wohnung zurückgekehrt. Sie hatten alle geholfen, Reuben zum Parkplatz zu tragen, und sich dann in Gruppen aufgeteilt. Briar und Avery brachten Reubens Wagen zurück, mit ihm auf dem Rücksitz, während Alex mit El nach Hause fuhr. Newton war ihnen gefolgt. Avery war gefahren und hatte kurz bei Briar angehalten, damit sie einige Kräuter und Edelsteine abholen konnte, die sie für die Heilung benötigte. Sie lebte in einem winzigen Häuschen in einer der Seitenstraßen der Stadt, und Avery hatte im Wagen gewartet und war dann bei ihrer eigenen Wohnung vorbeigefahren, um ihre Katzen zu füttern. Sie wusste nicht genau, wann sie später nach Hause kommen würde. Sie war erleichtert, als sie feststellte, dass ihre Schutzzauber intakt waren.

Ein gewaltiges Donnern krachte über ihnen, und Avery zuckte zusammen und wurde aus ihren Gedanken gerissen.

Newton runzelte erneut die Stirn und verschränkte die Arme vor der Brust. „Du hast keine Ahnung, wer die Frau ist?"

„Nein", antwortete Alex geduldig. „Ich habe sie noch nie in meinem Leben gesehen, aber sie hat versucht, das Mausoleum zum Einsturz zu bringen und Reuben zu töten. Wir brauchen einen Plan."

Alex hatte recht. Faversham hatte Gil getötet, und jetzt waren sie alle in Gefahr; sie mussten sich wehren. Bevor sie klar denken konnte, brauchte sie etwas zu essen. Der Geruch von aufgewärmter Pizza erfüllte die Wohnung, und Avery schleppte sich vom Feuer zur Küche. Sie holte Teller und Schneidebretter heraus, legte die drei Pizzen darauf und schnappte sich ein Stück für sich.

„Hey, Leute, ihr solltet essen." Sie schob ihnen Teller hin und trug dann zwei zu Briar und El.

Das Schlafzimmer war nur von Kerzenlicht erhellt, und der süße Duft von Räucherwerk zog durch den Raum. Briar saß im Schneidersitz auf dem Bett neben Reuben. Sie hatte Heilsteine auf bestimmte

Punkte seines Körpers gelegt, einen Umschlag auf seine Kopfwunde, und sie hielt seine Hand, während sie leise einen Zauberspruch flüsterte.

El schaute auf, als Avery mit grimmigem Gesichtsausdruck hereinkam.

Avery drückte El einen Teller mit ein paar Stücken heißer Pizza in die Hand.

El schüttelte den Kopf. „Ich kann nichts essen."

„Das ist mir egal. Versuch es. Zwing dich dazu."

El verdrehte die Augen, biss in ein Stück und kaute lustlos darauf herum.

„Wie geht es ihm?"

„Ganz gut. Briar ist unglaublich. Sie sitzt seit zwanzig Minuten so da. Seine Atmung ist stabil und seine Gesichtsfarbe gut."

Avery lächelte, Erleichterung durchströmte sie. „Wissen wir, warum er im Mausoleum war?"

„Um Zeit mit Gil zu verbringen? Ich weiß es nicht, wir haben seit Tagen nicht miteinander gesprochen." Els blassblaue Augen füllten sich wieder mit Tränen.

„Es wird schon wieder. Lass ihm einfach Zeit."

El nickte und wandte sich ab.

Avery ging zurück ins Wohnzimmer und musste zweimal hinschauen. Newton und Alex lehnten an der Theke, ein Stück Pizza in der einen Hand, eine Flasche Bier in der anderen. Sie sahen immer noch feindselig aus, aber der Hunger hatte sie offensichtlich übermannt.

„Hast du eine Ahnung, warum Reuben in der Kirche war?", fragte Avery. „Das Wetter ist schlecht. Es kommt mir einfach seltsam vor."

„Ich habe keine Ahnung. Ich bin zu müde, um mich jetzt damit zu beschäftigen", erklärte Alex.

Avery seufzte und griff nach einem weiteren Stück Pizza. „Ich auch. Aber wir müssen vor Faversham verbergen, wo wir sind. Ich habe das Gefühl, dass wir einen Peilsender an uns haben. Reuben war auf sich allein gestellt eine leichte Beute. Vor allem mitten auf einem verlassenen Friedhof."

Newton sah sie stirnrunzelnd an. „Also, wie lange ist Faversham schon involviert?"

Avery zuckte mit den Schultern. „Von Anfang an. Wir glauben, dass er für die Dämonen verantwortlich ist."

„Also ist er derjenige, der für den Tod der Frau im Wagen und der Reinigungskraft im Museum verantwortlich ist?"

„Vielleicht", antwortete Alex. „Er hat Gil getötet. Wir haben es gesehen."

„Ich finde, das war eine ziemlich wichtige Sache, die ihr in eurer Aussage nicht erwähnt habt", bemerkte Newton sichtlich verärgert.

„Er hat ein verdammt großes Steinmonster heraufbeschworen und Gil gegen die Wand geschleudert. Wenn Avery nicht gewesen wäre, wären wir wahrscheinlich alle tot. Wie soll ich *das* in einer Aussage formulieren?"

Newton sah aus, als würde er diskutieren wollen, nickte dann aber und seufzte.

Avery hatte genug von Geheimnissen. „Newton, Sie müssen uns sagen, welche Rolle Sie dabei spielen. Sie verstehen etwas von Magie und kennen uns. Wir waren ehrlich zu Ihnen, jetzt seien Sie bitte ehrlich zu uns."

„Du hast mir nicht alles erzählt, Avery."

„Wir haben Ihnen viel erzählt."

„Was sind die verborgenen Grimoires?" Er lehnte sich gegen die Arbeitsplatte und beobachtete sie.

Es kam ihr nicht sinnvoll vor, ihn noch über irgendetwas anderes anzulügen. Es war seltsam, aber trotz des wenigen, das sie über ihn wussten, vertraute sie ihm. „Es sind unsere alten Familien-Grimoires, die im 16. Jahrhundert vor dem Haupt-Hexenjäger versteckt worden waren. Soweit wir das rekonstruieren können, wurde Helena – meine Vorfahrin – verraten oder von ihren Anklägern – den Favershams – hereingelegt und auf dem Scheiterhaufen verbrannt. Die anderen Familien versuchten, sich für sie einzusetzen, aber es half nichts, und nach ihrem Tod zogen sie weg und die Zauberbücher gingen verloren, bis jetzt. Wir kennen die Details noch nicht genau."

Alex fügte hinzu: „Wir haben nicht alle Zauberbücher – nur drei. Faversham hat uns gedroht, sie zu bekommen. Es war ihm ernst damit."

Newton stöhnte und legte sein letztes Stück Pizza auf die Theke. Mit müden grauen Augen sah er Avery und Alex an. „Mein ganzes Leben lang wurde ich davor gewarnt, davor gewarnt, dass es in meiner Generation passieren könnte, aber wir werden immer gewarnt, und dann passiert doch nichts. Aber jetzt scheint alles wahr zu werden."

Alex sah nervös aus. „Was wird wahr?", fragte er.

„Dass mein eigentlicher Job gerade erst beginnt."

Avery riss die Augen auf. „Wovon reden Sie?"

„Die Seele der alten Octavia Faversham ist mit der eines Dämons verbunden und ist irgendwo unter White Haven gefangen. Ihre Vorfahren haben sie dort hingebracht, und es ist meine Aufgabe, sie dort zu halten.

Alex sah verblüfft aus. „Soll das ein Witz sein?"

„Nein, leider nicht." Newton sah so zurechnungsfähig aus, wie man es nach einem so bizarren Satz nur sein konnte.

Ein schrecklicher Schauer der Angst lief Avery den Rücken hinunter. „Der Zauberspruch im hinteren Teil der Zauberbücher. Ist es das? Ein Bindungszauber?"

„Möglicherweise. Ich habe keine Ahnung, wo sie Octavias Seele hingebracht haben oder wie sie es gemacht haben. Ich weiß nur, dass er von allen Hexen durchgeführt wurde, um Octavia und ihren Dämonenfreund zu bändigen und um den Rest der Favershams einzuschüchtern, damit sie sich zurückziehen."

„Und es ist Ihnen nicht in den Sinn gekommen, es uns zu sagen?", fragte Alex erneut wütend. „Sie haben es die ganze Zeit über gewusst!"

Newton blickte auf den Boden und dann wieder zu Alex. „Ich wusste es nicht. Diese Informationen werden von Generation zu Generation weitergegeben. Woher soll ich wissen, was relevant ist und was nicht? Ich habe nie wirklich daran geglaubt, wenn ich ehrlich bin." Er appellierte an beide. „Ich meine, ernsthaft, Dämonen?"

Er hatte nicht ganz unrecht, musste Avery zugeben. Sie konnte es selbst kaum glauben, und sie war eine Hexe.

„Und", fuhr Newton fort, „diese Aktivitäten sind bisher nur ein paar Mal vorgekommen. Ungefähr einmal pro Jahrhundert."

Avery seufzte. „Addison Jackson."

Newton kniff die Augen zusammen. „Ja. Woher weißt du das?"

„Annes Nachforschungen – Gils Cousine. Ich habe versucht, mir ein Bild davon zu machen, was mit Addison passiert ist. Aber Lindon sagte, er habe Schwarze Magie praktiziert – seine Familie wegen der Grimoires getötet."

„Nein. Das war eine Lüge, die seiner Familie und seinen Nachkommen aufgetischt worden ist. Er floh mit seiner Frau und seinen Kindern in ein Versteck, um sie zu schützen. Ich glaube, er hat Schwarze Magie – Blutmagie – eingesetzt, um sie zu verstecken. Aber er hat sie nicht getötet. Ich hoffe, er hatte ein glückliches, friedliches Leben."

„Na toll", bemerkte Alex. „Er hat damit nur Gils Familie im Stich gelassen, die dann den Schlamassel beseitigen musste."

„Ich habe nicht gesagt, dass er perfekt war", entgegnete Newton und griff nach einem weiteren Stück Pizza.

Avery war völlig durcheinander und sie war froh, zu sehen, dass Alex genauso schockiert aussah. „Die Favershams haben ihm damals gedroht?"

„Das wurde mir gesagt. Und auch in den Zeiten davor, in anderen Generationen. Es gibt einen Grund, warum Hexen White Haven verlassen."

„Ja, das höre ich auch immer wieder", stimmte Alex zu. „Nun, hier ist Schluss. Ich weigere mich, von einem diebischen Geisterbeschwörer und seiner korrupten Familie aus meiner Stadt gejagt zu werden. Und wenn wir die anderen Grimoires finden, werden wir mächtiger und viel schwerer zu manipulieren sein."

„Moment mal", unterbrach Avery ihn und dachte angestrengt nach. „Die Grimoires haben zwei Funktionen. Sie beschreiben mächtige Zaubersprüche, die wir noch nie zuvor gesehen haben, und sie enthalten einen verborgenen Bannungszauber, der verwendet wurde, um Octavia Faversham und ihren Dämon zu bannen. Wir haben keine Ahnung, was Faversham will, aber vermutlich Letzteres. Heißt das, sie wollen Octavias Seele befreien?"

Alex schaute verblüfft. „Ich denke schon."

„Aber warum? Welche Bedeutung hat das? Ich meine, was hat sie so Schlimmes getan, dass sie überhaupt erst gebannt wurde, und warum ist es so wichtig, sie und ihren Dämon zu befreien? Die haben Dämonen, die ihnen aus den Ohren kommen!"

„Haben das nicht Ihre Vorfahren, die Dämonen jagten und White Haven retteten, überliefert, Newton?", fragte Alex.

„Anscheinend nicht", erwiderte Newton schnippisch. "Ich schätze, deine Vorfahren, die Dämonen bannen und Seelen rauben, wussten das auch nicht."

Na toll, dachte Avery. *Testosteron*. „Leute, wir brauchen einen Plan. Du sagst es, Alex. Wir werden angegriffen. Gil wurde getötet. Das ist kein Spiel. Wir müssen uns schützen und einen Weg finden, sie zuerst anzugreifen. Ich hasse es, im Nachteil zu sein. Und wer sind sie? Das müssen wir herausfinden! Faversham und wer noch?"

„Nun, ich schätze, da komme ich ins Spiel", erklärte Newton. „Ich habe Zugang zu Unterlagen, an die ihr nicht herankommt. Ich werde Favershams Familie, seine Kontakte, einfach jeden überprüfen. Dann wissen wir, mit wem wir es zu tun haben."

Den Rest des Abends verbrachten sie damit, darauf zu warten, dass Reuben erwachte, und sich die Zauberbücher und Dokumente anzusehen.

Newton verhielt sich weniger wie ein Polizist und mehr wie ein Freund. Avery hatte ihm angeboten, ihm zu zeigen, was sie gefunden hatten, und er saß auf dem Sofa und sah sich die Papiere und die Prozessprotokolle an.

„Wie ist Ihr Vorname?", fragte Avery Newton. Sie saß auf dem Boden neben Alex und blätterte in den drei Zauberbüchern, während ein Hexenlicht zwischen ihnen schwebte. „Ich meine, Sie Newton zu nennen, wäre unhöflich."

Er blickte auf und ein Hauch von Lächeln lag auf seinem Gesicht. „Mathias oder Matt, aber alle nennen mich Newton, also kannst du das so stehen lassen."

„Einverstanden. Was hältst du von den Papieren?"

„Sie sind interessant. Und beunruhigend. Ich vermute, du möchtest mir nicht sagen, wo du sie gefunden hast?"

„Nicht wirklich", erwiderte Alex, der sich schon wieder auf einen Streit vorbereitete.

Newton zog die Augenbrauen hoch. „Wahrscheinlich ist es besser so. Ich habe von meinen Vorfahren und dem Hexenjäger gehört, aber diese düsteren Briefe zu lesen, macht es realer. Es bringt mein Blut zum Kochen, wenn ich ehrlich bin."

„Zumindest wurde dein Vorfahr nicht auf dem Scheiterhaufen verbrannt", gab Avery zu bedenken.

Newton nickte. „Stimmt auch wieder."

Briar kam aus dem Schlafzimmer und streckte sich. „Jetzt brauche ich eine Pizza. Ist noch welche übrig?"

„Geht es Reuben gut?", fragte Avery.

„Es geht ihm gut. Es stand eine Weile auf der Kippe – seine Kopfverletzung war schlimm und sein Arm war stark geprellt." Briar sah erschöpft aus, aber immer noch sehr hübsch. Ihr langes, dunkles Haar war zur Hälfte auf dem Kopf zusammengebunden, der Rest fiel ihr über die Schultern. Sie trug ein langes, dunkelrotes Sommerkleid, das ihr Haar zur Geltung brachte und ihre Haut noch blasser erscheinen ließ. Newton schaute zweimal hin und sprang auf.

„Setz dich, Briar, lass mich das machen." Er führte sie zum Sofa und holte ihr dann etwas zu essen und ein Glas Wein. Briar schien seine Zuvorkommenheit nicht zu bemerken, aber Avery schon. Vielleicht würde sich daraus doch noch etwas Gutes ergeben.

Briar ließ sich in ihrer üblichen Ecke nieder und innerhalb von Sekunden hatte Newton ihr ein Glas Wein gereicht. „Die Pizza braucht noch ein paar Minuten", erklärte er.

„Solange halte ich noch durch", antwortete sie nervös. „Kein Grund zur Eile."

Aber Newton war bereits in der Küche beschäftigt.

„Wie geht es El?", fragte Alex.

„Sie hat panische Angst. Zwischen den beiden läuft es nicht gut. Reuben ist gerade ziemlich schlecht drauf."

„Das überrascht mich nicht, aber er wird sich wieder einkriegen, er ist ein guter Kerl."

„Da bin ich mir nicht so sicher. Er gibt ihr die Schuld daran, dass Gil in die Suche nach dem Zauberbuch verwickelt wurde."

Avery war fassungslos. „Warum? Das ergibt keinen Sinn. Es war Reuben, der Gil dazu gedrängt hat, nach dem Zauberbuch zu suchen."

„Er sucht jetzt nach jemandem, dem er die Schuld geben kann. Natürlich gibt er Faversham die Schuld, aber El ist auch darin verwickelt."

„Warum beschuldigt er mich nicht? Ich bin diejenige, die die Truhe überhaupt erst hergebracht hat."

„Ich glaube, er ist ein bisschen wütend auf uns alle", erwiderte Briar traurig. „Ich kann ihm keinen Vorwurf machen."

Newton setzte sich neben sie und reichte ihr einen Teller mit Pizza, Käse und Oliven. „Bitte sehr."

„Danke", sagte sie und lächelte ihn strahlend an. „Und was hast du mit der ganzen Sache zu tun, Newton?"

„Das ist eine lange Geschichte."

„Ich habe Zeit."

Newton begann, seine Familiengeschichte zu erzählen, und Alex stupste Avery an und flüsterte ihr etwas ins Ohr. „Ich überlege, El und Reuben heute Nacht hier schlafen zu lassen. Kann ich dann zu dir kommen?"

„Natürlich", stotterte sie und freute sich sehr, dass er gefragt hatte.

„Cool", bemerkte er und beugte sich ein wenig vor, sodass die Wärme seiner Haut auf ihrer ein Prickeln auslöste. Er zeigte auf den verborgenen Zauberspruch im hinteren Teil von Briars Buch. „In Briars Buch geht es natürlich um Heilung, aber es gibt auch einige interessante Erdzauber. Dieser verborgene Zauberspruch, von dem wir glauben, dass er der Verbannungszauber sein könnte, scheint den Zauberspruch an einen bestimmten Ort zu binden."

„Tatsächlich? Inwiefern?"

„Dieser Teil hier." Alex zeigte auf eine Linie. „An der Stelle in der Mitte des Pentagramms soll die Bindung am stärksten sein, verwurzelt in der Erde, verankert durch die Elemente, für alle Zeiten, wie es der Zauber verlangt."

„Im Pentagramm? Welchem Pentagramm?"

„Nun, das ist die große Frage, nicht wahr?", bemerkte er und ließ seinen Blick zu ihren Lippen wandern. „Glaubst du, wir kommen damit durch, wenn wir jetzt gehen?"

Sie errötete und grinste. „Ich glaube nicht."

„Komm schon. Du weißt, dass du es willst." Er lächelte verschmitzt.

„Du hast einen sehr schlechten Einfluss auf mich", flüsterte sie zurück, während sie eine Welle der Erregung durchströmte.

„Ich weiß. Aber es macht Spaß." Alex schaute zu Briar auf und unterbrach ihr Gespräch mit Newton. „Glaubst du, dass Reuben heute Nacht aufwachen wird?"

„Ich hoffe nicht. Ich hoffe, dass ein langer, natürlicher Schlaf ihm bei der Heilung hilft. Tut mir leid, Alex, du musst heute Nacht ohne dein Bett auskommen."

„In diesem Fall bringe ich Avery nach Hause und ihr zwei könnt gehen, wenn ihr bereit seid. El kann auch hier schlafen."

Briar riss überrascht die Augen auf, als sie zwischen Alex und Avery hin und her blickte, und dann breitete sich ein Lächeln auf ihrem Gesicht aus. „Na gut. Ich bleibe noch ein oder zwei Stunden, nur für den Fall, dass es ein Problem gibt, und dann gehe ich auch nach Hause."

Newton blickte Alex und Avery spekulativ an und dann wieder Briar. „Ich warte mit dir, Briar, und bringe dich dann nach Hause. Eigentlich sollten wir alle von jetzt an aufeinander aufpassen."

„Äh, okay", stimmte Briar zu, „danke."

„Da fällt mir ein", meinte Alex und stand auf. „Reuben und ich haben uns ein Design für Runen überlegt, die uns vor Faversham verbergen können. Das einzige Problem ist, dass es für einen vollständigen Schutz eine Tätowierung sein muss. Interessiert?"

Newton runzelte die Stirn. „Für mich auch?"

„Du bist jetzt Teil des Teams. Du bist genauso gefährdet wie wir alle."

„Ich werde darüber nachdenken."

„Ich auch", entgegnete Briar.

„Gut." Alex half Avery auf die Beine. „Gib mir ein paar Minuten, dann bin ich startklar."

Sieben

Alex und Avery wurden am nächsten Morgen durch lautes Klopfen an der Haustür geweckt.

Avery stöhnte und drehte sich zur Uhr um. „Mist, es ist noch nicht mal sieben! Wer ist das?"

„Ich gehe schon", entgegnete Alex, der sich bereits aus dem Bett quälte und Jeans und T-Shirt anzog.

Avery dachte, sie sollte ihm besser folgen, obwohl es unwahrscheinlich war, dass Faversham einfach an ihre Tür klopfen würde. Sie zog sich hastig Jeans und T-Shirt an, fuhr sich mit den Händen durch die Haare und lief Alex hinterher.

Sie hörte Els Stimme, bevor sie die Treppe halb hinunter war. „Du musst ihn aufhalten, Alex! Er wird sich umbringen, und er hört nicht auf mich!"

El stand mitten in Averys Wohnzimmer und Tränen liefen ihr über das Gesicht. Ihr Gesicht war rot und ihre Augen geschwollen.

„Was ist passiert?", fragte Avery, und Angst machte sich in ihr breit.

Alex griff bereits nach seinem Handy, das auf der Küchenarbeitsplatte lag.

„Reuben ist losgezogen, um Faversham zur Rede zu stellen."

„Er ist was?", fragte Avery entsetzt.

El fing wieder an zu weinen. „Er ist vor einer halben Stunde aufgewacht und ist durchgedreht. Er konnte sich einen Moment lang nicht daran erinnern, was passiert war, und als es ihm wieder einfiel, schrie er nur und sagte, er würde Faversham umbringen." Sie rang nach Luft und kämpfte mit den Tränen. „Ich habe versucht, ihn aufzuhalten, aber er hört nicht zu. Er sieht mich kaum an! Wir müssen ihn aufhalten."

„Er hat vermutlich seinen Wagen genommen?"

„Ja. Er hat sich die Schlüssel geschnappt und ist einfach losgerannt."

Avery griff nach ihren Schlüsseln: „Alex, fahren wir los."

Alex versuchte, ihn telefonisch zu erreichen. „Es geht nur die Mailbox ran."

„Versuch es weiter, ich fahre. Versuch auch, Newton zu erreichen."

Sie rannten zu Averys Wagen und sie fuhr auf die ruhigen Straßen hinaus. „Ich nehme die Hauptstraße nach Harecombe, das wäre der schnellste Weg."

Sie fuhr durch die Straßen und versuchte, ruhig zu bleiben, während Alex Briar anrief. Er saß neben ihr auf dem Vordersitz, El saß ängstlich auf dem Rücksitz. Sie war jetzt still geworden und schaute aus den Fenstern, in der verzweifelten Hoffnung, eine Spur von Reuben zu sehen. Das Wetter war immer noch schlecht, Wind und Regen peitschten gegen die Windschutzscheibe.

„Hey, Briar", begann Alex ins Handy zu sprechen. „Ist Newton bei dir?" Er zog die Augenbrauen hoch und sah Avery an. „Entschuldige, Briar, kein Grund zu schreien. Hast du seine Nummer? Ich muss dringend mit ihm sprechen. Reuben ist unterwegs, um sich mit Faversham anzulegen." Er hielt inne und lauschte. „Wir sind ihm jetzt auf der Straße nach Harecombe auf den Fersen. Kannst du es Newton sagen? Super, bis später. Mach dir keine Sorgen."

„Hast du sie verärgert – wegen Newton?"

Alex schaute betreten. „Ich glaube schon. Sie sagte, ich solle nicht so verdammt anmaßend sein."

Avery lachte. „Ich brauchte jetzt etwas Aufheiterung." Sie schaute El im Rückspiegel an. „Geht es dir gut, El?"

Elspeth schaute weiterhin aus dem Fenster. „Nein. Ich bin krank vor Sorge."

„Es tut mir leid, dass er sauer auf dich ist. Es ist nicht deine Schuld. Wenn es jemandes Schuld ist, dann meine."

„Nein, ist es nicht!", entgegnete Alex verärgert. Er drehte sich zu Avery und El hinter ihm um. „Es ist Favershams Schuld. Er ist der Dreckskerl hier, nicht wir. Das sind unsere Bücher. Es ist nicht unsere Schuld, dass seine Vorfahrin Octavia so ein Miststück war, dass sie mit ihrem verdammten Dämon in einer Art Hexen-Fegefeuer gelandet ist."

Jetzt sah El überrascht aus, und ihre Aufmerksamkeit war endlich nicht mehr auf Reuben gerichtet. „Wovon zum Teufel redest du?"

„Oh! Du hast Newtons Neuigkeiten gestern nicht gehört, oder? Das ist ein Schock." Er seufzte und begann, es ihr zu erzählen.

Avery hörte nur halb zu und raste die Straßen entlang, die nach Harecombe führten. Sobald die Straße breiter wurde, trat sie aufs Gas und fuhr so schnell, wie es ihr alter Van zuließ. Die Straße schlängelte sich an der Küste entlang, bog ab und zu ab und gab den Blick auf das Meer und die Buchten entlang des Weges frei. Sie würden ihn auf keinen Fall einholen. Dann kam ihr ein anderer Gedanke. „Hey Leute, wo muss ich in Harecombe hin? Wo wohnt Faversham?"

„Das ist eine gute Frage", entgegnete Alex. „El?"

Sie sah verblüfft aus. „Keine Ahnung. Ich versuche immer noch, das Hexen-Fegefeuer zu verarbeiten."

„Also, ich rase diese Straße entlang, *wohin*?", fragte Avery zunehmend frustriert.

„Dort!", schrie El und zeigte aus dem Fenster auf einen Parkplatz oberhalb des Strandes, auf dem Reubens Wagen stand.

Avery trat auf die Bremse und bog auf die Straße zur Bucht ab. „Was macht er denn da?"

„Sein Surfbrett fehlt", bemerkte El und in ihrer Stimme klang Erleichterung mit. „Vielleicht hat er es sich anders überlegt."

„Vielleicht hat er gemerkt, dass er, genau wie wir, keine Ahnung hat, wo er überhaupt hin muss", gab Alex zu bedenken.

„Vielleicht hat er einen Todeswunsch", warf Avery ein. „Das Wetter ist doch viel zu schlecht zum Surfen. Wie kommt er an seinen Neoprenanzug?"

„Er hat immer einen im Wagen", entgegnete El.

Sie hielten neben seinem Wagen am Rand des ansonsten verlassenen Parkplatzes und blickten hinunter zur Bucht. Der Weg zum Strand führte durch Sanddünen bis zum Strand. Die Flut war im Anmarsch und schlug gegen den Strand und die Felsen zu beiden Seiten der Bucht. Avery konnte Reuben auf seinem Surfbrett sehen, wie er versuchte, hinaus auf das Meer zu gelangen.

„Verdammt. Will er jetzt wirklich surfen?", fragte Alex ungläubig. „Er wird von den Wellen zerschmettert werden."

„Wie zum Teufel können wir ihn aufhalten?", fragte Avery, wohl wissend, dass niemand eine Antwort darauf hatte.

El sprang aus dem Wagen und eilte den Pfad entlang, und war in Sekundenschnelle völlig durchnässt. Sie hörten ihre Stimme, die Worte gingen im Wind verloren.

„Oh, Mist. Was jetzt?"

Alex seufzte und sah sie an. „Ich schätze, wir müssen ihnen folgen."

„Um was zu tun? Es muss einen Zauberspruch geben, den wir anwenden können." Keiner von ihnen war für das Wetter passend angezogen, und Alex sah so mitgenommen aus, wie sie sich fühlte. „Ich glaube, ich bin noch nicht einmal richtig wach.“

„So habe ich mir den heutigen Morgen nicht vorgestellt.“

„Alex, denk jetzt nicht an Sex. Unsere Freunde stecken in einer Krise.“

„Eine Krise, die nicht gelöst wird, indem wir uns am Strand nassregnen lassen. Nach dieser Aktion gehen wir wieder ins Bett.“

„Im Ernst. Hör auf damit. Was ist los mit dir?“ Avery sah ihn erstaunt an. „Unser Freund versucht möglicherweise, sich umzubringen!“

„Mit mir ist alles in Ordnung. Zunächst einmal glaube ich nicht, dass er versucht, sich umzubringen. Ich glaube, er versucht, Dampf abzulassen, und Surfen ist Reubens Art, das zu tun. Er surft. Viel. Stundenlang. Er ist sehr gut darin. Und ich bin mit einer schönen Frau im Bett aufgewacht. Warum sollte ich nicht an Sex denken?“ Er grinste anzüglich.

Avery war für einen Moment sprachlos. *Hatte er sie gerade schön genannt?* „Ich bin nicht schön.“

„Doch, das bist du.“ Alex schaute stirnrunzelnd weg. „Was macht er da?“

Avery folgte seinem Blick und sah, dass Reuben weit hinausgepaddelt war und auf seinem Surfbrett stand und aufs Meer hinausblickte. Er schien auf die Wellen zu zeigen. Langsam aber sicher begannen die Wellen zu steigen. El stand am Ufer und sah aus, als würde sie ihn anschreien.

„Macht er dieses Wellending?“, fragte Avery schockiert.

Die Wellen wurden höher und höher und schwollen unter Reuben an, der in die Hocke gegangen war und viel zu klein und verletzlich aussah.

„Oh, verdammt", bemerkte Alex abrupt, stieg aus dem Wagen und rannte zum Strand. Avery folgte ihm, der Wind und der Regen zerstörten ihre entspannte Stimmung.

Innerhalb von Augenblicken war sie durchnässt und rannte den Weg entlang, wobei sie sich die Haare aus dem Gesicht strich. Sie konnte Alex schreien hören. „El, zurück, geh zurück!"

Aber El drehte sich bereits um und rannte auf sie zu.

Die riesige Welle unter Reuben begann zu brechen und Reuben ließ sich mit ihr treiben und ritt auf ihr zum Ufer. Avery blieb auf dem Holzpfad stehen und beobachtete das Geschehen nervös. Es sah beängstigend aus.

Für ein paar Momente verschwand er unter der Brandung der zusammenbrechenden Welle und schoss dann mit wilder Gischt durch das Ende wieder heraus.

Alex war vor ihr und hatte Els Hand ergriffen und rannte mit ihr zurück. Die Welle schlug dort am Ufer auf, wo El nur Sekunden zuvor gestanden hatte, und raste den Sand hinauf. Reuben hielt sich in der Hocke mit ausgestreckten Armen im Gleichgewicht, als die Welle ihn in die Untiefen trug, und als die Welle verschwand, paddelte er zum Ufer. Die Wellen waren direkt unter den Sanddünen zusammengeschlagen, und Avery rannte zu El und Alex, die auf dem Holzsteg direkt über der Wasserlinie standen. Treibholz und Seetang lagen über den Strand verstreut, von der zurückweichenden Welle zurückgelassen.

Alex sah wütend aus und El schockiert. Die Welle war tödlich, sie hätte Reuben und El töten können. Hatte er sie nicht gesehen?

Reuben stand am Ufer und blickte zu ihnen.

„Warte hier", bat Alex und lief zu Reuben.

Avery zog El zu sich heran. „Geht es dir gut?"

El weinte. „Was macht er da?"

„Er trauert, El.“

„Er hätte mich umbringen können.“

„Er hat dich wahrscheinlich nicht gesehen“, entgegnete Avery und versuchte, sich selbst und El zu beruhigen.

„Ich hätte nie gedacht, dass ich das sagen würde, Avery, aber ich kann Reuben im Moment nicht ansehen.“ El rieb sich die Augen und schlang die Arme um sich. „Ich möchte gehen.“

Avery blickte an El vorbei zu Alex, der vor Reuben stand. Sie standen sich fast Nase an Nase gegenüber, und Alex wirkte angespannt, die Fäuste an der Seite geballt. Er blickte über die Schulter und deutete auf sie. Reuben schaute zu ihnen hinüber, drehte sich dann um und ging zurück zum Meer.

„Komm schon“, forderte Avery El auf. „Alex wird uns einholen.“ Sie wandte sich ab und führte El zum Wagen.

# Acht

S ie ließen El zu Hause aussteigen. Avery hatte vorgeschlagen, sie mit in ihre Wohnung zu nehmen, aber sie hatte abgelehnt.

„Ich wäre im Moment keine gute Gesellschaft, und ich muss noch Schmuck machen und ein Zauberbuch durcharbeiten."

Avery sah Alex an, nachdem sie gegangen war. „Hat Reuben diese Welle verursacht, obwohl er wusste, dass El da war?"

Alex sah immer noch verärgert aus und war auf dem Rückweg still gewesen – wie sie anderen auch. „Ich weiß es nicht, aber ich glaube nicht. Aber er sah nicht allzu besorgt aus, als ich ihn darauf hinwies, dass er sie hätte ertränken können."

„Es muss ein Versehen gewesen sein", entgegnete Avery. „So ist Reuben nicht."

„Nein, natürlich nicht. Aber das bedeutet nicht, dass er nicht gelegentlich ein Idiot sein kann."

„Ist er immer noch hinter Faversham her?"

„Nein. Selbst er weiß, dass das im Moment nicht klug wäre." Er seufzte und blickte auf den Hafen neben Els Wohnung. „Ich kann mich im Moment wirklich nicht auf die Arbeit konzentrieren. Wenn genug Personal da ist, um mich zu vertreten, macht es dir etwas aus, wenn ich zu dir komme?"

Avery lächelte. „Natürlich nicht, obwohl ich eigentlich auch arbeiten sollte. Ich werde Sally fragen, ob sie heute ohne mich auskommt; ich möchte diese Sachen wirklich noch einmal durchgehen. Brauchst du etwas aus deiner Wohnung?"

„Ich möchte überprüfen, ob alles sicher ist. Ich habe keine Ahnung, wie Reuben und El es vorhin hinterlassen haben."

„Klar. Ich sage Briar, dass Newton Feierabend machen kann", meinte sie grinsend.

Das Sommergewitter schien kein Ende zu nehmen, und nachdem sie etwas zu essen und ein paar Bier besorgt hatten, parkten sie hinter Averys Wohnung und eilten durch den Regen zu ihrem Haus.

Die Katzen miauten laut. „Ich füttere die beiden besser", meinte Avery, während sie um ihre nassen Knöchel herumschlichen und Aufmerksamkeit verlangten. Sie beugte sich vor und tätschelte ihre seidigen Köpfe.

„Und dann, würde ich sagen, brauchen wir eine Dusche", erklärte Alex, während sich zu seinen Füßen Wasserpfützen bildeten. „Ich könnte an einer Lungenentzündung sterben."

Avery sah ihn von oben bis unten an und grinste. Seine Kleidung klebte an ihm und ließ jeden einzelnen Muskel erkennen. „Du siehst ziemlich gut aus, wenn du nass bist."

„Ich sehe sogar noch besser aus, wenn ich nass und nackt bin. Wie groß ist deine Dusche?"

„Nicht groß genug für zwei", erwiderte sie lachend.

„Verdammt", stöhnte er in gespielter Frustration. „Soll ich sie für dich laufen lassen?"

„Ja, bitte."

Er ging die Treppe hinauf, und nachdem Avery die Katzen gefüttert hatte, zündete sie ein paar Lampen an, um die Dunkelheit zu vertreiben. Ihr heller Perserteppich und die bunten Kissen leuchteten im warmen Licht, und sie öffnete das Fenster einen Spaltbreit und genoss den Geruch der feuchten Erde und das Geräusch des Regens. Alex sang unter der Dusche. Sie lächelte. Daran könnte sie sich gewöhnen.

Sie packte die Tüten mit den Lebensmitteln aus und ging dann in die Dusche, wo sie ihre durchnässten Jeans und ihr T-Shirt auszog, bis sie nur noch Unterwäsche anhatte. Alex kam aus dem Badezimmer, als sie hineinging. Ein Handtuch war tief um seine Hüften geschlungen und enthüllte seine gebräunten, straffen Bauchmuskeln und Arme, und er rieb sich mit einem weiteren Handtuch die Haare trocken. Sie konnte nicht anders, als ihn anzustarren.

Er hob den Kopf, bemerkte ihren Blick und grinste, als er ihre spärliche Bekleidung bemerkte. „Genau daran habe ich heute Morgen gedacht, als ich aufgewacht bin", meinte er und streckte ihr mit einem verschmitzten Grinsen die Hand entgegen.

Nachdem sie eines von Alex' fantastischen Frühstücken genossen hatten, gingen sie auf den Dachboden, wo sie sich mit Annes Forschungsergebnissen und der Karte, die sie im Museum gefunden hatten, beschäftigten.

Der Regen hörte sich auf dem Dachboden noch lauter an, er prasselte auf das Dach und gegen die Fenster. Avery schaltete leise Musik ein und zündete dann ein paar Kerzen und Räucherstäbchen an, um sich besser konzentrieren zu können.

Alex nahm Averys Stammbaum zur Hand. „Es ist kaum zu glauben, dass Anne jahrelang für diese Forschung gebraucht hat."

„Glaubst du, sie wusste, dass es so ausgehen würde?" Avery saß im Schneidersitz auf dem Sofa, die geheime Karte auf ihrem Schoß.

„Keine Ahnung. Kannte sie deine Großmutter?" Alex sah sie neugierig an. Er saß auf dem Teppich und lehnte sich an einen großen marokkanischen Lederpuff.

„Ich weiß nicht genau. Ich habe vor, sie diese Woche zu besuchen – sie lebt in einem Pflegeheim in Mevagissey. Dann werde ich sie fragen." Avery runzelte die Stirn. „Allerdings bringt es wahrscheinlich nicht viel. Ihre Erinnerungen sind weg, sie kann sich oft nicht einmal daran erinnern, wer ich bin."

„Alzheimer?", fragte Alex besorgt.

„Leider ja."

„Man sagt, dass die Erinnerungen an die Jugend länger erhalten bleiben als die an die Gegenwart. Sie könnte dich überraschen."

„Vielleicht. Sie wäre mit Anne und Lottie gleichaltrig gewesen. Sie müssen sich gekannt haben."

„Hat sie dir viel erzählt, als sie jünger und gesund war?"

Avery verzog das Gesicht, als sie versuchte, sich zu erinnern. „Ich könnte mich ohrfeigen. Ich habe nie etwas gefragt, obwohl ich es hätte tun sollen. Magie war natürlich unser Familiengeheimnis, und wir wussten selbstverständlich über dich und Gil Bescheid. Mir wurde gesagt, dass wir etwas Besonderes seien und es niemandem erzählen dürften, aber als ich älter wurde, habe ich keine Fragen mehr gestellt. Es war, wie es war. Meine Großmutter brachte mir die alten Bräuche bei – die Kräuter und ihre Eigenschaften, die Kräfte der Steine, das Tarot."

„Nicht deine Mutter oder dein Vater?"

„Mein Vater hat uns verlassen, als ich noch klein war. Da blieben meine Mutter, meine Schwester und ich. Und meine Großmutter. Also ja, meine Mutter hat mir einiges beigebracht, aber sie fühlte sich dabei nie wohl. Und meine Schwester war überhaupt nicht daran interessiert."

„Konnte sie Magie anwenden? Ich meine, hatten sie die Kraft dazu oder lag sie brach?" Magie konnte Generationen überspringen oder unterdrückt oder nicht angewendet werden. Wie jede Fähigkeit konnte man sie mit der Zeit verlieren.

„Ein bisschen von beidem, denke ich. Sie fanden es unnatürlich."

Alex nickte. Es war eine vertraute Geschichte, wie Gils Cousin bewies. Nicht jeder hieß Magie in seinem Leben willkommen. „Bei mir war es genauso. Mein Vater hat sie gelegentlich eingesetzt. Er neigte zu starken psychischen Visionen, und er hat sie gehasst. Mein Bruder ist völlig ausgeflippt. Mein Onkel tat so, als gäbe es sie nicht, und führte den Pub so, als wäre alles normal."

Avery beugte sich vor, stützte den Ellbogen auf das Knie und legte das Kinn in die Hand. „Wo ist dein Vater jetzt?"

„Weit weg von hier. In Schottland."

„Warum Schottland?"

„Weil es weit weg von hier ist. Er schwört, dass es seine Visionen abschwächt."

„Was ist mit deiner Mutter?"

Alex schwieg einen Moment. „Magie lag nicht in ihrer Familie. Sie fand sie faszinierend, aber dann langweilte sie sich, weil sie es seltsam fand."

„Und wer hat es dir beigebracht?"

„Mein Vater, eher beiläufig. Als ich jünger war, habe ich die Magie nicht genug respektiert. Ich habe es als selbstverständlich angesehen."

„Du warst arrogant."

Er lächelte langsam und sah ihr in die Augen. „Ja, ich war arrogant. In vielerlei Hinsicht."Avery war fasziniert. „Und wann hast du damit angefangen, die Magie zu respektieren?"

„Als ich ungefähr achtzehn Jahre alt war und endlich begriff, dass niemand das tun konnte, was wir konnten. Ich wollte mehr darüber erfahren, über mich, wer ich war, und ich wusste, dass ich von meinem Vater nichts mehr lernen konnte. Ich glaube, seine Kräfte machten ihm Angst." Er sah sie nachdenklich an. „Ich konnte dich nicht fragen. Du hast mich auf Distanz gehalten."

„Das habe ich nicht!"

„Doch, das hast du. Ich war übermütig. Ich verstehe schon. Deine Großmutter hat mir ab und zu eine Tasse Tee angeboten. Ich hätte öfter darauf eingehen sollen."

„Das wusste ich nicht!" Avery fühlte sich schuldig. Als Alex einsam war und Führung gebraucht hatte, hatte sie es nie bemerkt. Wahrscheinlich hatte sie selbst welche gebraucht.

Er fuhr unbeirrt fort. „Gil war etwas älter, ernster und bereits in das Familienunternehmen involviert. El war gerade erst angekommen, Briar war damals noch nicht hier. Also bin ich auf Reisen gegangen."

„Das habe ich mir schon gedacht. Wohin?"

„Nach Indien natürlich, wo jeder hingeht, um spirituelle Führung zu erhalten. Und vielleicht auch was zu rauchen."

Sie lachte. „Was hast du dort über Magie gelernt?"

„Nicht so viel über Magie, sondern einfach, wer ich war. Ich musste aus unserer malerischen englischen Küstenstadt raus. Ich reiste herum, lebte ein wenig, feierte viel und bekam eine Darmgrippe. Dann ging ich nach Irland. Dort gefiel es mir sehr gut. Ich konnte die Magie in der Erde *spüren*. Und dann traf ich einen alten Mann an der Westküste Irlands. Er wusste es, als er mich ansah."

„Was wusste er?", fragte Avery verwirrt.

„Er wusste, dass ich Magie beherrschte."

Jetzt war Avery wirklich neugierig. „Eine männliche Hexe?"

Alex' Augen verdunkelten sich in Erinnerung. „Ja. Er muss gespürt haben, dass ich orientierungslos war. Er nahm mich auf und lehrte mich, meine Kräfte zu nutzen, wie man sich auf eine Seelenwanderung begibt, wie man keine Angst vor seinen Visionen hat, sondern ihnen vertraut.“

Avery setzte sich langsam auf und sah Alex in einem neuen Licht. Ihr war aufgefallen, wie anders er in den letzten Wochen war, aber mit ihm darüber zu sprechen, war, als würde man eine weitere Schicht seiner Persönlichkeit freilegen.

„Das ist erstaunlich, Alex. Wie wunderbar für dich! Wer war er?“

„Er hieß Johnny und lebte in einem alten, baufälligen Häuschen am Meer am Ring of Kerry. Seinen vollständigen Namen hat er mir nie verraten, aber er konnte mit Magie umgehen, Avery, er konnte wirklich damit umgehen.“

„Hatte er eine Familie, Kinder?“

„Wenn ja, hat er nie davon gesprochen. Ich hatte das Gefühl, dass sie schon vor langer Zeit weggegangen waren.“ Alex sah traurig aus, als er an seine Erinnerungen aus dieser Zeit zurückdachte.

„Wie lange bist du dort geblieben?“

„Ein paar Jahre, und dann wusste ich, dass es Zeit war, zurückzukommen. Ein Teil von mir wollte nicht gehen – er ist alt, und ich habe mir Sorgen um ihn gemacht. Aber er wusste auch, dass es Zeit war. Er sagte, ich müsse gehen, dass etwas aus White Haven nach mir riefe, dem man nicht widerstehen könne. Und er hatte recht, also bin ich gekommen.“

„Als du vor ein paar Monaten hier ankamst, kamst du direkt von ihm?“

Alex nickte.

„Steht ihr in Kontakt?“

„Gelegentlich. Er hat nur ein Festnetztelefon und meistens geht er nicht ran, aber ich rufe ihn trotzdem an.“ Er lächelte. „Das ist meine Geschichte. Ich habe noch nie jemandem von Johnny erzählt – ich wäre dankbar, wenn du das für dich behalten könntest.“

Avery fühlte sich sehr geschmeichelt, dass er ihr ein solches Geheimnis anvertraut hatte. „Natürlich, Pfadfinderehrenwort", sagte sie ernst. „War er ein Hellseher? Wusste er, was wir herausfinden würden?"

„Möglicherweise. Er hat nie gesagt, worum es ging." Alex hielt einen Moment inne. „Was weißt du über andere Hexen außerhalb von White Haven?"

Avery überlegte einen Moment lang; diese Frage war ihr noch nie gestellt worden. „Ich weiß nichts von anderen Hexen, obwohl ich die Wahrscheinlichkeit akzeptiere."

„Es gibt mehr von uns, als du denkst, Avery. Johnny hat mir von anderen erzählt."

„Wie viele gibt es?"

„Ich weiß es nicht. Aber wie wir leben sie in kleinen Gemeinschaften zusammen. Deshalb habe ich mich nach meiner Rückkehr wieder mit dir und den anderen zusammengetan. Ich wollte, dass wir alle zusammenarbeiten. Und wenn es noch andere Hexen gibt, will ich sie auch kennenlernen."

„Aber was ist, wenn sie wie die Favershams sind?"

„Was ist, wenn sie wie wir sind?", fragte er provokativ und beobachtete ihre Reaktion. „Wenn unsere Probleme mit Faversham wirklich groß werden, brauchen wir vielleicht Hilfe."

Neun

Averys Großmutter saß in einem Sessel vor einem großen Panoramafenster mit Blick auf das Meer. Sie war zierlich, weißhaarig und hatte strahlend blaue Augen, die nicht ganz auf die Aussicht draußen konzentriert waren.

Das Pflegeheim lag auf einer hohen Klippe mit Blick auf die dahinter liegende Bucht. Das Sommergewitter war vorübergezogen und die Sonne funkelte auf den weißen Schaumkronen der Wellen. Der Garten darunter war voller Rosen und Sommerblumen und ab und zu sah man einen Bewohner oder Besucher auf den Wegen entlangschlendern.

Avery setzte sich auf den Stuhl gegenüber ihrer Großmutter und stellte zwei Tassen Tee ab.

„Hallo Großmutter, ich bin's, Avery. Wie geht es dir?"

Die alte Dame sah sie mit einem Anflug von Erkennungsflackern an, das jedoch schnell wieder verschwand. Sie lächelte. „Mir geht es gut, meine Liebe. Kenne ich dich?"

„Ich bin Avery", wiederholte sie, und ihr wurde schwer ums Herz. „Deine Enkelin. Dianas Tochter."

Ihre Großmutter nickte. „Ich hatte eine Tochter namens Diana. Sie war eigensinnig, diese Kleine. Hat immer Ärger gemacht." Sie blickte wieder aufs Meer hinaus. „Ich vermisse sie."

Avery schloss kurz die Augen. Das war immer so schwer. Sie plauderte eine Weile über ihre Aktivitäten und fragte ihre Großmutter, ob sie unterwegs gewesen sei. Ihre Großmutter antwortete, plauderte eine Weile ziellos und schien recht glücklich zu sein.

Avery beschloss, dass jetzt ein guter Zeitpunkt war, um das anzusprechen, worum sie eigentlich gekommen war. Manchmal half es, sie beim Namen zu nennen. „Clea. Erinnerst du dich an Lottie Jackson?"

Sie drehte sich stirnrunzelnd zu Avery um. „Lottie war ein nettes Mädchen. Wir haben uns manchmal zum Tee getroffen und über Magie gesprochen."

Avery sah sich erschrocken um und hoffte, dass niemand nah genug war, um sie zu hören. Glücklicherweise waren sie die Einzigen im Wintergarten.

„Und was ist mit ihrem Onkel Addison? Erinnerst du dich an ihn?"

Für einen Moment wurden ihre Augen trüb. „Er war schon immer seltsam. Wir wurden angewiesen, uns von ihm fernzuhalten."

Avery beugte sich vor. „Warum war das so, Clea? Kannst du dich daran erinnern?"

Sie schauderte und wandte ihren Blick wieder dem Meer zu. „Er ist früh gestorben. Diese Faversham-Jungs, die schon wieder Ärger machen."

Avery fiel vor Schreck fast vom Stuhl. „Hast du Faversham gesagt?"

Ihre Großmutter drehte sich erschrocken um. „Pst! Wir sagen nie ihren Namen. Das bringt Unglück. Das hat uns einmal fast den ganzen Rat auf den Hals gehetzt."

Averys Kopf schwirrte. „Welchen Rat?"

Ihre Großmutter runzelte die Stirn. „Kenne ich dich?"

Avery unterdrückte ihre Ungeduld und tätschelte die Hand ihrer Großmutter. „Ich bin Avery, deine Enkelin."

Sie lächelte. „Natürlich bist du das. Du siehst so hübsch aus. Genau wie Diana."

„Du hast den Rat erwähnt?"

Sie sah ungeduldig aus. „Ihre Wasserpreise sind so hoch! Das ist ein Skandal."

Avery blinzelte. Das war zwecklos. Was hatte sie sich nur dabei gedacht? Sie lehnte sich im Stuhl zurück und schloss die Augen. Sie war so müde. Nachdem sie am Nachmittag mit Alex gesprochen und Annes Unterlagen gelesen hatte, hatte sie das Gefühl, kurz davor zu stehen, etwas Wichtiges herauszufinden, aber es war noch zu vage, um es greifen zu können.

Sie öffnete die Augen und beobachtete, wie ihre Großmutter mit leicht zitternden Händen Zucker in ihren Tee rührte. Sie war jetzt so alt, so gebrechlich. Sie fragte sich, ob sie noch etwas Magisches besaß oder ob die Alzheimer-Krankheit es unterdrückt hatte. Und dann bemerkte sie, dass der Löffel ihrer Großmutter ganz von selbst rührte. Sie schnappte nach Luft und zog ihn aus der Tasse. Sie hoffte, dass das nicht oft passierte.

Ein Teil ihres Wesens war noch da, tief vergraben. Avery musste es noch einmal versuchen.

„Warum war der Rat wegen der Favershams verärgert?"

„Oh, sie waren nicht wegen ihnen verärgert, sie waren wegen uns verärgert."

„Wegen uns? Warum?"

„Diese versteckten Bücher haben viel Ärger verursacht. Jeder wollte sie haben." Ihre Großmutter sah sie ernst an. „Wir haben versprochen, nicht nach ihnen zu suchen, und es wurde uns verboten, sie noch einmal zu erwähnen." Sie legte den Finger vor den Mund und riss die Augen auf. „Dumme Leute. Man kann Magie nicht verstecken."

Avery spürte, wie ein Schock durch sie hindurchfuhr. Was zum Teufel war hier los? „Clea. Es ist sehr wichtig. Wer ist der Rat?"

„Das ist kein richtiger Rat", erwiderte ihre Großmutter verärgert. „Das ist alles nur gespielt. Manche Leute wollen sich einfach nur wichtig machen. Wir haben eine Weile so getan, als würden wir zuhören, und dann hatte Lottie einen Plan. Das wussten sie nicht." Sie brach ab und sah ratlos aus. „Ich frage mich, was Anne mit all dem gemacht hat. Gibt es Kuchen, Liebes?"

„Ich hole dir gleich Kuchen. Wer sind sie, Großmutter?"

„Böse Menschen", sagte sie. „Es gibt einen guten Grund, warum Hexen White Haven verlassen haben."

Avery kam in ihrem Geschäft an und ihr schwirrte der Kopf. Trotz ihrer besten Versuche und viel Bestechung mit Kuchen hatte sie ihrer Großmutter nichts mehr entlocken können.

Es war zermürbend. Je mehr sie erfuhr, desto weniger glaubte sie zu wissen. Wer waren „sie"? Warum nannten sie sich einen Rat? Und vor allem, wo waren sie jetzt?

Sally stand an der Theke und blickte auf, als die Glocke an der Rückseite der Tür läutete, als Avery eintrat. Ihr blondes Haar war zu einem hohen Pferdeschwanz gebunden, ihre Lesebrille saß auf der Nasenspitze und ein Stapel neuer Bücher lag auf der Theke vor ihr. „Alles in Ordnung?"

Avery nickte und verbarg ihre Angespanntheit. „Mir geht es gut. Ich habe nur viel um die Ohren."

Sie atmete tief ein und sog den Geruch von Räucherwerk und Büchern ein. Allein die Tatsache, hier zu sein, beruhigte sie. Und natürlich die Magie des Ortes, der die Stimmung der Menschen heben und ihnen helfen sollte, sich zu konzentrieren. Im Hintergrund lief Jazzmusik, Sallys Lieblingsmusik, und ein paar Kunden schlenderten durch die Gänge.

Sally grinste. „Alex war da."

„Toll. Geht es ihm gut?", fragte Avery unverbindlich. Sie stellte ihre Tasche auf die Ladentheke und griff nach dem Bonbonglas, das sie für Kunden auf Lager hatten.

„Sag du es mir. Du scheinst ihn oft zu sehen. Er hatte einen federnden Gang und ein Funkeln in den Augen." Sie kniff die Augen zusammen. „Du auch."

Avery überlegte, wie sie antworten sollte, und sah Sally mit hochgezogener Augenbraue an. Sie wollte nicht verraten, wie sehr sie sich in ihn verliebt hatte. „Wir haben eine Abmachung getroffen. Er bringt mich zum Lachen."

Sally grinste. „Ich wette, er kann noch mehr als das!"

„Sally!", entgegnete Avery gespielt empört.

„Du Glückspilz. Also, komm schon, erzähl mir die Details. Glaub ja nicht, dass ich seinen Wagen hier nicht neulich Morgen gesehen hätte."

„Reuben war gerade in seiner Wohnung."

Sally schnaubte. „Ja, klar. Also hat er auf dem Sofa geschlafen?"

„Mehr sage ich nicht."

„Ich ziehe dich nur auf", meinte sie mit sanfterer Stimme. „Und freue mich für dich. Jetzt komm mal in die Gänge, du Faulpelz, ich muss die Lagerbestände überprüfen."

„Bringst du mir einen Kaffee mit?", fragte Avery, während sie sich hinter der Ladentheke niederließ.

Sie nickte und verschwand im hinteren Teil des Ladens.

In der nächsten halben Stunde kümmerte sich Avery um die Kunden und schrieb zwischendurch El und Briar eine Nachricht, um zu fragen, wie es ihnen ging. Sie alle hatten vor, sich am nächsten Abend zu treffen, um alle Neuigkeiten auszutauschen, als Reuben den Laden betrat.

Er blickte sich in den Gängen um und ging dann zur Theke. Er sah blass aus, trotz seiner tiefbraunen Haut. Er trug ein Surf-T-Shirt, Shorts, Flip-Flops und eine Sonnenbrille. Sein blondes Haar war zerzaust und salzverkrustet. Er schob sich die Sonnenbrille auf den Kopf, und Avery versuchte, ihre Überraschung nicht zu zeigen. Er sah erschöpft aus.

„Wie geht es dir, Reuben?", fragte sie ihn besorgt.

Er schüttelte den Kopf. „Nicht so gut. Ich bin gekommen, um mich für neulich zu entschuldigen. Ich habe Schwierigkeiten, das alles zu verarbeiten."

„Das überrascht mich nicht", erwiderte Avery mit schwerem Herzen. „Es tut mir so leid, wegen all dem hier."

„Ich wollte dich nicht in Gefahr bringen."

„El war in Gefahr, nicht ich."

Er ließ den Kopf sinken. „Ich weiß. Ich habe sie angerufen, aber sie geht nicht ran. Sie macht auch nicht für mich auf."

„Sie wird sich wieder einkriegen. Sie war allerdings ziemlich sauer." Sie zögerte einen Moment und fügte dann hinzu: „Ihr beide schafft es wirklich gut, euch gegenseitig auf die Palme zu bringen."

Reuben nickte und verstummte, blickte sich erneut im Raum um, um sich zu vergewissern, dass niemand in Hörweite war. „Ich will Gerechtigkeit für Gil. Es scheint, als käme Faversham mit Mord davon."

„Das wird er nicht. Wir müssen nur herausfinden, was wir tun sollen. Hast du das von Newton gehört?"

„Ja, Alex hat mir davon erzählt."

„Wir treffen ihn morgen. Er findet so viel wie möglich heraus. Wir müssen das auf die Hexenart machen, nicht auf die legale Art."

Er nickte, aber er schaute immer noch nach unten. „Klingt gut."

„Wir werden das schaffen, Reuben", versicherte sie ihm leise.

Er schluckte und sah ihr in die Augen, sein Blick war direkt und unerschrocken. „Das wäre besser. Außerdem muss ich noch über etwas anderes mit dir reden – eigentlich über zwei Dinge. Hast du heute Abend Zeit?"

„Klar, warum?"

„Du musst dir ein Tattoo stechen lassen. Ich habe alles mit Nils arrangiert." Nils war Reubens Freund und Besitzer des örtlichen Tattoo-Studios *Viking Ink*. „Er hat heute Abend länger geöffnet, damit wir uns alle tätowieren lassen können."

Sie hatten schon seit Tagen darüber gesprochen. „Also hast du das Design fertig?"

„Ja, Alex und ich. Wir bekommen alle dasselbe Tattoo, und es sollte uns vor neugierigen Blicken schützen. Und das wird bei meinem zweiten Anliegen helfen."

Avery wurde es plötzlich mulmig. „Und das wäre?"

„Ich brauche Hilfe. Ich glaube, ich weiß, wo mein Buch ist."

Avery blickte sich paranoid um. „Wirklich?"

„Komm später zur *Old Haven Church*. Ich habe Alex eine Nachricht geschickt. Ich möchte, dass er auch dabei ist."

„Äh, klar. Um wie viel Uhr?"

„Kurz vor Mitternacht."

„Mitternacht?" Avery wollte nicht unbedingt nachts durch eine unheimliche alte Kirche streifen.

„Das muss sein. Vertrau mir." Er ging zur Tür und drehte sich dann um. „Bring El nicht mit." Dann verschwand er, schritt am Fenster vorbei die Straße entlang und Avery fragte sich, was hier eigentlich wirklich los war.

Zehn

Das Tattoo-Studio *Viking Ink* befand sich im Stockwerk über einer Spielhalle, die voller Kinder und Jugendlicher war. Man erreichte es über eine schmale Treppe, die oben eine Kurve machte und in einer Tür endete, die zu einem langen, luftigen Raum führte.

Große Panoramafenster boten einen Blick auf die Straße darunter und zwischen den gegenüberliegenden Gebäuden konnte man das Meer und den Hafen erkennen. Die Wände waren mit Tattoo-Motiven bedeckt, der Boden war aus Holz und es gab ein paar abgetrennte Räume, die vom Hauptraum abgingen.

Nils, der Besitzer, war der Wikinger, nach dem er seinen Laden benannt hatte. Er war Schwede und riesig. Gut über zwei Meter groß, mit enormen Schultern, Brustmuskeln und eigentlich allem drum und dran, stellte Avery fest. Seine Bizeps und Unterarme waren muskulös, er hatte einen langen, roten Bart und einen vollständig rasierten Kopf. Und natürlich war er mit Tätowierungen übersät. Avery konnte die komplexen Muster sehen, die sich spiralförmig an seinen Armen hinunter wanden und über seinem V-Ausschnitt-Shirt endeten. Er trug Jeans, sodass sie nicht wusste, ob seine Beine tätowiert waren, aber die Wahrscheinlichkeit war hoch.

Sie hatte ihn schon in White Haven gesehen – man konnte ihn nicht übersehen – aber sie kannte ihn eigentlich kaum. Er war irgendwie Furcht einflößend, allein schon wegen seiner Größe und seines aggressiven Auftretens. Er hatte hellblaue Augen, fast wie Eis, und das war nicht gerade hilfreich. Avery konnte sich vorstellen, wie er vor Hunderten von Jahren mit einer riesigen Axt in der Hand durch Europa zog und Dörfer und Städte eroberte.

Er blickte auf, als sie eintrat, und grunzte fast. „Wir haben geschlossen." Seine Worte enthielten eine Spur seines schwedischen Akzents.

Sie blieb plötzlich in der Tür stehen. Sie war die Erste, die ankam. „Reuben hat mir gesagt, ich soll kommen. Ich bin seine Freundin, Avery."

„Ah! Avery, komm rein!" Er grinste und zeigte die weißesten Zähne, und sein Furcht einflößendes Auftreten war verschwunden. Er kam durch den Raum auf sie zu und umfasste ihre Hand mit seiner großen Hand. Es war zweifellos der stärkste Händedruck, den sie je bekommen hatte, und sie versuchte, nicht zusammenzuzucken. „Schön, dich kennenzulernen. Du Glückliche! Du bist die Erste, komm und setz dich."

„Oh, toll", entgegnete sie und versuchte, begeistert zu klingen.

„Ihr seid so eine Art Klub, richtig? Ihr habt alle die gleichen Tattoos."

Avery lachte nervös. „Ich weiß nicht, ob man das einen Klub nennen kann, aber ja, wir haben die gleichen Tattoos."

Er führte sie zum Ladentisch und zog ein Blatt Papier zu sich heran. ,Das ist ein cooles Design. Runen und ein Pentagramm. Ganz Wikinger-mäßig – gefällt mir."

„Darf ich es sehen?", fragte Avery. „Ja, klar", erwiderte er und seine tiefe Stimme hallte im Raum wider. „Wo soll das coole Ding hin?"

Das Design bestand aus einer komplexen Anordnung von Runen um den äußeren Kreis eines Pentagramms und einer Schutzrune in der Mitte.

„Oh." Das war größer, als sie gedacht hatte, was schmerzhafter klang. „Kannst du es mir auf die Hüfte machen?"

„Klar, rechts oder links?"

„Rechts, denke ich." Avery war darauf überhaupt nicht vorbereitet.

Während sie sich unterhielten, kam eine Frau aus einem Hinterzimmer und nickte Avery zu. Avery war für einen Moment sprachlos. Sie war eine schöne, junge Japanerin. Ihr langes, dunkles Haar war nach hinten gebunden und an beiden Seiten des Kopfes war ein Teil rasiert. Sie war mit wunderschönen, tiefschwarzen Tätowierungen bedeckt, Blumen zogen sich über ihre Arme bis zum Halsansatz.

Nils begann, seine Ausrüstung zusammenzusuchen. „Das ist Chihiro", sagte er. „Sie hilft mir heute Abend."

Chihiro nickte, sagte aber nichts. Sie setzte sich hinter die Verkaufstheke und nahm eine Zeitschrift zur Hand.

„Wann kommen deine Freunde?", fragte Nils.

„Bald, denke ich."

„Toll, ich fange mit dir an. Der Nächste ist deiner, Chi", wies er sie an.

Er führte Avery in einen kleinen, abgetrennten Raum. „Leg dich auf den Tisch, zieh deinen Rock runter und schlüpf unter die Decke." Er deutete auf den langen Tisch, der wie eine Massagebank in der Mitte des Raums stand. Darüber befanden sich helle Lampen, die ein gutes, gleichmäßiges Licht erzeugten.

Während Avery sich fertig machte, hörte sie, wie sich die Tür öffnete und Briar rief: „Hallo?"

„Ich bin hier, Briar", rief Avery und freute sich über die Gesellschaft.

Briar erschien an der Tür und sah Avery grinsend an. „Wow, also machen wir das wirklich?"

Nils lächelte sie an. „Chihiro kümmert sich um dich. Dauert etwa eine Stunde oder so."

„Eine Stunde?", rief Avery aus, ihre Stimme gedämpft, als sie ihren Kopf in die Öffnung des Tätowiertisches sinken ließ.

Avery bemerkte, wie Briar verschwand, dann hörte sie das *Surren* der Nadel, biss die Zähne zusammen und schloss die Augen.

Als sie schließlich mit brennender Haut vom Tisch stieg, waren Alex und El ebenfalls im Hauptraum und diskutierten, wer als Nächstes an der Reihe war. Alex grinste sie an. „Wie fühlt es sich an?"

„Schmerzhaft."

Er lachte: „Das geht bald vorbei. Hast du einen Verband?"

„Klar, hat sie", entgegnete Nils, der ihr aus dem Raum folgte. „Befolge die Anweisungen. Sieht gut aus. Wer ist der Nächste?", fragte er.

„Ladies first", sagte Alex und nickte El zu.

El hatte bereits ein paar Tattoos auf ihrem Oberarm und schien Nils zu kennen. „Hey Nils, ist schon eine Weile her, seit ich das letzte Mal bei dir war."

„Ah, schöne Elspeth, komm rein, Schatz", erwiderte er mit einem Augenzwinkern.

Avery konnte die Nadel in einem anderen Raum surren hören und vermutete, dass Briar noch dort war. Sie setzte sich neben Alex. „Das hat wirklich wehgetan."

„Das wird nicht lange anhalten. Tut mir leid, dass ich den Anfang verpasst habe, im Pub war viel los." Er beugte sich vor und küsste sie, während er mit seiner Hand ihren Nacken streichelte, während er sie an sich zog. „Ich habe dich vermisst."

„Wir haben uns gestern gesehen", bemerkte sie und freute sich aber insgeheim.

„Das ist lange genug. Hat Reuben dich wegen heute Abend gefragt?"

„Ja. Ich bin neugierig und auch ein bisschen besorgt."

„Ich werde mich wohler fühlen, wenn diese Tattoos drauf sind. Wir müssen sie mit einem Zauber versehen, um ihre protektive Kraft zu aktivieren", erklärte er.

Sie nickte. „Machen wir das zusammen?"

„Warum nicht?"

Avery blickte auf, als sich die Tür erneut öffnete und Newton hereinkam. Sie hatte fast vergessen, dass er sich auch tätowieren lassen wollte.

Newton sah sich im Raum um und nahm alles in sich auf, dann setzte er sich auf einen abgenutzten Ledersessel neben Alex. Er trug wieder seinen üblichen Anzug und ein dunkelgraues Hemd. „Es ist schon eine Weile her, dass ich bei einem Tätowierer war."

„Du hast ein Tattoo?", fragte Avery überrascht.

„Ja. Einen großen Wolf auf meiner rechten Schulter."

Alex nickte. „Klingt cool. Wo willst du das hier hinmachen?"

„Oben auf meinen linken Arm. Und du?"

Alex schaute auf seine Arme. „Da ist kein Platz. Es kommt auf meine linke Schulter."

Sie wurden unterbrochen, als Chihiro zu ihnen in den Hauptraum kam, gefolgt von Briar. Newton stand schnell auf. „Briar, geht es dir gut?"

Sie sah leicht verlegen, aber auch erfreut aus und hielt eine Hand an ihren Nacken, um den Verband zu halten. „Mir geht es gut. Ich komme mit Tinte und meinem eigenen Blut zurecht."

Chihiro musterte Alex mit einem Ausdruck der Freude. Er stand auf, um sie zu begrüßen, und sie streckte die Hand aus und küsste ihn auf die Wange. „Alex, es ist viel zu lange her." Sie trat einen Schritt zurück, um ihn zu mustern, und Avery spürte, wie ein Schauer der

Eifersucht über ihren Rücken lief. „Du siehst gut aus", bemerkte sie mit leiser Stimme.

„Du auch, Chi", entgegnete er sanft. „Machst du meine Tätowierung? Die anderen hast du ja auch gemacht!"

„Es wäre mir ein Vergnügen", erwiderte sie und ein Lächeln umspielte ihre Lippen.

Ich wette, das wäre es, dachte Avery und versuchte, nicht höhnisch zu grinsen. Sie war sich ziemlich sicher, dass Chihiro gern mehr getan hatte, als Alex seine Tätowierungen zu verpassen.

Als hätte er ihre Gedanken gelesen, sah er Avery an. „Treffen wir uns um neun bei dir? Dann können wir alles fertig machen."

„Ja, wenn du weißt, was du tust?"

Er zwinkerte ihr zu. „Vertrau mir."

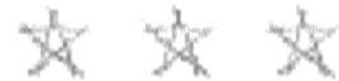

Kurz vor Mitternacht stand Avery mit Alex am Eingang zum Mausoleum der Jacksons und wartete auf Reubens Ankunft.

Die Tür war versiegelt, aber ein riesiger Riss zog sich immer noch über das Mauerwerk vom Fundament bis zum Dach.

„Ich hoffe, das Dach stürzt nicht über unseren Köpfen ein", meinte Avery und blickte zur Kirche und zum Friedhof.

„Das Ding steht seit Jahrhunderten hier, von den Elementen gezeichnet. Ich bin sicher, dass sie ein bisschen Magie aushalten kann", entgegnete Alex.

Sie hatten sich wie vereinbart ein paar Stunden zuvor in ihrer Wohnung getroffen und zusammen mit Briar, El und Newton den Zauberspruch aufgesagt, der ihr Schutztattoo aktivierte. Newton hatte während der gesamten Zeremonie unbehaglich gewirkt, sich aber kein einziges Mal beschwert. Mit seinen grauen Augen beobachtete er Briar diskret und stand, wann immer möglich, in ihrer Nähe.

Sie schluckten einen Trank, den Alex mitgebracht hatte, und sprachen dann den Zauberspruch nach: *Bei Tag, bei Nacht, vertreibe die Macht, beherberge die Liebe, beherberge das Leben. Durch Luft, durch Feuer, durch Erde, durch Wasser, lass uns ungesehen, ungehört passieren – unsere Seelen unentdeckt.*

Sobald sie den Zauberspruch beendet hatten, spürte Avery ein Aufflackern von Magie auf ihrem Tattoo und das Gefühl, mit Feuer gebrandmarkt worden zu sein, kam ihr in den Sinn, bevor es wieder verschwand.

So unangenehm es auch gewesen war, sie war erleichtert, dass dies nun erledigt war. Hoffentlich würden sie keine weiteren Überraschungsbesuche von Faversham mehr bekommen. Reuben hatte sich ihnen nicht angeschlossen; Alex hatte erklärt, er hätte seinen Spruch bereits aufgesagt. El nickte nur, und Avery fragte sich, ob zwischen ihr und Reuben jemals wieder alles so sein würde wie früher.

Während sie an ihn dachte, sah sie Scheinwerfer hinter der Kirche und hörte das leise Brummen eines Motors und das Knirschen von Kies.

Innerhalb weniger Minuten war Reuben bei ihnen. „Ihr seid also nicht reingegangen?"

„Nein, danke, Mann", erwiderte Alex. „Da drin ist es ein bisschen gruselig."

„Verständlich", stimmte Reuben zu. „Habt ihr euch tätowieren lassen?"

„Alles erledigt", sagte Avery. „Nils und Chihiro sind interessante Persönlichkeiten."

„Ich würde ihnen mein Leben anvertrauen", meinte Reuben. „Folgt mir."

Er hielt seine Hand über das Schloss und murmelte leise ein paar Worte, woraufhin sie hörten, wie sich das Schloss öffnete. Reuben drückte den großen Griff und stieß die Tür auf.

„Was machen wir hier?", fragte Alex, der eine Hand auf Reubens Arm gelegt hatte, bevor er hineinging.

„Ich glaube, ich habe einen versteckten Eingang gefunden. Dort könnte sich mein Zauberbuch befinden. Nach dem letzten Mal dachte ich, ich hole etwas Verstärkung."

Sie folgten ihm in das kalte, feuchte Gebäude und schlossen die Tür hinter sich. Vom Hauptraum aus führten mehrere Türen ab. Steinsarkophage stapelten sich bis unter die Decke, und Avery war von der Größe des Raums überrascht. Ihr Blick fiel unwillkürlich auf Gils Sarg, bevor sie sich umdrehte, um Reuben in einen kleinen Nebenraum zu folgen.

„Dies ist der älteste Teil des Mausoleums", erklärte er. „Ich habe mir alte Pläne angesehen und etwas kam mir hier ungewöhnlich vor."

Avery war ungläubig. „Du hast einen Bauplan von diesem Ort?"

„Wir haben Pläne von allem. Vom Gelände, dem Gewächshaus, dem Eiskeller, dem Haupthaus, alte Gartenpläne, sogar vom alten Torhaus. Ich habe alle Drucke, die ich finden konnte, genommen und sie auf dem Dachboden versteckt. Aber im Laufe der Jahre sind Dinge hinzugekommen, sodass ich nicht sicher bin, wie genau alles ist."

„Das ist es also, wonach du neulich gesucht hast", schloss Alex und sah sich interessiert um. Er leuchtete mit seiner Taschenlampe um die Ecken und an den hohen Decken entlang.

„Ja, bevor ich von diesem Mistkerl angegriffen wurde."

„Geht es dir jetzt gut?", fragte Avery.

„Ja, dank euch und Briar." Er wandte sich ab und leuchtete mit seiner Taschenlampe auf einen Sarg, der auf einem niedrigen Regal stand, das in die massive Steinwand eingelassen war, mit einem Abstand von etwa einem Meter zum Boden. „Es muss hier irgendwo sein."

Ein kunstvolles Muster aus sich windenden Pflanzen und Blumen war in den Stein um einen Namen herum eingemeißelt worden – *Prentice Jackson, 1388–1445.*

Avery schnappte nach Luft. „Ist das das älteste Grab hier?"

Reuben blickte zu ihr auf, wo er nun vor dem Mauerwerk kniete, mit einem grimmigen Lächeln im Gesicht. „Ich denke schon."

„Wann wurde es gebaut?"

„Im frühen 15. Jahrhundert in etwa. Davor wurde unsere Familie auf dem Friedhof begraben. Prentice hat das Ding hier gebaut."

„Wow. Die meisten deiner Vorfahren ruhen an einem Ort." Sie fragte sich, wo ihre begraben waren, und stellte fest, dass sie noch nie darüber nachgedacht hatte – außer über Helena.

Reuben richtete seine Taschenlampe auf eine Blume und wandte sich lächelnd zu ihnen um. „Schaut mal."

Sie beugten sich näher heran. In der Mitte befand sich ein einfaches Pentagramm, das im Design der Pflanze verborgen war, die Blütenblätter wölbten sich davon weg. Wenn man nicht genau hinsah, konnte man es nicht erkennen. Reuben drückte mit dem Finger darauf, und es verschwand mit einem Klicken im Stein um es herum.

Für einen Moment passierte nichts, und dann begannen das gesamte Steinregal und der darauf stehende Sarkophag, sich in die Wand zu schieben.

Avery stockte der Atem und eine Gänsehaut breitete sich auf ihrer Haut aus. Das war wirklich unheimlich. Sie schaute über ihre Schulter zurück, aber die dunklen Schatten blieben unbeweglich.

Alex fragte: „Ist das ein weiterer Durchgang?“

„Wir werden noch viele weitere finden, bevor das hier vorbei ist“, meinte Reuben und beobachtete, wie der Raum immer größer wurde, bevor der Stein aufhörte, sich zu bewegen. Aus dem dunklen Loch stieg abgestandene, feuchte Luft auf. „Alex, hilf mir schieben.“

Alex ging neben Reuben auf Hände und Knie und schob den Stein weiter nach hinten; er schabte mit einem unangenehmen Geräusch über den Boden und Avery zuckte zusammen. Reuben leuchtete mit seiner Taschenlampe in den Raum. Flache Stufen führten nach unten.

Reuben grinste, sein Gesicht grotesk verschattet. „Sollen wir?“

Avery bekam eine Gänsehaut. „Ernsthaft?“

„Du könntest natürlich auch hier bleiben, wenn du möchtest?“, bot er vernünftig an.

„Nein, danke“, erwiderte Avery und wünschte sich, sie wäre noch in ihrer warmen Wohnung.

„Ist schon okay, Avery. Ich bin direkt hinter dir“, sagte Alex. „Wir schaffen das schon.“

Avery folgte Reuben die Stufen hinunter und verzog das Gesicht, als die kalte, feuchte Luft wie eine klamme Hand auf ihre Haut traf. Sie zog ihren Mantel enger um sich und entzündete zusätzlich zu ihrer Taschenlampe ein Hexenlicht.

Die Stufen waren steil, aber auf der rechten Seite öffnete sich die Wand und sie befanden sich bald auf dem Boden einer weiteren quadratischen Steinkammer unter dem Mausoleum. Zwei lange Steinbänke verliefen entlang beider Seiten des Raumes. In der Mitte befand sich eine einfache Feuerstelle und am anderen Ende war eine Schnitzerei in der Wand – Bilder der Göttin und des Jägers. Darunter befand sich ein Altar aus grob behauenem Stein. Über ihnen hingen in regelmäßigen Abständen Messinglaternen.

Alex schnippte mit den Fingern und jede einzelne entzündete sich mit einer hellen orangefarbenen Flamme.

„Ist das ein Ort der Anbetung?", fragte Avery und schaute sich schockiert um.

Reuben sah genauso überrascht aus. „Sieht so aus."

„Gibt es einen besseren Ort, um seine magischen Praktiken zu verbergen, als hier unten?", gab Alex zu bedenken und ging im Raum auf und ab.

„Aber seht euch den Boden an", sagte Reuben. „Dämonenfallen und Pentagramme."

Er hatte recht. In den Stein waren kunstvolle Diagramme und ein riesiges Pentagramm eingraviert.

Avery ging zum Altar hinüber. Dort lag noch immer ein Ritualmesser, neben einem Kelch und einer angelaufenen Silberschale. „Aber hier ist kein Zauberbuch."

Alex schüttelte den Kopf. „Ich mag diesen Ort nicht. Ich habe ein schlechtes Gefühl dabei."

„Aber das Bild der Göttin und des Jägers?", sagte Avery. „Das sind doch gute Symbole, oder?"

„Eigentlich schon, aber ich werde dieses ungute Gefühl einfach nicht los", sagte er. Seine dunklen Augen wirkten besorgt, fast wie verschleiert im Licht.

Reubens Gesicht hatte einen fast fanatischen Glanz angenommen. „Was glaubst du, wie lange unsere Familie diesen Ort genutzt hat?"

„Es muss zur gleichen Zeit wie das Mausoleum gebaut worden sein, also vielleicht ein paar Hundert Jahre, bis der Oberste Hexenjäger sie vertrieben hat?", vermutete Avery.

Reuben fuhr mit den Händen über die Schnitzereien. „Vielleicht haben sie ihr Werk alleine fortgesetzt, nachdem eure Familien ihre Grimoires versteckt hatten."

Avery sah Alex besorgt an. „Glaubst du, dass sich alle unsere Familien irgendwann einmal hier versammelt haben?"

Er zuckte mit den Schultern. „Ich denke schon. Der Raum ist groß genug."

Als Avery durch den Raum ging, bemerkte sie schmale Kanäle, die in den Boden gehauen worden waren und zum Altar führten und von einem dunklen Fleck gesäumt waren. Ihr stockte fast der Atem. „Oh, Mist. Ist das geronnenes Blut?"

Alex ging auf die Knie, um es genauer zu untersuchen. Er seufzte. „Sieht ganz so aus." Er blickte zu Reuben auf, der immer noch den Altar untersuchte. „Reuben, lass uns von hier verschwinden."

Er drehte sich um. „Mein Zauberbuch ist immer noch hier irgendwo."

„Dessen kannst du dir nicht sicher sein."

„Doch", beharrte er. „Ich gehe nicht, bevor wir es gefunden haben."

Er wandte sich wieder ab, die Schultern gestrafft.

Alex stand auf und stellte sich neben Avery. „Dann beeilen wir uns besser", bemerkte er leise.

Ein dunkles Gefühl der Angst schlich sich Averys Rücken hinauf. Es fühlte sich an, als wäre noch jemand anderes mit ihnen im Raum. Reuben flüsterte vorn am Altar Beschwörungsformeln, während er die Schnitzereien nachzeichnete, in der verzweifelten Hoffnung, einen weiteren Mechanismus zu finden. Während er den Altar untersuchte, gingen Avery und Alex um den Raum herum und suchten an den Wänden nach Hinweisen auf eine Öffnung oder eine versteckte Tür. Die restlichen Wände waren schlicht, die dicken Steine und ihre feinen Fugen waren die einzigen Merkmale, abgesehen von ein paar kleinen Nischen mit alten Kerzen darin.

Sie gesellten sich zu Reuben, der zu der Dämonenfalle gegangen war, die sich in der hinteren Ecke des Raumes befand. Vor ihr waren grobe Runen in den Boden geritzt. Trotz des hellen orangefarbenen Lichts der Laternen hatte Avery das Gefühl, dass der Raum dunkler wurde.

„Ich glaube, die Runen sind ein Beschwörungszauber", stellte Reuben fest und ging auf die Knie.

„Na toll, dann sagen wir den lieber nicht", erwiderte Avery und wünschte sich, sie wäre draußen an der frischen Luft.

„Man fragt sich allerdings, ob sie regelmäßig einen Dämon beschworen haben, oder?", fragte er und fuhr mit der Hand über die Runen. „Vielleicht war es ihr eigener persönlicher Dämon?"

„Für kleine persönliche Anliegen?", fragte Alex, und seine Stimme triefte vor Sarkasmus.

„Wozu sonst sollte man eine Dämonenfalle im Boden haben?"

Avery wandte sich wieder dem Altar zu und fragte sich, was ihre Vorfahren hier wohl getrieben hatten. Sie fuhr mit der Hand über die Gravuren an der Wand und versuchte, in den Bildern der Göttin und des Jägers Trost zu finden, aber ohne Erfolg. Ihr Blick fiel auf den Boden und sie sah die mit altem Blut getränkten Kanäle, die sich verengten und am Fuße der Wand zusammenliefen, ein flacher Steinpool, der gerade noch sichtbar war, bevor er unter der Wand verschwand. Sie spürte, wie ihr der Atem stockte, und die anderen drehten sich zu ihr um.

„Was?", fragte Alex, der sofort an ihrer Seite war.

„Schau", sagte sie und zeigte in die entsprechende Richtung, während die Neugierde in ihr aufflammte, und das trotz ihrer Bedenken. „Da ist der Rand einer flachen Vertiefung, die unter der Wand verschwindet. Vielleicht lässt sich die Wand zurückschieben?"

„Vielleicht brauchen wir Blut, um sie zurückzuschieben", schlug Reuben vor.

Sowohl Alex als auch Avery sahen ihn alarmiert an, aber bevor sie ihn aufhalten konnten, hatte er ein kleines Messer aus seiner Tasche gezogen und sich damit in die Handfläche geschnitten, genau wie Alex es für seinen Zauber getan hatte.

„Nein, warte!", rief Alex und sprang auf, um Reuben aufzuhalten. „Wir wissen nicht, was das bewirkt."

Aber es war zu spät. Reuben kauerte sich hin und drückte seine Handfläche, woraufhin ein helles Rinnsaal aus Blut in die Kanäle tropfte und in die flache Schale lief.

Avery trat alarmiert einen Schritt zurück.

Für ein paar Augenblicke passierte nichts.

„Vielleicht brauchen wir mehr Blut", murmelte Reuben, während er seine Handfläche immer wieder drückte, um den Blutfluss zu erhöhen.

Alex ging näher an Avery heran und zog sie zurück in die Mitte des Raumes. „Reuben, es reicht."

Es gab ein lautes *Klicken*, als die gesamte Wand sich genau in der Mitte teilte und eine zuvor unsichtbare vertikale Linie in der Wand zwischen der Göttin und dem Jäger erschien. Die Wände schwangen zurück, wie Türen, und das fast lautlose *Rascheln* des Mechanismus ließ Avery erschauern.

Hinter der Tür befand sich ein kleiner Raum, an dessen hinterer Wand ein Altar stand, der in Schatten gehüllt war. Sie konnten nun den gesamten Steinkreis im Boden sehen. Von dort aus führte ein weiterer, dickerer Steinkanal zum zweiten Altar.

Avery schickte das Hexenlicht in den Raum und stieß einen Schreckensschrei aus, als sie ein Tor zu einer anderen Dimension sah, das in die Steinwand auf der Rückseite über dem zweiten Altar gemeißelt war. „Nicht noch eine!"

„Bitte sag mir, dass dein Blut nicht so weit fließt", sagte Alex mit einem barschen Tonfall, als er sich an Reuben wandte.

„Nein", entgegnete Reuben und warf Alex einen genervten Blick über die Schulter zu. „Aus meiner Handfläche fließt das Blut nicht in Strömen!"

„Gut. Pass auf, wo du hintropfst. Wir wollen das Ding nicht versehentlich öffnen."

Aber Reuben hatte bereits einen Teil seines T-Shirts um seine verletzte Hand gewickelt. Er ging um den ursprünglichen Altar herum, der vor der Wand stand, und betrat den kleineren Raum, wobei er einen kurzen Freudenschrei ausstieß. „Das Zauberbuch."

Alex und Avery folgten Reuben zögerlich und sahen eine kleine Holzkiste auf dem Altar, in der ein dickes, in Leder gebundenes Buch lag. Reuben streckte die Hand danach aus, aber Alex rief: „Warte! Lass mich das machen."

Reuben hielt mit ausgestrecktem Arm inne und runzelte die Stirn.

„Lass uns dein Blut nicht auf noch etwas anderes bringen", meinte Alex, ging an ihm vorbei und überprüfte das Buch aus allen Blickwinkeln, bevor er hineingriff und es hochhob.

„Entschuldigung, du hast recht", murmelte Reuben. „Ist es mein Zauberbuch?"

„Sieht ganz danach aus", erwiderte Alex und blätterte vorsichtig die ersten Seiten um.

Avery sah einige Gegenstände auf dem Altar und runzelte die Stirn, als sie versuchte, sie zu identifizieren. Da war etwas, das wie ein kleiner Knochen aussah, und vielleicht ein Ring, die zusammengelegt waren, und daneben ein Haarbüschel. „Oh, du meine Güte!", rief sie, als ihr klar wurde, was sie da sah. „Das ist ein Fingerknochen!"

Die anderen drehten sich schnell um. „Wo?", fragte Alex.

„Auf dem Altar." Sie hob den Ring auf und hielt ihn gegen das Licht. Er war aus Gold und hatte einen großen roten Stein eingearbeitet; der Ring war groß und zweifellos für einen Mann gemacht. Sie ließ ihn mit einem angewiderten Gesicht auf den Altar fallen.

„Verschwinden wir besser von hier", sagte Reuben, dessen Draufgängertum von vorhin längst verflogen war. „Wir haben, weswegen wir gekommen sind."

Als sie den geheimen Raum verließen, schlossen sich die Türen leise hinter ihnen mit einem Flüstern, das aus dem Jenseits zu kommen schien. Avery hoffte verzweifelt, dass sie nicht noch einmal hierher zurückkehren müssten, hatte aber das schreckliche Gefühl, dass das der Fall sein würde.

# Elf

Alex und Avery folgten Reuben die Auffahrt von *Greenlane Manor* entlang, der Kies knirschte unter den Rädern von Alex' Alfa Romeo. Zu dieser Stunde war das Gelände menschenleer und das einzige Licht kam aus dem Fenster neben der riesigen Eingangstür.

„Wie fandest du den geheimen Raum?", fragte Alex sie. Sein Gesicht lag größtenteils im Schatten und er sah ernst aus.

„Ich fand ihn schrecklich. Er war bedrückend und bedrohlich." Sie zögerte einen Moment und fragte sich, ob sie wirklich aussprechen wollte, was sie dachte, aber es handelte sich hier schließlich um Alex, und sie wusste, dass er wahrscheinlich genauso empfand. „Es ist klar, dass dort Blutmagie, dunkle Magie, praktiziert wurde, und es beunruhigt mich, dass es Reuben nicht allzu große Sorgen zu bereiten scheint."

„Es beunruhigt mich auch. Ich glaube, sein Bedürfnis, Gil zu rächen, könnte ihn für einige Dinge blind machen."

„Und er hat keine Erfahrung mit Magie", fügte Avery hinzu. „Ich meine, er hat zweifelsohne Macht, aber ich denke, er ist etwas naiv, was manche Arten von Magie und ihre Auswirkungen angeht. Es klingt lächerlich, ich weiß, wenn man bedenkt, dass wir dem alle ausgesetzt sind und wir alle stärkere Magie anwenden als je zuvor, aber zumindest wenden wir sie schon viel länger an."

Alex warf ihr einen Blick zu. „Nun, er hat Gil verloren und spricht nicht mit El, also müssen wir ein Auge auf ihn haben."

„Und er ist mit Alicia hier", sagte Avery und spürte, wie ihre Angst zunahm. „Wir wissen immer noch nicht wirklich, was sie vorhat."

„Reuben ist aber nicht dumm. Wir müssen ihm vertrauen."

Sie hielten auf dem Rondell vor den Stufen zum Herrenhaus an und folgten Reuben, der sie durch die riesige, hallende Eingangshalle führte und die geschwungene Treppe zu seiner Suite im obersten Stockwerk hinaufging. Er ließ das Hauptlicht aus und nur ein paar Lampen beleuchteten ihren Weg mit schwachem Licht. Avery spähte durch offene Türen und bemerkte, dass die Möbel teuer und antik aussahen; es war ein sehr glamouröses Haus. Sie war seit Jahren nicht mehr hier gewesen und hatte vergessen, wie prächtig es war. Es war definitiv seit ihrer Kindheit renoviert worden.

Rubens Suite befand sich im zweiten Stock und bot einen Blick auf das Meer. Sie betraten eine kleine Vorhalle und gelangten durch diese in ein großes Wohnzimmer. An der hinteren Wand befand sich eine kleine Küche und eine Tür führte zu einem Schlafzimmer und eine weitere zu einem Badezimmer. Es war nicht so, wie Avery es sich vorgestellt hatte. Sie hatte angenommen, dass Reuben in einer Art Chaos aus Surfbrettern und Shorts leben würde, mit Zeug überall, aber stattdessen gab es nur cremefarbenes Leinen, dunkelgraue Wände, ein schickes Soundsystem und einen riesigen Fernseher.

„Alles in Ordnung?", fragte Reuben sie und musste über ihren Gesichtsausdruck lachen.

„Das ist nicht das, was ich erwartet habe!"

Er zwinkerte: „Nicht ganz die Surf-Absteige, die du dir vorgestellt hast?"

„Nein", entgegnete sie verlegen.

„Das liegt daran, dass wir Reinigungskräfte haben."

„Du hast Glück", bemerkte Alex und ging zum Fenster, um die Aussicht zu betrachten. Ein blasser Mondstreifen erhellte das Meer unterhalb des Gartens und Avery konnte die Wellen hören, die gegen das Ufer schlugen. Das Glashaus funkelte auf dem Rasen darunter und Avery dachte an den versteckten Durchgang und Gils Tod.

Reuben schaltete einige Lampen ein und mit einem Knopfdruck begannen sich die Vorhänge zu schließen und sperrten die Dunkelheit aus. Er schloss die Tür hinter ihnen ab und ging dann zur hinteren Wand und dann zu einem Abschnitt mit dunkler Eichenvertäfelung. „Was ich euch jetzt zeigen werde, muss ein Geheimnis bleiben", erklärte er sehr ernst.

„Natürlich", entgegnete Avery und sah Ales fragend mit hochgezogener Augenbraue an.

„Unsere Familie legt großen Wert auf versteckte Türen, Durchgänge und Räume in Räumen", erklärte Reuben und löste einen Mechanismus aus, der eine versteckte Tür in der Verkleidung herausfahren ließ.

„Das soll doch wohl ein Scherz sein!", rief Avery aus.

„Wir sind am hinteren Ende des Hauses, und dieser Durchgang führt zu einem Bereich des Dachbodens, der vom Rest abgetrennt ist. Ich habe ihn mit Gil geteilt, aber er hat ihn durch eine andere Tür betreten."

Sie folgten ihm durch einen langen, schmalen Gang und dann eine steile Treppe hinauf, alles versteckt in dem schmalen Raum zwischen zwei Wänden, und dann gingen sie durch eine andere Tür und ein Abschnitt des überfüllten Dachbodens erstreckte sich vor ihnen.

In der Mitte stand ein großer Tisch, der voller Bücher war. Eine Auswahl an ungleichen Stühlen war über den Raum verteilt, alle mit altem, verblasstem Stoff bezogen. Der Boden bestand aus breiten Holzbrettern und an der Stirnwand befanden sich Regale, die zu beiden Seiten eines Kamins standen. Es gab hier überhaupt keine Fenster und auf der anderen Seite des Raumes befand sich eine weitere Tür. Gils Eingang, vermutete sie.

„Wie um alles in der Welt hast du die Möbel hier reingekriegt?", fragte Avery und schaute sich erstaunt um.

„Einer unserer Vorfahren hat alles vor Jahren durch diese Wand hereingebracht." Er zeigte auf die Haupttrennwand, die sie vom Rest des Dachbodens trennte. „Und dann haben sie sie wieder neu gemauert. Von der anderen Seite aus kann man gar nicht sehen, dass hier etwas ist, und der Dachboden ist so riesig und voller Gerümpel, dass man gar nicht merkt, dass er kürzer ist, als er sein sollte."

„Das geht also über die ganze Breite des Hauses?", fragte Alex und ging herum.

„Ja, und damit ist der Raum groß genug für unsere Bedürfnisse. Meine Bedürfnisse", korrigierte er sich. Er legte das gerade gefundene Grimoire auf den Tisch. „Es ist schön, es endlich dort zu haben, wo es hingehört."

Er schaltete eine Schreibtischlampe ein und richtete das Licht auf das Buch, und trotz ihrer zunehmenden Müdigkeit betrachtete Avery das Buch mit großer Spannung.

Der Einband war wie bei den anderen aus dickem, altem Leder, aber anders als bei den anderen war er dunkelblau. Auf der Vorderseite war das arkane Symbol für Wasser eingeprägt, ein auf dem Kopf stehendes Dreieck, und auf der ersten Seite befand sich die übliche Liste aller Hexen, die das Grimoire bereits eingesetzt hatten. Reuben fuhr mit der Hand darüber und schloss kurz die Augen. Er sah unglaublich traurig aus. „Gil sollte hier dabei sein."

„Ja, das sollte er. Es tut mir so leid, dass er nicht da ist", stimmte Avery zu, trat näher an Reuben heran und legte ihre Hand auf seinen Arm. „Wie *geht es* dir, Reuben?"

„Mir geht's gut. Ich will nur Faversham finden und ihn umbringen, das ist alles."

„Es wird schon einen Weg geben, mit ihm fertigzuwerden." Sie blickte Alex besorgt an. „Ist Alicia wieder hier?"

Reuben konzentrierte sich auf das Grimoire, während er sprach. „Nein, aber sie kommt bald zurück. Sie hat mir geschrieben, dass sie hierbleiben möchte, bis sie eine Wohnung gefunden hat."

„Und das ist für dich in Ordnung?"

„Natürlich bin ich einverstanden", sagte er ungeduldig. „Es war ihr Zuhause. Ich habe ihr gesagt, sie kann so lange bleiben, wie sie will."

Avery blickte zu Alex auf und er schüttelte den Kopf. Jetzt war nicht der richtige Zeitpunkt, um Reuben mit der Frage zu konfrontieren, ob Alicia loyal war.

Alex wechselte das Thema. „Was für Zaubersprüche sind da drin?"

Reuben seufzte, während er die Seiten umblätterte: „Ich weiß es nicht – die Schrift ist so schwer zu lesen!" Er klang verärgert und ein wenig emotional.

„Es war ein anstrengender Abend, Reuben", meinte Alex. „Du solltest dich ausruhen und das morgen lesen. Wir gehen jetzt und lassen dich in Ruhe, aber macht es dir etwas aus, wenn wir uns zuerst die Rückseite ansehen? Um zu sehen, ob der versteckte Zauber auch in deinem Buch ist?"

Reuben schüttelte sich. „Ja, natürlich."

Sie löschten das elektrische Licht und erzeugten ein Hexenlicht, das einen fahlen, silbrigen Schein auf den Dachboden warf. Reuben blätterte zum Ende des Grimoires, und dort auf den hinteren Seiten stand ein Zauberspruch, die Beschwörungszeilen waren überschrieben: *Vierter Teil: „Im Wasser schweben"*. Avery fühlte sich benommen und war sich nicht sicher, ob sie erfreut oder entsetzt war. Wie die anderen war er eindeutig unvollständig.

„Dann brauchst du nur noch dein Grimoire, Avery", stellte Alex fest, „und der Zauberspruch ist vollständig."

Zwölf

Der Dienstag verging wie im Flug. Avery fiel es schwer, sich zu konzentrieren. Ihr Kopf schwirrte von all den neuen Informationen über den verborgenen Raum unter dem Mausoleum der Jacksons und der Entdeckung eines weiteren Teils des Zaubers. Sie musste oft an die Karte denken, die in dem alten Buch im Obergeschoss versteckt war, und ein paar Mal mussten die Kunden Fragen wiederholen, weil sie abgelenkt war.

Sally hatte ihre Unkonzentriertheit bemerkt, und bei Kaffee und Kuchen am Nachmittag, den sie sich in einer Pause zwischen den Kunden gönnten, fragte sie: „Geht es dir gut, Avery?"

Avery nahm einen Bissen von ihrem Stück Walnusskuchen und dachte, sie hätte den ganzen Kuchen auf einmal essen können. „Dieser Kuchen ist fantastisch, Sally."

„Danke, ich habe ihn gestern Abend gebacken, aber hör auf, der Frage auszuweichen! Du bist heute so zerstreut."

Avery sah sie schuldbewusst an. „Ich weiß, tut mir leid, ich habe viel um die Ohren. Mein Leben ist in letzter Zeit sehr verwirrend geworden."

„Willst du darüber reden?"

Avery nahm einen weiteren Bissen vom Kuchen und überlegte, ob sie es tun sollte. Sally war eine gute Freundin, und sie legte Wert auf ihre Meinung, aber sie hatte auch keine Ahnung von dem Ausmaß der Magie in White Haven. Es war zu gefährlich, zu viel darüber zu sagen. „Ich würde ja gerne, aber es ist zu kompliziert. Die Dinge sind im Moment sehr seltsam, und ich denke, es ist das Beste, wenn ich erst einmal nichts sage."

Sally sah sie einen Moment lang an, dann nickte sie. „Na gut, wenn du dir sicher bist. Aber pass auf dich auf. Ich habe das Gefühl, dass das, was du vorhast, gefährlich ist."

„Trägst du noch deinen Hexenbeutel zum Schutz dabei?", fragte Avery mit einem Anflug von Sorge.

Sally griff in ihre Bluse und zog den kleinen Beutel heraus, den sie an einer silbernen Kette befestigt hatte. „Er ist hier."

„Gut. Ich werde dafür sorgen, dass Dan auch seinen hat."

„Sind unsere Freunde in Sicherheit, Avery, und meine Familie?" Manchmal war Avery überrascht, wie scharfsinnig Sally war.

„Ja, ich bin sicher, dass sie in Sicherheit sind. Du und Dan, ihr seid am verletzlichsten, aber frag mich nicht weiter. Ich kann nicht darüber reden." Es war unwahrscheinlich, dass die Favershams sie direkt angreifen würden; viel wahrscheinlicher war es, dass sie in das Kreuzfeuer des magischen Krieges geraten würden, der gerade stattfand.

Sally nickte, scheinbar beruhigt. „Ich bin hinten, wenn du mich brauchst."

Als sie Feierabend machte, erhielt Avery eine Nachricht von Briar, die sie um achtzehn Uhr dreißig zu sich nach Hause einlud. *„Newton hat Neuigkeiten"*, hatte sie geheimnisvoll geschrieben. *Und iss nicht, ich werde dir was zu essen machen.*

Avery bahnte sich ihren Weg durch die engen Straßen von White Haven und genoss die Sonne des späten Nachmittags. Einheimische und Touristen schlenderten durch die Straßen, gingen in Restaurants und Bars, und einige Geschäfte hatten noch spät geöffnet und freuten sich über den Zustrom von Touristen, den das schöne Wetter gebracht hatte.

Sogar mitten in der Stadt konnte Avery das Meer riechen, und die Möwen kreisten über der Stadt, ihr lautes Geschrei hallte durch die Straßen. In letzter Zeit betrachtete Avery die Stadt mit anderen Augen. Sie hatte die alten Gebäude und die Geschichte des Ortes immer für selbstverständlich gehalten, aber jetzt hatte sie das Gefühl, Teil der Geschichte zu sein. Sie konnte spüren, wie die Vergangenheit ihre Ranken in die Gegenwart streckte. Sie bemerkte, wie sich die Gebäude aus den verschiedenen Jahrhunderten in einem angenehmen Stilmix aneinanderdrängten, und sie bemerkte, wie die Stadt innerhalb weniger Meter von einem Jahrhundert ins nächste wechselte. Es war erhebend. Sie liebte diesen Ort, und sie wollte auf keinen Fall weggehen oder sich von den Favershams vorschreiben lassen, was sie zu tun hatte. Obwohl sie jetzt mehr wusste als je zuvor, glaubte sie immer noch, dass es etwas gab, das sie noch herausfinden mussten, etwas, das den wahren Grund für Octavias Verbannung und Favershams Angriff auf Helena enthüllen würde.

Sie bog in die Straße ein, wo Briar wohnte, eine holprige Gasse, die sich den Hügel hinaufzog. Die Bürgersteige waren schmal, und die Häuser hatten winzige Vorgärten. Sie ging den Gartenweg entlang und klingelte an der Tür, dann hörte sie Briar rufen: „Es ist offen."

Briars Haustür öffnete sich direkt in das niedrige Wohnzimmer, in dem ein massiver alter Kamin den Raum beherrschte. Der Raum war mit einem bequemen Sofa und Sesseln eingerichtet, mit Bücherregalen zu beiden Seiten des Kamins. Eine Tür an der Rückseite führte in die Küche, und Briar rief erneut: „Komm durch, Avery."

Die Küche war klein, aber vollgestopft mit Schränken und effizient organisiert. Briar stand an der Arbeitsplatte und schnippelte Salat.

„Woher wusstest du, dass ich es bin?", fragte Avery und fragte sich, ob Briar irgendwo versteckte Kameras installiert hatte.

Briar grinste. Ihr Haar war zu einem unordentlichen Pferdeschwanz auf den Kopf gebunden, und sie trug ein langes, weites Kleid mit einem Gürtel darum. Ihre Füße waren nackt und sie hatte ihre Nägel leuchtend grün lackiert. „Ich habe gespürt, dass du eine andere Energie hast als die anderen. Ihr seid alle einzigartig. Habt ihr das nicht bemerkt?"

„Nein, eigentlich nicht", gestand Avery und hatte das Gefühl, etwas zu übersehen.

„In meinem Grimoire steht alles über Erdung, die Erde und Energiesignaturen", erklärte sie. „Es ist so viel mehr als nur ein Grimoire!" Sie grinste und es ließ ihr Gesicht aufleuchten.

„Das macht Sinn. Ich habe Auren gesehen, als ich mit Alex eine Geisterwanderung gemacht habe, und sie unterscheiden sich voneinander."

Briar konzentrierte sich darauf, den Salat zu mischen. „Ich habe geübt, die Energie durch die Erde zu spüren. Ich werde immer besser – ich spüre meine Kunden jetzt schon, bevor sie den Laden überhaupt betreten haben. Ich habe auch angefangen, Stimmungen wahrzunehmen." Sie hielt für einen Augenblick inne und sah sie an. „Ich kann dich und Alex spüren – wow, ihr zwei!"

Avery errötete und öffnete die Flasche Wein, die sie mitgebracht hatte, und überlegte, wie viel sie sagen sollte, doch dann wurde ihr klar, dass ihre Beziehung wirklich für niemanden ein Geheimnis war. Sie schaute in Briars erwartungsvolles Gesicht. „Ja, wir haben *etwas* miteinander. Bis jetzt ist es großartig, aber ich bin mir nicht sicher, wie lange es halten wird."

„Du hast Vertrauensprobleme. Es ist ganz offensichtlich, dass er dich anbetet."

Avery fühlte sich peinlich berührt und schockiert. *War es das, was die anderen sahen?* „Er *betet* mich nicht an! Und wenn er es tut, dann wahrscheinlich nicht mehr lange."

Briar verdrehte die Augen. „Hör auf damit! El hat recht, das mit dem Frauenheld ist nur gespielt. Er flirtet nur – das hat nichts zu bedeuten."

Avery spürte, wie sich eine Flut von Wärme in ihr ausbreitete. Es spielte keine Rolle, wie oft die Leute es sagten, sie bezweifelte immer noch, dass Alex sie so sehr mochte, dass es von Dauer sein würde, aber es tat trotzdem gut, das zu hören. Schnell wechselte sie das Thema, um eine mögliche Peinlichkeit zu vermeiden. „Und was ist mit dir und Newton?"

Briar wandte sich dem Ofen zu und zuckte mit den Schultern. „Ich weiß es nicht. Wir sind nur Freunde."

„Wer ist jetzt schüchtern?"

Briar holte eine brodelnde, mit Käse überbackene Lasagne aus dem Ofen, und ihr köstlicher Duft erfüllte die Küche. „Wie auch immer, El ist hier."

Schon nach wenigen Sekunden wurde die Eingangstür geöffnet und El kam herein. Kaum hatten sie sich begrüßt, kamen auch schon Alex, Newton und Reuben. Reuben warf El einen Blick zu, aber sie wandte den Blick ab. Newton hatte seinen Anzug gegen Jeans und ein legeres Hemd getauscht. Er nickte allen zu und ließ seinen Blick auf Briar verweilen.

Alex hingegen grinste Avery an und zwinkerte ihr zu, und ihr Herz begann zu rasen. Er trug seine üblichen verwaschenen Jeans und ein altes Led-Zeppelin-T-Shirt, und sein dunkles Haar war offen. Er stellte ein Sixpack Bier auf die Bank. „Riecht gut, Briar. Danke fürs Kochen."

„Gern geschehen. Ich habe den Tisch draußen gedeckt." Sie nickte in Richtung des kleinen, angebauten Wintergartens auf der Rückseite des Hauses. „Setzt euch, ich bringe alles rüber."

„Ich helfe dir", erklärte Newton und suchte sofort ein Tablett.

Avery grinste und trug ihren Wein in den Wintergarten, wobei sie über das aufgeräumte Chaos lächelte. Der Wintergarten erstreckte sich über die gesamte Länge des Hauses, und in der Mitte stand ein langer Holztisch, umgeben von alten Korbstühlen, die mit Kissen in verschiedenen Streifen-, Motiv- und Blumenmustern überhäuft waren. Der Tisch war mit Tellern und Gläsern in verschiedenen Designs gedeckt, aber alles passte harmonisch zusammen. In den Ecken standen Pflanzen, und an der gegenüberliegenden Wand stand ein kleiner Schreibtisch, der mit Papieren bedeckt war. Dahinter befand sich ein kleiner, üppiger Garten, der um einen winzigen gepflasterten Bereich herum angelegt war, und die Flügeltüren zur Terrasse standen weit offen, sodass die warme Abendluft hereinströmen konnte.

Avery saß am hinteren Ende des Tisches und blickte über den Garten, und Alex folgte ihr nach draußen und setzte sich zu ihrer Rechten, während Reuben sich ihr gegenüber setzte. El setzte sich neben Alex, so weit wie möglich von Reuben entfernt, und ignorierte ihn so gut wie möglich.

In dem Bestreben, die unangenehme Stimmung zu durchbrechen, sagte Avery: „Ich liebe Briars Haus. Ich war noch nie hier."

Reuben nickte geistesabwesend und El antwortete: „Ja, es ist typisch Briar. Allerdings ist der Garten winzig – deshalb hat sie einen Schrebergarten."

„Ich muss ihn mir eines Tages ansehen", entgegnete Avery nachdenklich. „Ich bezweifle jedoch, dass ihr neues Zauberbuch sie zu einer besseren Gärtnerin machen könnte."

„Hast du deins schon gefunden?", fragte Reuben.

„Nein. Es ist zum Verrücktwerden. Ich habe die Karte tausendmal durchgesehen und weiß immer noch nicht, wo es ist."

Sie nahm einen Schluck Wein und wünschte sich, sie wäre nicht die Einzige, die ihr Zauberbuch noch nicht gefunden hatte. *Was, wenn sie es nie finden würde?*

„Ich komme morgen Abend vorbei und wir versuchen es noch einmal", erklärte Alex.

Newton und Briar kamen mit Salat, Lasagne und Knoblauchbrot heraus, und Avery sog die köstlichen Düfte gierig ein. Sie merkte, dass sie am Verhungern war, und bediente sich ausgiebig.

„Nun, ich habe gute Nachrichten, wenn man so will, zu verkünden", begann Newton. „Ich habe einiges über die Favershams herausgefunden."

„Und sind es gute oder schlechte Neuigkeiten?", fragte Alex.

„Größtenteils schlechte." Er seufzte. „Bevor ich anfange, müsst ihr wissen, dass ich, obwohl mir von *meiner Rolle* erzählt wurde, nicht wirklich daran geglaubt habe. Es klang verrückt, obwohl meine Eltern beharrlich darauf bestanden, dass es wahr sei – sie bestehen sogar immer noch darauf. Und jetzt weiß ich natürlich, dass sie recht haben."

Die anderen nickten und El sagte: „Schon gut, erzähl weiter. Wir haben es verstanden."

„Ich fange mit meinen alten Familienaufzeichnungen an. Die Favershams stehen definitiv auf meiner Feindesliste, und das begann während der Hexenprozesse, als mein Vorfahr Peter Newton Helena wegen des Hexenjägers und der Favershams verbrennen musste. Er fühlte sich so machtlos, dass er schwor, dass es nie wieder passieren würde. Er begann, die Familie im Auge zu behalten, und stellte fest, dass sie verdorben und korrupt war. Er machte es sich zur Aufgabe, herauszufinden, was geschehen war, und die Wahrheit über ihre magischen Fähigkeiten zu erfahren. Die meisten Familien – eure

Familien – haben White Haven nach Helenas Tod verlassen, aber er hat mit Helenas Schwager gesprochen, kurz bevor dieser mit ihren Kindern und seiner eigenen Familie geflohen ist. Er hat Peter erzählt, was mit Octavia passiert war. Er hat jedoch nicht alle Details über den Grund verraten – wahrscheinlich wusste er es selbst nicht. Peter war jedoch stark genug und besorgt genug über die Auswirkungen des Ganzen, um es weiterzugeben. Es passierten also von Zeit zu Zeit seltsame Dinge, aber schließlich beruhigte sich die Lage. Jahrzehntelang passierte nichts besonders Schlimmes. Die Hexen gingen, die Favershams bauten ihr Imperium weiter auf, und dann kehrten eure Familien zurück und hielten sich sehr bedeckt. Und soweit ich weiß, wusste meine Familie nie von ihnen."

„Ihr habt uns aus der Ferne beobachtet", folgerte Alex.

„So ziemlich. Und natürlich kamen Zweifel auf, an allem – obwohl sie pflichtbewusst weitergegeben wurden. In den letzten Jahren gab es keine besonderen Vorfälle – außer dem mit Rubens Ur-Ur-was-auch-immer-Onkel vor Jahren. Addison hat sich mehr als jeder andere seit Jahren entschlossen, nach den Grimoires zu suchen. Es reichte ihm nicht, das Thema ruhen zu lassen. Er wollte die Zauberbücher und die Macht, die sie ihm verschaffen würden", er hob die Hand, um Fragen zu unterbinden. „Ich weiß nicht warum – meine Familienaufzeichnungen beschreiben diese Details nicht – wir sind Wächter, schon vergessen. Aber es gab genug Aktivitäten, dass mein Ururgroßvater mitbekommen haben muss, dass *etwas* vor sich ging. Wie dem auch sei, Addison begann mit der Suche und die Favershams fanden es heraus. Sie haben ihn und seine Familie bedroht. Anscheinend hatte Addison eines der Grimoires gefunden und sie wussten davon. Um seine Familie zu schützen, tat er, was wir heute alle wissen: Er täuschte ihren Tod vor und verschwand unter dem Deckmantel der Schwarzen Magie und eines Blutopfers. Das sollte jeden davon abschrecken, in Zukunft nach dem Buch zu suchen. Und das Wissen über das Zauberbuch verschwand mit ihm. Deine Familie, Reuben", Newton warf ihm einen Blick zu, „setzte die Lüge fort. Oder hätte es tun sollen."

Avery stöhnte, als ihr alles klar wurde. „Aber Lottie hat Anne an ihrem Wissen teilhaben lassen, und Anne sollte das Geheimnis bewahren – und das verborgene Zauberbuch."

Newton nickte. „Lottie gehörte einer jüngeren Generation an, aber sie fand heraus, was ihr Onkel getan hatte, und beschloss, dass es zu groß und zu wichtig war, um es zu verbergen."

„Also warteten sie, bis sich die Lage beruhigt hatte und die Geschichte in Vergessenheit geraten war", mutmaßte Avery und nickte. „Wie hat deine Familie davon erfahren, Newton?"

„Mein Urgroßvater war auch bei der Polizei und musste das Verschwinden untersuchen. Er fand heraus, was passiert war, und spielte ebenfalls mit – hinterließ aber Aufzeichnungen über die Wahrheit für uns." Er zuckte mit den Schultern. „Wie ich euch neulich Abend schon sagte, kam mir das verrückt vor. Ich konnte es kaum glauben und habe die Aufzeichnungen auch nicht richtig gelesen. Ich wusste natürlich von euch und eurer magischen Geschichte und euren Fähigkeiten, aber ich hielt das für abergläubischen Unsinn. Ich glaubte nicht einmal an die Sache mit dem Zauberbuch – ich wusste kaum, was das bedeutete. Erst als diese Frau im Moor starb, begann ich wirklich zu glauben – es war offensichtlich, dass das nicht normal war. Und dann hast du mir neulich Abend von den Grimoires erzählt, und alles kam wieder hoch – mein *anderer* Job wurde Realität."

„Es ist wie Stille Post, nicht wahr?", bemerkte Briar. „Dinge geraten mit der Zeit in Vergessenheit und werden bis zur Unkenntlichkeit verzerrt, bis wir kaum noch zwischen Wahrheit und Lüge unterscheiden können."

„Und es begann vor über 400 Jahren", betonte Reuben. „Kein Wunder, dass es verrückt klang."

„Aber was ist mit der Vision, die du in deiner Wohnung hattest?", fragte Alex Avery.

Sie runzelte die Stirn. „Ich muss die Favershams und Caspian, die verwendete Blutmagie, aufgesogen und die falsche Verbindung hergestellt haben."

„Nun", fuhr Newton nach einem Bissen seines Essens fort, „ich habe die Familie überprüft. Sebastian ist, wie wir wissen, das Familienoberhaupt und der CEO von *Kernow Shipping*. Caspian ist sein Sohn und Finanzvorstand, und seine Tochter Estelle ist für Auslandsinvestitionen zuständig. Er hat ein paar Neffen namens Hamish und Rory, und Sebastians Bruder Rupert ist ebenfalls im Vorstand – er ist ihr Vater. Ich habe natürlich keine Ahnung, ob sie magische Fähigkeiten haben, aber es scheint vernünftig anzunehmen, dass sie sie haben."

„Die dunkelhaarige Frau, die uns in der Kirche angegriffen hat, war also Estelle?", fragte Avery.

Newton nickte.

Alex kniff die Augen zusammen: „Gibt es irgendwelche Verdachtsmomente?"

„Nein, außer dass sie reich sind und bei *allen Dingen* ein Wörtchen mitzureden haben. Sie haben ihre Finger in vielen, vielen Geschäften in Harecombe. Sie sind Ratsmitglieder, im Kunstausschuss, Gönner der Kunstgalerie und des Museums ..." Newton verdrehte die Augen und nahm einen Bissen Lasagne. „Sie machen alles, was man sich nur vorstellen kann."

„Ich verabscheue sie jetzt noch mehr als vorher", stellte Briar fest, während sie an ihrem Salat herumknabberte.

Newton hielt inne und warf Reuben einen kurzen besorgten Blick zu, der seine polizeiliche Haltung durchbrach. „Ich habe herausgefunden, dass Alicia auch mit ihnen verwandt ist."

Reubens Kopf schoss in die Höhe und er starrte Newton an. „*Gils* Alicia?"

„Ja."

„Wie das?"

„Sie ist eine weitere Cousine, von Sebastians jüngerer Schwester Honoria."

Sie schwiegen alle, und Avery fragte sich, was Reuben gerade dachte. Er sah schockiert aus, dann überrascht, und legte schließlich seine Gabel hin. „Entschuldigung, ich bin wirklich verwirrt. Arbeitet sie mit ihnen zusammen? Ich dachte, sie hätte ihr eigenes Innenarchitekturunternehmen? Und wusste Gil davon?"

„Ich habe keine Ahnung, was Gil wusste, Reuben, aber ich bezweifle es. Du wusstest es nicht. Und nein, sie ist nicht Teil ihres Unternehmens – zumindest nicht offensichtlich. Sie ist nicht in den Unternehmensunterlagen aufgeführt. Es scheint, dass sie wirklich eine Innenarchitektin ist, und zwar eine viel beschäftigte. Sie ist bei einigen sehr reichen Familien in ganz Cornwall sehr beliebt, und darunter sind auch Hotels."

Reuben sah unter seiner tiefen Bräune blass aus und schob seinen Teller beiseite. „Hat sie etwas mit seinem Tod zu tun?"

Newton sah verlegen aus und fuhr sich mit der Hand durch die Haare. „Ich weiß es nicht, und ich bin mir nicht sicher, ob ich es herausfinden kann. Aber ihr könntet es vielleicht."

Reuben sah Avery vorwurfsvoll an. „Damals in der Höhle hast du mich, kurz bevor er starb, nach Alicia gefragt. Wusstest du da schon Bescheid?"

Avery verspürte plötzlich einen Anflug von Panik und fragte sich, wie viel sie sagen sollte, aber sie spürte, wie Alex mit seinem Bein gegen ihres stupste, und ihr wurde klar, dass sie ihre Zweifel äußern musste. „Ich wusste nichts, nein, natürlich nicht, das hätte ich euch doch gesagt. Aber ich habe mich gefragt, warum Faversham so viel zu wissen schien, und mir kam der Gedanke, dass Alicia vielleicht mehr wusste, als Gil ahnte – sie lebte schließlich mit ihm zusammen. Mit euch beiden.“

Reuben sah sie mit großen Augen an. „Aber du hast nichts gesagt!“ Er klang ungläubig. „Ich lebe mit ihr zusammen, seit Gil gestorben ist. Das Zauberbuch ist *jetzt* dort!“

Er schob seinen Stuhl zurück und stand auf, bereit zu gehen, und Avery erhob sich ebenfalls, als wollte sie ihn aufhalten. „Nein, warte! Ich wusste es nicht! Ich hätte mich irren können – *wir könnten uns immer noch irren*!“

„Ich muss sie sehen. *Jetzt sofort*!“ Er ging um den Tisch herum und steuerte auf die Küchentür zu.Newton stand auf und verströmte Autorität. „Nein. Setz dich, Reuben. Wir müssen das erst durchdenken.“

„Ich muss gar nichts durchdenken. Halt dich da raus, Newton.“

Auch Alex sprang auf und hielt Reuben an der Tür auf, seine Hand auf Reubens Arm. „Reuben, so ungern ich Newton zustimme, er hat recht. Wir brauchen einen Plan. Vielleicht ist sie zu großer Magie fähig, hält es aber geheim.“

Reuben starrte ihn finster an und schüttelte seine Hand ab. „Während ich hier mit dir streite, könnte mein Zauberbuch weg sein und die Frau, die für Gils Tod verantwortlich ist, in meinem Haus herumspazieren! Geh mir aus dem Weg. Ich will dich nicht schlagen, aber ich tue es, wenn's sein muss.“

„Schön. Schon wieder Gewalt als letzter Ausweg“, bemerkte El und sah Reuben mit einer Mischung aus Trauer und Wut an.

Reuben hielt einen Moment lang schockiert inne und fuhr dann mit unverminderter Härte fort. „Entschuldige, dass ich Gefühle habe!"

Nach Tagen schwelenden Grolls brach Els ganze Angst und Wut auf einmal aus ihr heraus. „Wir alle haben Gefühle, Reuben. Aber wir dürfen unseren *Freunden* nicht wehtun!"

Die magische Energie im Raum war inzwischen in die Höhe geschnellt, und Avery spürte nicht nur, wie der Wind um sie herum stärker zu wehen begann, sondern bemerkte auch ein Flackern von Flammen in Els Händen. *Wow. Es war schnell ziemlich unschön geworden.*

Alex bemühte sich, die Ruhe zu bewahren. „Vertraue auf deine Magie, Reuben. Du hast einen geheimen Raum, und er ist auch durch Magie verborgen – oder nicht?"

„Ja", nickte Reuben, „natürlich."

„Dann sollte es kein Problem sein."

„Dieses Risiko gehe ich nicht ein. Und ich muss wissen, ob Alicia Gil verraten hat", erklärte Reuben, schob Alex zur Seite und stürmte in die Küche, wo er die Tür hinter sich zuschlug.

„Wir können ihn das nicht alleine machen lassen, egal was er sagt", erklärte Alex und drehte sich um, um ihm zu folgen. „Newton, komm schon. Wir müssen ihn aufhalten, bevor er etwas Dummes tut."

„Er hat aber recht, Alex, wir müssen etwas über Alicia herausfinden", argumentierte Avery und verspürte das Bedürfnis, Reuben zu verteidigen. „Caspian ist bereits damit davongekommen, ihn getötet zu haben, und dass Alicia auch noch damit davonkommt, Gil verraten zu haben, ist zu viel. Ich komme auch mit."

Briar sah El an, die mit versteinertem Gesicht sitzen blieb. „Ich bleibe hier bei El."

„Du musst nicht auf mich aufpassen, Briar."

„Natürlich nicht, aber ich bleibe trotzdem." Briar blickte zu den anderen auf. „Geht nur, und passt auf euch auf."

Dreizehn

Newton raste in seinem schnittigen BMW die Straßen entlang, aber obwohl sie nur wenige Minuten hinter Reuben lagen, war er bereits außer Sichtweite. Sie kamen mit quietschenden Bremsen und Kies aufwirbelnd vor dem *Greenlane Manor* an und fanden Reubens Wagen verlassen und die Eingangstür weit offen vor.

Sie stürmten die Stufen hinauf und in die Empfangshalle, zögerten dann aber. Es war bereits dämmrig und ein paar Lichter brannten, aber der Rest des Hauses lag im Dunkeln.

„Wo zum Teufel sind sie?", fragte Newton und versuchte, seine Wut zu unterdrücken. Auf dem Weg zum Haus hatten sie darüber diskutiert, was zu tun sei, aber wie Newton gesagt hatte, kann man jemanden nicht gesetzlich der Schwarzen Magie beschuldigen und ernst genommen werden. Er warf einen Blick in die angrenzenden Räume und rief: „Reuben!"

Stille umgab sie. Sie schwärmten aus und überprüften das Erdgeschoss, aber jeder Raum war unheimlich leer und ausgesprochen ordentlich.

„Wo sind ihre Zimmer? Sie muss dort sein", folgerte Avery, die es kaum erwarten konnte, etwas von ihrer angestauten Energie loszuwerden, während sie sich gleichzeitig versuchte einzureden, dass Alicia völlig unschuldig und nichts weiter als eine trauernde Witwe sein könnte.

„Versuchen wir es oben, auf der gegenüberliegenden Seite von Rubens Bereich", schlug Alex vor und stürmte die Treppe hinauf.

Der erste Stock lag im Dunkeln, also eilten sie die nächste Treppe hinauf und blieben plötzlich stehen, als sie einen Lichtstreifen sahen, der aus einer offenen Tür weit unten im Korridor zu ihrer Linken kam.

Sie näherten sich vorsichtig, Avery bemühte sich, wieder zu Atem zu kommen, und hörte Geschrei. Es war eine Frauenstimme. „Sei nicht albern, Reuben. Du machst mir Angst, hör auf damit!"

„Spiel mir nicht die schüchterne Frau vor. Du bist mit dem Mann verwandt, der Gil getötet hat, und ich will wissen, was du damit zu tun hattest."

„Niemand hat Gil getötet, es war ein Unfall."

„Blödsinn. Ich war dabei. Er wurde von Caspian Faversham getötet, deinem Cousin. Jetzt sag mir, was du weißt, oder ich werde dich vom Angesicht der Erde fegen."

Sie sahen sich alle alarmiert an, dann stieß Newton die Tür auf und trat ein.

„Reuben! Beruhige dich."

Alex folgte ihm, dicht gefolgt von Avery, die sich beide links und rechts von Newton aufstellten, bereit, bei Bedarf einzugreifen.

Reuben und Alicia standen mit ein paar Metern Abstand vor einem erloschenen Kamin. Alicia wich zurück, als sie eintraten, und die Angst war ihr ins Gesicht geschrieben. Reuben überragte sie bei Weitem, was ihre Winzigkeit noch unterstrich.

Reuben schrie: „Haltet euch da raus – ihr alle."

Alicia sah aus, als würde sie sich noch weiter zurückziehen, überlegte es sich dann aber anders. Sie wandte sich an Newton. „Er ist verrückt geworden! Er schimpft über Hexen und Magie. Du bist der Polizist – ich verlange, dass du ihn verhaftest!"

„Die Sache ist die", erwiderte Newton und trat näher, „ich weiß, dass du mit den Favershams verwandt bist – einer magischen Familie – und ich weiß, dass die ganze Familie einen Groll gegen White Haven hegt. Du müsstest mir also beweisen, dass du nichts mit Gils Tod zu tun hattest."

Ihr Gesicht verlor jegliche Farbe. „Ich mag mit ihnen verwandt sein, aber ich habe mein eigenes Leben, meine eigenen Angelegenheiten. Ich war nicht dabei, als er starb!"

„Aber du behauptest nicht mehr, dass es Magie nicht gibt, oder?", konterte Newton.

Reuben fuhr sie erneut an. „Er hat dir vertraut, Alicia! Ich habe dir vertraut! Er hat seine Magie jahrelang geheim gehalten, und du hast ihm nicht einmal davon erzählt! Warum?"

„Das war ein Teil meines Lebens, von dem ich mich abgewandt habe." Unerwartet trat sie vor und appellierte an Reuben. „Du auch, das weiß ich. Und du weißt, woran das liegt."

Avery wurde bei ihrem Geständnis etwas schwindlig. Sie *hatte* also tatsächlich magische Fähigkeiten. Avery beobachtete sie und fragte sich, ob sie log, als sie behauptete, dass sie die Magie aufgegeben hatte. Alicias Hände verkrampften sich nervös, und Avery war überzeugt, dass dies immer noch eine Täuschung war. Sie würde alles dafür tun, im Haus bleiben zu können. Vielleicht hatte sie das Zauberbuch noch nicht gefunden.

Reuben starrte sie finster an. „Es hätte Gil das Herz gebrochen. Er hat dich geliebt, und du hast ihn jahrelang belogen!"

„Er hätte gewollt, dass ich übe, und das wollte ich nicht."

Reuben war wütend. „Blödsinn. Du Lügnerin. Seit Avery diese Truhe geschenkt bekommen hat, hintergehst du uns. Dieser Mistkerl Caspian hat uns bedroht, angegriffen und Gil getötet. Du bist die Einzige, die dazu fähig war, ihm zu sagen, was wir vorhatten!"

„Nein!“, flehte Alicia nun und trat wieder vom Kamin zurück. Reuben folgte ihr, nur ein paar Schritte entfernt, und Avery bemerkte, dass sie zum Kamin blickte.

Was tat sie da? Sie schien auf etwas zu warten.

Und dann kam Avery ein schrecklicher Gedanke.

Dämonen.

Kaum hatte sie diesen Gedanken ausgesprochen, trat Reuben direkt vor den Kamin, mit dem Rücken zur Feuerstelle, und schrie Alicia an. Sofort erschien ein Dämon mit schrecklichem Knurren und Schwefelgeruch, Flammen wirbelten um ihn herum auf. Eine lange Flamme schlug nach dem ahnungslosen Reuben.

Avery war jedoch vorbereitet, ihre Energie war bereits gesammelt. Es war, als hätte sie einen sechsten Sinn dafür gehabt, was passieren würde. Sie schickte einen starken, gezielten Luftstoß auf Reuben, der ihn sauber aus dem Weg warf, und er flog rückwärts durch den Raum und prallte gegen einen Schrank mit Glasfront.

Avery wandte ihre Aufmerksamkeit Alicia zu und schickte einen zweiten Stoß direkt auf sie zu, der ihr die Beine wegriss und sie in den Weg des Dämons warf, der nun in den Raum getreten war und Flammen in alle Richtungen schleuderte. Alicia schrie und warf die Hände hoch, um sich zu schützen.

Ein zweiter Dämon erschien hinter dem ersten und Avery warf Alex einen Blick zu. Er schickte einen mächtigen Energiestoß, der weder wie eine Flamme noch wie Luft aussah, direkt auf die Kreatur, die gerade aufgetaucht war, und versuchte, sie aus dem Gleichgewicht zu bringen, bevor sie angreifen konnte. Newton rannte zur anderen Seite des Raumes und zog einen benommenen Reuben aus dem Glasscherbenhaufen.

Beide Dämonen traten gemeinsam vor und bewegten sich auf sie zu. Alicia war wieder auf den Beinen und schrie etwas in einer Sprache, die Avery nicht verstand, aber sie schien zu versuchen, die Dämonen zu kontrollieren.

Es gab einen Zauberspruch, von dem Avery wusste, dass sie ihn noch nie zuvor ausprobiert hatte, aber er sollte perfekt funktionieren – wenn sie die Beziehung zwischen einer Hexe und ihrem Dämon richtig verstand. Als sie ihn aussprach, fühlte sie sich gemein, aber es ging entweder um Alicia oder um sie. Sie hatte versucht, Reuben zu töten, und wenn es nach ihr ginge, wären sie alle tot. Dies war nicht die Zeit für Sentimentalitäten.

Es war ein Zauberspruch, um die Zunge zu binden.

Es war in Sekunden erledigt. Alicia würgte und keuchte und wandte sich dann voller Wut Alex und Avery zu. Dann verwandelte sich die Wut in Angst und dann in Schrecken, als sie sich an die Kehle griff und versuchte, die Zauberworte zu sprechen, um die Dämonen zu kontrollieren.

Alicia war den Dämonen viel näher als alle anderen, aber Avery konnte ihre Hitze vom anderen Ende des Raumes spüren. Ihre peitschenden Flammen versengten alles, was mit ihnen in Berührung kam. Aber als Alicia verstummte, stoppten die Dämonen ihren Vormarsch und wandten sich ihr zu.

Alicia wich zurück, aber Avery sprach einen weiteren Zauberspruch und Alicia brach auf dem Boden zusammen. Die Dämonen stürzten sich auf sie.

Sie hüllten Alicia in ihren brennenden Griff. Ihre Stimmen – wenn es überhaupt welche waren – ließen einem das Blut in den Adern gefrieren. Ihre klaffenden Mäuler enthüllten Hunderte winziger Zähne und Alicia verschwand in den dunklen Falten ihrer nebulösen Körper. Sie konnte nicht einmal schreien.

Alex trat vor und begann eine Beschwörungsformel. Avery erkannte den Zauberspruch, den sie im Hexenmuseum verwendet hatten, oder etwas Ähnliches. Er versuchte, die Dämonen zu vertreiben.

Avery schloss sich ihm an, hielt seine ausgestreckte Hand und fügte ihre Stärke zu seiner hinzu, und Reuben, der inzwischen auf die Beine gestolpert war, schloss sich ihnen auf der anderen Seite an. Newton, der überhaupt nicht helfen konnte, stellte sich hinter sie.

Sie sprachen den Zauberspruch gemeinsam nach, nachdem Alex ihn gesprochen hatte, und ihre Stimmen wurden immer kräftiger, sodass die Dämonen sich zurückzogen und ihre Körper immer mehr an Substanz verlor. Sie traten zurück in den Kamin und verschwanden mit einem donnernden Knall, wobei sie Alicia mit sich zogen.

Ruß rieselte den Schornstein hinunter und quoll in den Raum.

Die Stille, die darauf folgte, schien erdrückend. Der Raum war mit langen, schwarzen Brandspuren übersät, Teile des Teppichs schwelten, Gegenstände waren zerbrochen und die Vitrine war zu Bruch gegangen.

„Geht es allen gut? ", fragte Alex und hielt sich die Hand vor das Gesicht, um sich wenigstens teilweise vor dem Ruß zu schützen.

„Ich habe eine schwere Verbrennung an Arm und Brust, aber ich denke, ich werde es überleben", entgegnete Newton hinter ihnen.

Avery wirbelte herum und sah Newton auf dem Boden liegen. Sein Hemd qualmte und Teile davon waren an den Stellen, an denen die Flammen ihn erfasst hatten, verschwunden und hatten seine Brust verbrannt. Sie ging auf die Knie und untersuchte ihn. „Wir bringen dich zu Briar."

„Mir geht es gut, wirklich." Seine grauen Augen waren voller Schmerz, aber er nickte Reuben zu.

Avery drehte sich um und sah, dass auch Reuben auf den Knien war und hemmungslos weinte, Tränen liefen ihm über das Gesicht.

Alex hockte sich neben ihn und legte ihm die Hand auf die Schulter. „Es tut mir leid, Reuben. Das ist einfach schrecklich."

Reuben blickte an Alex vorbei zu Avery, und der Ausdruck in seinen Augen brach ihr fast das Herz. „Danke, Avery. Du hast mich gerettet – das werde ich nie vergessen."

Auch ihr kamen die Tränen. „Ich wollte dich nicht auch noch verlieren, Reuben." Sie blickte wieder zu Newton. „Was habe ich getan? Ich habe Alicia getötet! Verhaftest du mich?"

Er schüttelte den Kopf. „Nein, das hast du nicht. Ihre eigenen Dämonen haben sie getötet."

Panik überkam sie. „Aber ich habe ihr die Macht über sie entzogen. Ich bin schuld an ihrem Tod."

„Du warst ein verdammtes Genie", entgegnete Alex und sah sie bewundernd an. „Du hast uns alle gerettet."

„Einigen wir uns darauf, dass es eine Gruppenleistung war. Du hast die Dämonen verbannt." Sie wischte sich eine Träne weg. „Wie sollen wir Alicias Tod erklären?"

„Es gibt keine Leiche", gab Newton zu bedenken und zuckte vor Schmerz zusammen.

„Aber sie ist weg. Für immer."

Newton schüttelte den Kopf: „Überlasst das mir. Ich bin als Freund hier, nicht als Polizist. Ich muss keine Berichte schreiben. Am einfachsten ist es zu sagen, dass sie verschwunden ist. Aber der Schmerz beeinträchtigt gerade meinen Verstand, also wenn wir gehen könnten ..."

„Natürlich!" Avery sprang auf und half Newton auf die Beine. „Gehen wir alle zurück zu Briar?"

Alex sah Reuben an. „Tun wir das?"

Reuben schüttelte den Kopf und deutete auf den schwelenden Teppich. „Nein. Ich bleibe hier. Ich muss dafür sorgen, dass das

Haus nicht abbrennt, und nach meinem Zauberbuch sehen – und ich möchte jetzt einfach allein sein."

„Ich bin anderer Meinung. Ich denke, El sollte bei dir sein", erklärte Alex, sichtlich besorgt, Reuben allein zu lassen.

Reuben wischte sich mit der Hand über das Gesicht. „Ich denke, wir wissen beide, dass ich das komplett vermasselt habe."

Alex sah Avery und Newton an. „Ich bleibe noch eine Weile hier. Kann ich mir später einen Wagen ausleihen, Reuben?"

„Klar. Du kannst Gils nehmen. Sein Wagen steht noch in der Garage. Aber ehrlich gesagt, es wäre besser, wenn du jetzt gehst."

Alex blieb standhaft. „Nein. Ich bleibe hier. Ich will mich davon überzeugen, dass diese Dämonen nicht zurückkommen."

Reuben wirkte trotz seiner Proteste erleichtert. „Danke, mein Freund."

Alex sprach leise mit ihr vor dem Zimmer. „Sprich mit El, ja? Er braucht sie."

„Natürlich", erwiderte Avery und küsste ihn auf die Wange, wobei ihre Gedanken darum kreisten, wie liebenswert er manchmal war.

Vierzehn

Briar und El befanden sich noch im Wintergarten, als die beiden ankamen. Der Tisch war abgeräumt und sie saßen still beisammen und unterhielten sich bei einem Glas Wein. Briar sprang auf, sobald sie eintraten, Avery stützte Newton. Seine Verbrennungen waren schwerwiegender, als sie zunächst angenommen hatte, und obwohl sie einen Zauberspruch verwendet hatte, um die Schmerzen zu lindern, brauchten sie Briars Hilfe.

„Bei der Göttin! Was ist passiert?", fragte Briar, eilte herbei und half Newton in einen tiefen Korbsessel, der mit Kissen gepolstert war.

„Dämonen", entgegnete Avery.

„Wo sind Alex und Reuben?", fragte El mit belegter Stimme.

„Ihnen geht es gut. Alicia nicht." Sie erklärte schnell, was passiert war, und Briar sammelte ihre Kräuter und begann, Newton zu behandeln, wobei sie ihm das Hemd ausziehen musste. Eine schlimme Verbrennung zog sich über seine Brust und seinen Arm hinunter, die Haut war bereits voller Blasen. Newton legte sich zurück, atmete tief durch und sein Gesicht war vor Schmerz kreidebleich.

Avery setzte sich neben El und ließ Briar in Ruhe, damit sie sich konzentrieren konnte. „El, ich weiß, dass du sauer auf ihn bist, aber Reuben ist wirklich am Boden zerstört. Gil ist tot, Alicia hat sie beide betrogen und er ist verletzt. Sehr verletzt. Er braucht dich. Und du weißt, dass er nicht vorhatte, dir wehzutun."

In Els hübschem Gesicht zeigten sich Sorgenfalten, das selbstbewusste Auftreten war verschwunden und sie begann zu weinen. „Ich liebe ihn, Avery, aber er hat mich wirklich verletzt." Sie sah sie verzweifelt und verwirrt an. „Was soll ich nur tun? Ich vermisse ihn wie verrückt."

„Er vermisst dich auch. Er hasst sich für das, was am Strand passiert ist – ich weiß, dass er das tut. Geh zu ihm. Bitte. Ihr zwei werdet das schon hinbekommen."

El nickte und atmete tief aus. „Du hast recht. Wir sind keine Kinder mehr. Ich gehe jetzt."

„Kannst du fahren?"

„Klar. Ich habe nur ein Glas getrunken." Sie stand auf und drehte sich an der Tür noch einmal um. „Danke, Mädels, ihr seid beide großartig."

Es dauerte noch eine weitere Stunde, bis Alex eintraf, und Avery und Briar unterhielten sich leise. Newton war nach einem starken Aufguss aus Kräutern, der ihm beim Einschlafen helfen sollte, ins Gästezimmer gegangen.

Alex holte sich ein Bier aus dem Kühlschrank und setzte sich mit einem sorgenvollen Gesichtsausdruck hin. „Das Zauberbuch ist verschwunden."

„Reubens?", fragte Avery, der das Ganze bereits jetzt Bauchschmerzen bereitete.

„Nein!", rief Briar im selben Moment.

„Ja." Er nahm einen großen Schluck. „Reuben ist gerade völlig fertig. Er schwankt zwischen Wut und Trauer. Er ist auf einer heftigen Gefühlsachterbahn. Den Göttern sei Dank, ist El aufgetaucht, denn ich bin in solchen Dingen eine Niete."

„Das stimmt nicht", gab Briar zurück. „Du bist kein Neandertaler, Alex."

Er lächelte traurig. „Na ja, ich glaube, Els tröstende Arme sind weitaus attraktiver als meine Schulterklopfer."

„Geht es ihnen gut?", fragte Avery.

„Sie kommen schon in Ordnung. Ich habe sie einander überlassen. Wir haben zuerst das Haus durchsucht, nur für den Fall, dass Alicia es irgendwo versteckt hatte, um es Caspian zu geben. Aber entweder ist es wirklich gut versteckt oder er hat es bereits."

„Sie wusste die ganze Zeit, wo sich der versteckte Dachboden befand, und war mächtig genug, um Reubens Schutz zu durchbrechen. Ich weiß, das klingt schrecklich, aber ich bin froh, dass diese Dämonen sie mitgenommen haben. Was für eine falsche Schlange." Avery fragte sich, wie sie nur so etwas denken konnte. „Ich glaube, das magische Karma wird mich dort treffen, wo es am meisten wehtut."

„Nein, das wird es nicht", sagte Briar beruhigend. „Du hast gehandelt, um andere zu schützen. Und es tut mir leid, dass ich nicht da war, um zu helfen – ich hatte das Gefühl, ich sollte bei El bleiben."

„Du hast das Richtige getan", versicherte Avery ihr.

Alex sah nachdenklich aus. „Also ist Alicia für die Dämonen verantwortlich und nicht Caspian?"

„Es sieht so aus", entgegnete Avery. „Aber wer weiß, es könnte sich um die ganze Familie handeln. Ich bin sicher, dass er bei einigen Dingen seine Finger im Spiel hatte."

„Was sollen wir tun?", fragte Briar und appellierte an beide. „Wir können sie damit nicht davonkommen lassen."

Alex stand abrupt auf. „Ich weiß es nicht, aber uns wird schon etwas einfallen. Ich bin am Verhungern und kann mit leerem Magen nicht denken. Ist noch etwas zu essen da? Ich habe vorhin nicht wirklich viel gegessen – tut mir leid, Briar.“

„Kein Problem. Es ist noch etwas warm im Ofen. Und“, fügte sie hinzu, als er in die Küche ging, und hob ihre Stimme, „ich habe Karamellkuchen im Kühlschrank. Na ja, zumindest einen Teil davon. El hat ein ziemlich großes Stück gegessen.“

„Oh ja, bitte“, rief Avery und war plötzlich besser gelaunt. „Du bist eine wahre Göttin im Haushalt, Briar. Du heilst, gärtnerst und kochst.“

„Ich bringe alles ins Wohnzimmer“, rief Alex zurück. Er kam mit einer Schüssel Lasagne und dem Kuchen auf einem Teller mit Messer zurück. „Fantastisch. Also, ich denke, wir sollten das tun, womit sie am wenigsten rechnen, und uns direkt zur Höhle des Löwen und zu den Favershams begeben.“

„Wirklich? Ist das klug?“, fragte Briar alarmiert.

Alex schluckte einen Bissen herunter. „Ja. Was sollen sie schon tun? Wir werden zu ihren öffentlichen Büros gehen. Dort können sie uns nicht angreifen oder Dämonen beschwören.“

„Das stimmt“, stimmte Briar zu.

„Ich werde entweder Caspian oder seinen Vater dort antreffen, je nachdem, wer da ist. Mir ist es egal, wen. Es ist Zeit, dass wir miteinander reden. Ich will dieses Zauberbuch zurück.“

„Also, ich komme auch mit“, erklärte Avery sofort, den Mund voller Kuchen.

„Was willst du sagen?“, fragte Briar verblüfft.

„Ich weiß nicht“, entgegnete Alex stirnrunzelnd. „Aber mir fällt schon etwas ein. Das muss aufhören. Wir sind jetzt quitt – einer weniger auf jeder Seite. Ich denke, das reicht, oder?“

„Nimmst du Newton mit?"

„Nein. Das ist inoffiziell – Newton sollte da nicht mit reingezogen werden."

Kernow Shipping hatte seinen Sitz in einem alten Lagerhaus auf der anderen Seite des Hafens von Harecombe und war geschmackvoll mit großen Glasfenstern und massiven Holztüren modernisiert worden.

Harecombe selbst war eine größere Stadt als White Haven, mit einem größeren Hafen, mehr Hotels, aber weit weniger Atmosphäre – obwohl Avery zugab, dass es dennoch sehr malerisch war.

Sie saß neben Alex in seinem Cabrio, das Dach war offen und eine warme Brise zerzauste ihr Haar. Sie befanden sich auf einem öffentlichen Parkplatz und beobachteten ein paar Leute, die in der Bucht unterwegs waren und die Sommersonne genossen.

„Ich nehme an, dass ihre großen Schiffe woanders anlegen", vermutete Avery.

„In Falmouth", entgegnete Alex. „Ich habe es überprüft. Aber sie haben hier ihre Basis. Praktischerweise ganz in unserer Nähe", fügte er sarkastisch hinzu.

„Und was jetzt?" Sie sah ihn an. „Du hast dich verdächtig bedeckt gehalten, was unseren Angriffsplan angeht."

„Das liegt daran, dass er wirklich einfach ist." Er lächelte sie wissend an. „Ich marschiere einfach rein, belege die Empfangsdame mit einem Verwirrungszauber und stell uns dem Boss vor."

„Ist das nicht vielleicht *zu* einfach? Wir marschieren immerhin in die feindliche Hexenzentrale."

„Und sie beschäftigen viele Menschen ohne magische Fähigkeiten. Sie werden in ihren Möglichkeiten eingeschränkt sein", argumentierte er. „Ich übernehme das Reden – du bist meine Verstärkung."

„Na toll! Traust du mir nicht zu, zu sprechen?" Avery war leicht beleidigt, aber auch ziemlich aufgeregt, Alex' Verstärkung zu sein.

„Natürlich traue ich dir das zu, aber du bist meine stille Reserve."

„Ich dachte, wir wollten einen Waffenstillstand schließen – um etwas auszuhandeln, bei dem alle ihre Karten offen auf den Tisch legen."

„Ja, das wollen *wir*, aber ich weiß eben nicht mit Sicherheit, ob sie das auch wollen."

Sie stiegen aus dem Wagen und schlenderten zum Lagerhaus hinüber. Sobald sie die große Lobby betraten, verschwanden die Außengeräusche in der Stille des teuren, doppelt verglasten, mit Teppich ausgelegten Bereichs. An den Wänden hingen große gerahmte Gemälde, riesige Topfpflanzen flankierten den Eingang und die Aufzüge, und zwei Empfangsmitarbeiterinnen saßen hinter einer glänzenden Eichenholztheke.

Beide Empfangsmitarbeiterinnen waren Mitte dreißig, und einer blickte auf, als Alex sich auf die Theke stützte und sein charmantestes Lächeln aufsetzte. Avery stand direkt hinter ihm und beobachtete die Aufzüge und den Eingang. Abgesehen von ihnen war die Lobby leer.

„Hallo, ich habe einen Termin bei Mr. Sebastian Faversham."

Die Empfangsdame schaute einen Moment auf den Bildschirm und sagte dann: „Tut mir leid, Herr Faversham hat heute Morgen keine Termine gebucht."

„Ich glaube, Sie werden feststellen, dass ich gebucht bin", entgegnete Alex immer noch lächelnd.

Sie schaute erneut auf den Bildschirm und blickte dann verwirrt auf. „Oh ja, ich weiß nicht, wie mir das entgehen konnte. Wie war noch gleich Ihr Name? Ich werde Sie nach oben durchstellen."

„Nicht nötig", entgegnete Alex, und Avery spürte das Knistern der Magie, als er sie mit einem Zauber belegte.

Die Empfangsdame neben ihr schaute verwirrt und wollte einschreiten, lächelte dann aber auch geistesabwesend. „Entschuldigen Sie bitte die Verwirrung."

„Kein Problem, meine Damen. Welche Etage war es noch mal?"

„Die oberste, Eckbüro. Alle Seniorpartner sind auf dieser Etage." Ihre Augen waren leicht glasig und Avery wusste, dass beide das Gespräch vergessen würden, sobald sie gegangen waren.

„Ausgezeichnet", bemerkte Alex lächelnd.

Sie eilten zu den Aufzügen und warteten ungeduldig auf einen.

„Ich fühle mich wie in der Höhle des Löwen", bemerkte Avery, ihre Sinne hellwach und aufmerksam.

„Spaßig, oder?", erwiderte Alex und grinste sie an.

„Du bist verrückt."

„Ich weiß."

Als der Aufzug ankam und die Türen schwungvoll aufgingen, sah Avery eine Gestalt durch die Haupttüren kommen. Als sie eintraten, blickte er auf und sah sie an. *Caspian.* Als sich die Türen hinter ihnen schlossen, hatte sie gerade noch Zeit, den Ausdruck des Schocks auf seinem Gesicht zu genießen.

„Ups, wir bekommen vielleicht Gesellschaft. Caspian ist hier."

„Gut. Je mehr, desto besser." Alex murmelte einen kleinen Zauberspruch und Avery spürte, wie der Aufzug an Fahrt aufnahm, bis sie mit einem dumpfen Schlag oben ankamen.

„Alex!", erklärte Avery und versuchte, das Gleichgewicht zu halten.

„Komm schon, Ave, die Zeit drängt. Ich will sehen, wie Caspian hereinplatzt und versucht, die sehr zerzausten Federn seines Vaters zu glätten.“

„Bis dahin sind wir vielleicht schon tot.“

„Oh, du Kleingläubige“, sagte Alex leise, als er den Aufzug verließ.

Als Erstes sahen sie durch ein langes Fenster direkt gegenüber dem Aufzug einen atemberaubenden Blick auf den Hafen. Davor befand sich ein kleiner Empfangsbereich mit einer glänzend weißen Theke und einer großen Blumenvase. Der berauschende Duft von Lilien umgab sie. Davor standen ein paar Stühle und ein Tisch, ein Wartebereich, in dem zweifellos Besucher der Büros der Vorstandsmitglieder Platz nehmen konnten.

Zu ihrer Linken führte eine Reihe von Büros zu einem großen Fenster am anderen Ende, deren Türen offen standen. Auf der rechten Seite befand sich ein kleiner, offener Bürobereich, in dem zwei Sekretärinnen an Computern arbeiteten. Sie schauten kurz auf und widmeten sich dann wieder ihrer Arbeit. Avery fühlte sich beruhigt. Zeugen bedeuteten hoffentlich, dass sie hier nicht sterben würden.

Diesmal war die Dame hinter dem Hauptschalter älter. Sie hatte silbergraues Haar, das zu einem ordentlichen Dutt zusammengebunden war, und trug ein sehr schönes blasslila Seidenkleid. Sie wirkte beunruhigt, als sie auf sie zukamen, und stand auf. Avery vermutete, dass sie es nicht gewohnt war, Besucher auf der Etage der Seniorpartner in Freizeitkleidung zu sehen.

„Kann ich Ihnen helfen?“, fragte sie schroff, als wäre das das Letzte, was sie tun wollte.

„Wir möchten zu Seb. Soweit ich weiß, ist er im Eckbüro – wir werden Sie nicht stören.“

Avery unterdrückte ein Kichern. *Seb?* Alex forderte sein Glück wirklich heraus.

„Wie bitte? Haben Sie einen Termin?"

„Natürlich habe ich einen", erwiderte Alex, beugte sich zu ihr hinüber und wieder nahm Avery einen Hauch von Zauber wahr.

Avery fragte sich, ob die Empfangsdame hier oben magische Kräfte besaß, denn das könnte die Dinge verkomplizieren, aber stattdessen wurde ihr Auftreten sanfter und sie sagte: „Natürlich, das letzte Büro auf der linken Seite."

Sobald sie außer Sichtweite waren, stürmten sie zum Ende des Korridors, in der Hoffnung, dass niemand aus den anderen Räumen auftauchen würde, und standen vor zwei Büros, eines mit Sebastians Namen und eines mit der Aufschrift *„Personal Assistant"*. Die Tür zu seinem Büro war angelehnt und sie konnten das gedämpfte Murmeln eines Telefongesprächs hören.

Avery hatte das Gefühl, dass Caspian jeden Moment eintreffen könnte, aber bevor sie etwas sagen konnte, fackelte Alex nicht lange. Leise schloss er die Tür der persönlichen Assistentin und verriegelte sie mit einem geflüsterten Zauberspruch. Dann riss er Sebastians Tür auf und sagte: „Guten Morgen, Faversham! Ich freue mich sehr, Sie endlich kennenzulernen."

Favershams Eckbüro war riesig, ebenso wie sein Schreibtisch, und der Mann dahinter war imposant. Avery schätzte ihn auf Ende fünfzig oder Anfang sechzig, aber er sah fit aus. Er war schlank und gut aussehend, mit vollem silbrigem Haar.

Er blickte schockiert auf und stand dann mit zusammengekniffenen Augen auf. „Mr. Bonneville."

„Mr. Faversham."

„Und Miss Hamilton."

Avery nickte, blieb aber stumm und stellte sich direkt hinter Alex, ein wenig nach rechts, wo sie den Flur im Rücken hatte. Sie sah sich im Raum um, aber abgesehen von den schönen antiken Möbeln war Sebastian allein.

Er fand schnell seine Fassung wieder. „Sie sind also hier, um über die Bedingungen Ihrer Kapitulation zu sprechen?"

Alex lachte. „Nein, wir sind hier, um über die Rückgabe des Zauberbuchs zu sprechen."

Sebastian lachte ebenfalls; ein trockenes, unangenehmes Geräusch mit einem Lächeln, das seine Augen nicht erreichte. Kalte Augen, entschied Avery, denen jegliche Wärme fehlte. „Es ist schön, zu sehen, dass Sie Sinn für Humor haben, Mr. Bonneville. Oder soll ich Sie Alex nennen?"

„Sie können mich nennen, wie Sie wollen. Ich will nur das Zauberbuch."

Sebastian trat um seinen Schreibtisch herum und ging über den Teppichboden auf sie zu. Er war so leise und beherrscht wie eine Katze.

Als er näher kam, bemerkte Avery aus dem Augenwinkel eine Bewegung. Caspian kam vom Flur aus ins Blickfeld. Er sah sie an und hielt für einen Moment inne. Für einen kurzen Moment war Avery verwirrt über seine Reaktion und auch sie zögerte. Er sah besorgt aus, nicht wütend. Sein Blick huschte zu ihr und dann in den Raum, und als er durch die Tür trat, rief Avery: „Alex, wir haben Besuch."

Sebastian sah seinen Sohn nicht erfreut an, sondern runzelte die Stirn. „Wo warst du?"

„Ich habe nach Antworten gesucht", antwortete Caspian rätselhaft.

Alex trat zur Seite, und sie standen sich in einer Pattsituation gegenüber, alle vier bereit und in Angriffsposition.

Sebastian dachte einen Moment nach und deutete dann auf einige Stühle und einen Tisch in der Ecke seines Büros. „Setzen wir uns und benehmen uns zivilisiert, ja?"

„Lieber nicht", sagte Alex. „Dies ist kein Höflichkeitsbesuch. Wir sind hier, um zu versuchen, Frieden zu vermitteln."

„Tut mir den Gefallen." Sebastian ging hinüber, setzte sich und sah sie ungeduldig an. Auch Caspian blieb stehen und blickte misstrauisch zwischen den Dreien hin und her. Er hatte abgenommen, dachte Avery, und sah dünner aus als noch vor wenigen Wochen. Seine Wangen waren eingefallen, und unter seinen Augen befanden sich dunkle Schatten. Er sah krank aus.

Avery sah Alex an und versuchte, seine Gedanken zu erraten, aber er warf ihr einen Blick zu und dann Sebastian, entschlossen, die Kontrolle zu behalten. Er schlenderte zum Fenster. „Was für eine Aussicht Sie haben, Faversham. Glauben Sie nicht, dass Sie genug haben?"

„So etwas wie genug gibt es nicht." Sebastian lehnte sich zurück, die Beine übereinandergeschlagen, in seinem eleganten Anzug und mit wachsamen Augen.

Alex drehte sich um, und im Gegenlicht war sein Gesichtsausdruck schwer zu erkennen. „Warum wollen Sie die Zauberbücher?"

„Das geht Sie nichts an", schoss Sebastian zurück.

„Falsch. Es *geht* uns etwas an, denn sie gehören uns, sie wurden uns von unseren Vorfahren vermacht. Und Sie haben eines davon gestohlen. Oder sollte ich sagen, dass es Ihr Lakai Caspian war, der herumläuft und Ihre Befehle ausführt?"

Caspians Augen wurden hart, aber er warf seinem Vater immer noch einen nervösen Blick zu.

Sebastian fuhr unbeeindruckt fort. „Ist Gils Tod nicht Beweis genug, dass wir es ernst meinen?"

Avery versteifte sich. Sie hatten dies auf dem Weg hierher besprochen. Alicia war letzte Nacht gestorben, und es war wahrscheinlich, dass niemand außer ihnen wusste, was passiert war.

„Nein", erwiderte Alex. „Wenn überhaupt, hat es uns in unserer Entscheidung bestärkt, Ihnen die Grimoires nicht zu überlassen. Sie haben ganz offensichtlich vor nichts und niemandem Respekt."

Sebastian stand schnell auf und Avery spürte, wie die Luft im Raum vor Energie knisterte. Es war, als hätte Sebastian seine Macht enthüllt, anstatt sie auf sich zu ziehen. „Wie könnt ihr es wagen, so zu tun, als würdet ihr mich kennen!"

Alex trat vor. „Und wie könnt ihr es wagen, *so* zu tun, als würdet ihr *uns* kennen."

Die Energie im Raum wuchs, als sie von magischer Kraft durchflutet wurden. Avery spannte sich an, bereit zum Angriff, und warf einen Blick auf Caspian, der ihr am Nächsten stand. Er schien von allen am ruhigsten zu sein, aber Avery wusste, wie mächtig er war und wie schnell er seine Kräfte entfesseln konnte.

Alex ergriff erneut das Wort. „Warum wollt ihr die Zauberbücher?"

Sebastian hielt einen Moment inne. „Weil sie etwas enthalten, das wir brauchen."

Alex lehnte sich mit verschränkten Armen vor Sebastians Schreibtisch. „Was wäre, wenn wir die Zauberbücher behalten und Sie uns sagen, was Sie brauchen, und wir es teilen – wenn wir das Gefühl haben, dass es uns nicht schadet. Dann haben wir beide, was wir wollen."

„Weil es nicht in unserem Interesse ist, sie euch zu überlassen."

„Es ist auch nicht in unserem Interesse, sie Ihnen zu überlassen. Sicherlich", beharrte Alex, „müssen wir in der Lage sein, einen Kompromiss zu finden. Unsere Familien kämpfen seit Generationen gegeneinander. Ihre hat Helenas Tod durch den Ober-Hexenjäger herbeigeführt und andere manipuliert, um sich selbst zu helfen. Haben Sie nicht schon genug angerichtet?" Alex wurde jetzt wütend, seine Stimme wurde vor Zorn lauter. "Diese Grimoires sind alt. Wir haben kein Interesse daran, mit Ihnen Krieg zu führen oder unsere neuen Fähigkeiten und Kräfte einzusetzen, um Sie anzugreifen. Wir wollen einfach nur friedlich mit Ihnen zusammenleben. Zwei magische Gemeinschaften, die nebeneinander existieren."

Sebastian lachte und warf den Kopf in den Nacken. "Du bist ein Narr. Du hast keine Ahnung, wozu diese Grimoires fähig sind."

"Wir wissen, dass sich auf der Rückseite ein verborgener Zauber befindet. Ein Zauber, der Octavia gebunden hat. Ist es das? Ist es das, was Sie suchen? Sie wollen sie befreien?"

Avery glaubte, ein Schnauben von Caspian zu hören, aber als sie ihn ansah, stand er teilnahmslos da und beobachtete seinen Vater. Er drehte sich zu ihr um und bemerkte ihren Blick. Seine Augen schweiften über sie, ein Ausdruck von Neugier und Zweifel, und Avery hatte das Gefühl, dass ihnen eine wichtige Information fehlte.

Sebastian antwortete mit einer sorgfältig antrainierten Antwort. "Octavias Seele sollte befreit werden. Aber das werden wir tun, und wir brauchen eure Grimoires."

"Nein, Sie brauchen den Zauberspruch. Nicht die Grimoires. Wir werden es für Sie übernehmen oder den Zauberspruch kopieren. Solange der Dämon nicht befreit wird."

Sebastian dachte einen Moment nach. "Nein, das ist inakzeptabel. Aber ein freundliches Angebot", erwiderte er sarkastisch.

Jetzt *wusste* Avery, dass ihnen etwas entgangen war. Sie hatten gerade ein perfektes Angebot gemacht, und es war ohne triftigen Grund abgelehnt worden. Es schien, als ob Alex der gleichen Meinung war.

"Sie verheimlichen uns etwas, Sebastian. Wir werden herausfinden, was. Und dann werden Sie sich wünschen, Sie hätten unser Angebot angenommen." Alex sah Avery an und stand auf, bereit zu gehen: „Zumindest haben wir es versucht."

Sebastian lachte erneut. „Wir haben ein Zauberbuch und wir *werden* den Rest bekommen. Ich glaube, ihr müsst nur noch eines finden?" Er warf Avery einen Blick zu und sie spürte, wie die volle Kraft seines Blicks sie bis ins Mark durchdrang.

Sie antworteten nicht, und er lachte noch mehr. „Wir werden es erfahren, wenn ihr es gefunden habt, und dann werden wir sie alle nehmen. Die Jacksons zu entführen, war lediglich eine Demonstration unserer Macht. Glaubt mir, wenn ich sage, dass es besser ist, sie uns zu übergeben. Ein Todesopfer reicht doch sicher aus?", bemerkte er und verriet damit, dass er keine Ahnung von Alicia hatte.

„Ach, was das angeht", sagte Alex und trat näher, bis er nur noch ein paar Schritte von Sebastian entfernt war. „Leider gab es letzte Nacht einen kleinen Zwischenfall. Alicia, Ihre Spionin, wurde von ihren eigenen Dämonen getötet, mit ein wenig Hilfe von uns. Wir sind also in Bezug auf die Todesfälle sozusagen quitt."

„Du bist ein Lügner", warf Sebastian ihm vor und kniff die Augen zusammen. Er warf Caspian einen Blick zu, dessen zweifelnder Gesichtsausdruck Sebastian noch mehr verunsicherte.

„Ich würde bei so etwas Ernstem nicht lügen, Seb. Versuchen Sie, sie anzurufen. Jetzt. Na los, ich kann warten."

Sebastian sah aus, als würde er mit sich ringen, ob er Alex' Vorschlag befolgen sollte, aber schließlich siegte die Neugier und er zog sein Handy aus der Tasche und tippte eine Nummer ein.

Sie standen schweigend da und warteten, während Alex näher an Avery herantrat. Als klar war, dass niemand antworten würde, rief er eine andere Nummer an. „Stellen Sie mich zu Alicia durch", sagte er abrupt. Er hörte zu und beobachtete Alex und Avery mit Feindseligkeit. „Was meinen Sie damit, sie geht nicht dran?" Er machte eine Pause. „Versuchen Sie es weiter und rufen Sie mich an."

Er legte auf und starrte sie einen Moment lang an, dann warf er sein Handy nach Alex.

Avery war kurz davor zu lachen, es wirkte so unerwartet kindisch, aber in einem Sekundenbruchteil verwandelte sich das Telefon in etwas, das aussah wie ein Drache, so groß wie ein großer Raubvogel, der kreischte, als er mit ausgestreckten Flügeln auf Alex zuraste, mit grausamen Krallen, die sich vor Bosheit krümmten, und Flammen, die aus seinem klaffenden Maul strömten.

Alex rollte sich ab und schleuderte gleichzeitig einen Strang reiner Energie aus, der die Kreatur peitschte und sie in einem hohen Bogen durch den Raum zum Fenster zurückwarf.

Gleichzeitig blockte Avery einen Angriff von Caspian und Sebastian ab, die beide mit einem Feuerstrahl auf sie zielten. Sie reagierte mit einem Strahl überhitzter Luft, der Caspian von den Füßen riss und in den Korridor schleuderte, wo er gegen die Wand prallte. Sebastian jedoch blieb stehen, seine Pupillen waren ganz schwarz und ohne einen Hauch von Weiß. Avery spürte, wie ihr der Atem stockte. *Was geschah hier?*

Er wurde größer und breiter, und zum ersten Mal wurde Avery bewusst, wie viel Macht er besaß. Es war erschreckend. Er streckte seinen Arm aus, und obwohl er sich auf der anderen Seite des Raumes befand, spürte sie, wie ihr der Atem stockte und sich ihre Brust zusammenzog.

Alex war jedoch noch nicht fertig, und während sie sich bemühte, Sebastians Magie abzuwehren, sprang Alex auf die Füße. Der Drache drehte sich und griff ihn erneut an, indem er durch den Raum flog. Alex zerschmetterte das riesige Fenster im hinteren Teil des Raumes und warf den Drachen mit einem gut platzierten Energiestoß hinaus.

Der Lärm war ohrenbetäubend. Überall zersprang Glas und der Drache kreischte, während er sich immer wieder in der Luft überschlug, nun außerhalb des Gebäudes und hoch über der Straße.

Sebastians Konzentration brach sofort zusammen und Avery konnte wieder atmen.

Für einen kurzen Augebnlick beobachtete Avery ihn, wie er versuchte, die Kontrolle über den Drachen zurückzugewinnen, der nun draußen in der offenen Luft auch noch größer zu werden schien. Ein Drache war in Harecombe. Ein echter, lebendiger Drache.

Alex ergriff ihre Hand und zog sie zum Fenster. „Spring.“

„Bist du verrückt?“ Die Worte waren kaum aus ihrem Mund, als er die zackigen Glaskanten wegtrat und sie durch das Fenster zog; sie fielen wie Steine.

Und dann fielen sie plötzlich nicht mehr, sondern schwebten, und sie hatte die Geistesgegenwart, einen Schattenschleier über sie zu werfen, als sie an der Seite des Gebäudes hinunterglitten und an der Ecke landeten.

Auf der Straße herrschte Chaos. Glassplitter lagen auf dem Boden, einige Menschen schrien, Fahrzeuge waren mit quietschenden Reifen zum Stehen gekommen und die Hupen dröhnten auf diejenigen ein, die mitten auf der Straße standen und auf das Wesen starrten, das jetzt auf dem zerbrochenen Fenster in der fünften Etage saß. Niemand schaute zu ihnen hin.

Sie rannten über die Straße zu Alex’ Wagen, sprangen hinein und rasten davon, wobei sie sich ohne sich noch einmal umzusehen ihren Weg durch das Chaos bahnten.

Fünfzehn

Alex riskierte, wegen Geschwindigkeitsüberschreitung angehalten zu werden, und gab Gas, bis sie weit außerhalb von Harecombe waren. Schließlich hielt er an einer großen Landkneipe, deren Parkplatz voller Gäste war, und sie schnappten sich einen Tisch draußen und bestellten ein Bier.

Beide tranken einen großen Schluck Bier, während Avery versuchte, ihre wirren Gedanken zu ordnen. Ihre Unterhaltung im Wagen war stockend gewesen und hatte hauptsächlich aus *„Werden wir verfolgt?"* und *„Nein, noch nicht. Fahr weiter"* bestanden.

Jetzt, im Pub, umgeben von anderen, sagte sie: „Ich kann nicht fassen, dass du mich aus einem Fenster gezogen hast. Ich dachte, du wolltest mich umbringen."

Er lachte. „Quatsch. Ich bin nicht selbstmordgefährdet."

„Ich wünschte, du hättest mich gewarnt."

„Ja, als hätte ich dafür Zeit gehabt. Während ich gegen einen *Drachen* gekämpft habe!"

Sie starrte ihn einen Moment lang an und brach dann in Gelächter aus, und er lachte ebenfalls, bis sie beide hysterisch kicherten. Andere Leute drehten sich um und starrten sie an, was Avery noch mehr aus der Fassung brachte. „Ach du meine Güte", sagte sie und versuchte, sich zu beherrschen, „es war wirklich so, oder? Ich meine, ich habe nicht halluziniert. Es war ein Drache!"

„Verdammt, Ave, in was sind wir da nur reingeraten?" Alex sah aus wie ein aufgeregtes Kind, das gerade erfahren hat, dass es nach Hogwarts geht.

„Warum lachen wir überhaupt? Ich meine, das ist nicht lustig", bemerkte Avery, immer noch lachend. „Sebastian ist ein Psychopath und er beschwört Drachen. Aus einem verdammten Handy!"

„Das war unbezahlbar. Der Ausdruck auf seinem Gesicht!"

„Ich glaube, ich bin hysterisch. Das ist keine normale Reaktion darauf, von einem Drachen angegriffen zu werden und aus einem Fenster im fünften Stock zu springen. Oh, und fast von einem Darth-Vader-Move zerquetscht zu werden."

„Ja, es war ein bisschen vaderhaft." Alex nahm einen Schluck von seinem Bier, nachdem er endlich aufgehört hatte zu lachen. „Also, was verbirgt er?"

„Ich weiß es nicht, aber ich glaube nicht, dass ihm Octavias gefangene Seele einen verdammten Dreck bedeutet. Wir übersehen etwas. Etwas Großes. Etwas, von dem ich glaube, dass es uns zugutekommen wird, und er hat Angst, dass wir es bekommen – und es geht nicht nur um die Grimoires."

Alex wurde nachdenklich und schwieg. „In deinem Zauberbuch steht der erste Zauberspruch. Es *muss* uns mehr darüber verraten, was es wirklich bewirkt. Wir müssen es finden." Er trank sein Bier in einem Zug aus. „Komm schon, lass uns zu dir gehen und mit der Suche beginnen."

Bei ihrer Rückkehr zu *Happenstance Books* betraten sie den Laden durch den Haupteingang und trafen Sally an, die Regale auffüllte, während Dan ein altes Ehepaar bediente, das sich mit einem Stapel Bücher abmühte.

Sally schaute zu ihnen hinüber und grinste. „Ihr zwei seht aus, als hättet ihr nichts Gutes im Schilde geführt. Ihr wart nicht in Harecombe, oder?"

„Warum?", fragte Avery nervös.

Alex ging zur Hintertür und sagte: „Ich gehe nach oben und setze den Wasserkocher auf."

„Nein, nein, nein", erwiderte Sally. „Nicht, bevor ihr das gesehen habt."

Sie nickte Dan zu und ging ins Hinterzimmer, wo sie ihr Handy aus der Tasche zog. „Es ist überall in den sozialen Medien und in den Nachrichten. Ein Typ hat das gefilmt." Sie zeigte ihnen einen kurzen Clip von der Ecke des Hafens in Harecombe, wo *Kernow Shipping* seinen Sitz hatte. Die Aufnahme war ruckelig, aber sie sahen, wie Fahrzeuge mit quietschenden Reifen zum Stehen kamen, Hupen ertönten, Glas auf dem Bürgersteig und der Straße zersplitterte und Menschen, die aufgeregt auf etwas starrten und mit den Fingern auf etwas zeigten. Als die Kamera nach oben schwenkte, konnte man ein zerbrochenes Fenster und einen dunklen Blitz sehen, aber sonst nichts.

Avery warf Alex einen erleichterten Blick zu. *Kein Drache. Wie hätten die Favershams das erklären sollen? Wie sind sie ihn losgeworden?* Sebastian muss schnell gehandelt haben, um ihn unter Kontrolle zu bringen.

„Es gab Berichte über eine seltsame Kreatur, die aus dem Fenster geflogen kam, aber die Firma sagte nur, dass eine Attraktion eines örtlichen Jahrmarkts ein Fenster zerbrochen habe."

„Na, da haben wir's doch. Was hat das mit uns zu tun?", sagte Avery mit großen Augen.

Sally blickte zwischen den beiden hin und her und glaubte ihnen ganz offensichtlich kein Wort. „Also, ich nehme an, du wirst heute Nachmittag nicht im Laden helfen?", fragte sie Avery.

„Nicht in den nächsten paar Stunden, aber ich kann dich in der Mittagspause ablösen", erklärte sie, schaute auf ihre Uhr und stellte fest, dass es bereits nach ein Uhr nachmittags war. Kein Wunder, dass ihr Magen knurrte. „Entschuldigung, es ist Mittagspause."

Sally winkte ab: „Nein, wir kommen klar, mach du nur dein Ding. Ich rufe dich, wenn ich dich brauche."

„Danke, Sally", entgegnete Avery und umarmte sie, bevor sie Alex nach oben folgte.

„Verdammt, ich bin am Verhungern!", rief Alex und bahnte sich seinen Weg durch Averys unordentliche Wohnung in die Küche. Er sah sich verwirrt um, während er über Bücher und Zeitschriften stieg, und hielt inne, um sich um die Katzen zu kümmern, die sich um seine Knöchel wanden und ihn fast zu Fall gebracht hätten. „Hast du etwas zu essen im Kühlschrank?"

„Natürlich! Ich bin nur nicht besonders gut im Aufräumen", erklärte sie verlegen. Sie schaltete den Fernseher ein und fand die lokalen Mittagsnachrichten. Während Alex den Kühlschrank durchsuchte, begann sie aufzuräumen und behielt die Nachrichtensendung im Auge. Das Topthema war die zerbrochene Glasscheibe in Harecombe, aber abgesehen von dem kurzen Video deutete alles darauf hin, dass das Fenster versehentlich zerbrochen und niemand verletzt worden war. Ein Vertreter des Unternehmens, den Avery nicht kannte, versicherte dem Nachrichtenteam, dass es sich um einen reinen Unfall gehandelt habe. Avery schnaubte. Ihre Handlungen hätten die Spannungen zwischen ihnen nur noch verstärkt, aber zumindest hatten sie es versucht.

Gerade als die Meldung zu Ende war, klingelte ihr Telefon. Als sie sah, wer da anrief, stöhnte sie. „Hallo Newton", sagte sie mit erhobener Stimme und zog damit Alex' Aufmerksamkeit auf sich. Er schaute sich um und formte mit dem Mund „*Ups*".„Was zum Teufel habt ihr gemacht?", schimpfte Newton am Telefon.

„Was meinst du?", fragte sie und tat so, als wüsste sie von nichts.

„Du weißt genau, was ich meine. Briar hat mir *immerhin* von euren Plänen erzählt und wir haben gerade die Nachrichten gesehen. Was zum Teufel habt ihr gemacht?"

„Bist du immer noch bei Briar?", fragte sie und wich seiner Frage aus.

„Ja, verdammt, bin ich, ich bin mit Dämonenverbrennungen übersät. Was hattet ihr vor?"

Sie zuckte zusammen. „Wir wollten die Bedingungen besprechen."

„Bedingungen für *was*, verdammt noch mal?"

„Newton. Bitte hör auf zu fluchen", sagte sie, da sie wusste, dass ihn das noch mehr wütend machen würde. „Wir wollten das Zauberbuch mit ihm besprechen, ihn über Alicia informieren, und dann hat er einen Drachen auf uns gehetzt."

„Einen verdammten *was*?"

„Einen Drachen. Einen kleinen, so groß wie ein Raubvogel – was für einen Vogel eigentlich ziemlich groß ist. Aber nicht für einen Drachen. Ich glaube, die sind normalerweise größer."

„Soll das ein Witz sein?", schrie er.

„Leider nicht. Sebastian Faversham ist ein gemeiner Mistkerl, der über eine gewaltige magische Kraft verfügt und er wollte nicht hören, dass Alicia tot ist. Er hat einen Drachen aus einem Handy gemacht. Es war sehr beeindruckend, wenn auch unerwartet", erklärte sie und ging nervös auf und ab. „Alex hat ihn abgewehrt und das Fenster zerbrochen."

„Ihr hättet dabei draufgehen können! Warum habt ihr mich nicht gebeten, zu kommen?"

„Inoffizielle Hexensache, das weißt du doch. Du kannst es nicht riskieren, darin verwickelt zu werden, Newton."

Er schwieg einen Moment lang. „Ihr hättet es mir trotzdem sagen sollen."

„Nein, es ist besser, wenn du gar nichts weißt. Geht es dir heute Morgen besser?"

Er grunzte. „Ein bisschen besser. Briar weiß wirklich, was sie tut."

„Ja, das tut sie. Bist du krankgeschrieben?"

„Ja, ich habe keine andere Wahl."

„Gut. Bleib dort. Hoffentlich gibt es keine Konsequenzen. Wir haben deinen Namen aus den Angelegenheiten herausgehalten, aber halte dich ein paar Tage bedeckt. Wie geht es Briar?"

„Ihr geht es gut. Warte, sie möchte mit dir sprechen."

Avery hörte, wie das Telefon weitergereicht wurde, und dann hörte sie Briar. „Avery, das wird immer schlimmer. Können wir diese *Sache* mit den Favershams nicht stoppen?"

„Wir haben es versucht, Briar, aber er wollte nicht zuhören. Es geht um mehr, als wir ahnen."

„Wurden du und Alex verletzt?", fragte sie besorgt.

„Nein. Bitte mach dir keine Sorgen, untersuche einfach weiter dein Zauberbuch und schütze dich. Behalte Newton vorerst auch dort."

Als sie auflegte, fragte sie sich, wie es El und Reuben ging, und während Alex in der Küche beschäftigt war, rief Avery El an. Sie antwortete schnell. „Hallo, Avery."

„Hey, El. Wie geht es euch beiden?"

„Uns geht es gut, wir arbeiten nur ein paar Dinge durch." Sie senkte ihre Stimme. „Reuben ist wirklich niedergeschlagen. Ich habe ihn noch nie so gesehen. Ich kann ihn nicht allein lassen."

„Hast du es geschafft, deinen Laden in Ordnung zu bringen?"

„Ja, Zoe hat alles im Griff." Avery nahm an, dass Zoe die optimale Hüterin des Ladens war.

„Nun, ich habe Neuigkeiten für dich." Sie informierte El über ihre Begegnung und gab ihr den gleichen Rat, den sie Briar gegeben hatte: ein paar Tage lang Pause zu machen und ihre Kräfte zu sammeln.

Avery sagte nicht, was sie wirklich fühlte, nämlich dass sie in eine neue Phase des Krieges mit den Favershams eingetreten waren. Obwohl sie und Alex im Pub darüber gelacht hatten, hatte sie das Gefühl, dass die Dinge noch viel schlimmer werden würden.

Als sie mit dem Telefonat fertig war, war Alex mit dem Kochen fertig und brachte zwei Teller herein, auf denen jeweils ein dickes Sandwich mit Speck und Eiern auf knusprigem Brot lag. Dann gingen sie nach oben in das Zimmer im Dachgeschoss.

Avery nahm einen großen Bissen und seufzte vor Genuss. Während sie kaute, ordnete sie einige der Unterlagen auf dem Holztisch neu an, während Alex vor der Karte stand und ebenfalls kaute und nachdachte.

Er zeigte auf die Karte. „Wofür sind die Stecknadeln?"

„Ich habe die ursprünglichen Häuser unserer Familien zum Zeitpunkt der Hinrichtung markiert, aber natürlich gibt es bisher nur die von Gil und El." Sie wusste, dass sie jetzt „Reuben" sagen sollte, aber sie konnte sich immer noch nicht von der Gewohnheit lösen.

„Jetzt, wo wir die alten Aufzeichnungen haben, werden die anderen Adressen doch auch darin stehen, oder?" Er drehte sich zum Tisch um und durchsuchte die Prozessprotokolle.

Avery ging zur Landkarte. „Ich habe eine Adresse für Helena, aber ich glaube, sie hat als Kind im Haus ihrer Mutter gelebt. Als sie verheiratet war, hat sie in einem anderen Haus gelebt." Sie nahm eine Stecknadel und markierte das kleine Häuschen, das sie am Tag zuvor besucht hatte.

Alex blätterte in dem Buch, das sie aus der *Courtney Library* gestohlen hatten. „Die Ashworths, Briars Familie, sollen in der South Street gewohnt haben. Ob es die Straße noch gibt?"

„Das kommt mir bekannt vor", meinte Avery und versuchte, die Straße auf der Karte zu finden, bevor sie ihr Handy aus der Tasche zog, um sie zu googeln. Sobald das Bild erschien, erinnerte sie sich daran. „Ja, es ist oben in der Stadt, auf dem Weg zu den Mooren. Es ist steil, wenn ich mich richtig erinnere, und alt, also muss es dasselbe sein."

„Ich frage mich, ob die Hausnummern gleich sind?", überlegte Alex. „Hier steht die Nummer 51."

Avery gab die Nummer ein und beobachtete, wie die Straßenansicht erschien. „Nun, es stammt definitiv aus dem 16. Jahrhundert. Und hat auch eine anständige Größe."

„Wie man es von einem Kaufmann erwarten würde." Alex markierte es mit einer roten Stecknadel auf der Karte. „Es liegt fast direkt über Els *Hawk House* an der Küste und gegenüber dem Haus von Helenas Mutter."

„Und schräg gegenüber von Gils Haus", bemerkte Avery.

Alex sah sie verwirrt an. „Seltsam symmetrisch, findest du nicht?"

„Ja, schon, aber das muss ein Zufall sein."

„Okay, ich werde das bei meiner Familie überprüfen."

Alex wandte seine Aufmerksamkeit wieder dem Buch zu, während Avery die Karte weiter unter die Lupe nahm. Sie biss noch einmal in ihr Sandwich und stöhnte dann, als ihr noch etwas in Annes Unterlagen ins Gedächtnis kam. Sie durchstöberte den Stapel auf dem Tisch und holte eine alte Karte von White Haven heraus. Sie heftete sie an die Wand und notierte die Unterschiede zwischen der neuen und der alten Karte. Die Grundform der Stadt war gleich geblieben, und auch das Stadtzentrum war praktisch unverändert: ein dichtes Netz von Straßen, das sich bis zum Hafen und entlang des Strandes erstreckte und landeinwärts bis in das kleine Tal, das sich verengte, während es den Hügeln bis zur Küste folgte. An den Rändern der Stadt befanden sich neue Gebäude, Häuser, die im 19. Jahrhundert gebaut worden waren.

Avery nahm dann Samuels Buch und blätterte darin, bis sie eine grobe Karte der Stadt im 16. Jahrhundert fand. Sie war viel kleiner, aber das Stadtzentrum hatte immer noch die gleiche Form. Viele Schichten der Geschichte, sinnierte Avery, und ihre Geheimnisse waren in den Fundamenten und der Flut der Menschheit verloren gegangen, die hier geboren worden war, gelebt hatte und gestorben war. Bis jetzt.

Alex' Ausruf unterbrach ihre Träumerei. „Gefunden. *Parsonage Road*. Gibt es die noch?"

Sie googelte sie schnell und fand sie weiter oben im Stadtzentrum, in der Nähe der Pfarrkirche St. Peters. „Natürlich, die alte Kirche oben in der Stadt", bemerkte sie und zeigte auf die Straße auf der Karte.

„Sie liegt fast genau in der Mitte zwischen Ashworths Haus und Helenas Haus", entgegnete Alex und markierte sie mit einer weiteren Stecknadel. Er nahm einen Bleistift und zog eine schwache Linie zwischen den vier äußeren Punkten, hielt dann aber verwirrt inne. „Nein, das ist nicht richtig – womit wäre die *Parsonage Road* verbunden?"

Avery kam ein Gedanke und sie stöhnte ungläubig auf. „Das kann nicht sein, oder?"

„Was?", fragte Alex und runzelte die Stirn.

Sie nahm ihm den Bleistift ab und zeichnete ein Pentagramm, das alle fünf Gebäude miteinander verband. „Was hältst du davon?"

„Verdammt. Das funktioniert. Und es stimmt mit den Elementen auf dem Kompass überein – die Stärke jeder Familie, jedes Haus markiert die Punkte. Was befindet sich in der Mitte?", fragte er und betrachtete die Karte genau.

Avery neigte ihren Kopf neben seinen, während sie die Karte absuchten. „Die *Church of All Souls*. Sie steht dort seit Jahrhunderten."

„Das Herz der Stadt, wenn nicht sogar das wahre Zentrum", bemerkte Alex. Die Kirche lag zu hoch, um das genaue Zentrum der Stadt zu sein.

Sie sahen sich beide fassungslos an. Avery erklärte: „Der Geist der Stadt, eingeschlossen im Zentrum des Pentagramms. Ein Ort der Macht. Briars Zauber – die Erdung."

„Ein Ort, an dem man einen Geist und einen Dämon einsperren würde?"

„Das muss es sein!", rief Avery aus. „Und wo vielleicht auch noch etwas anderes eingeschlossen ist."

# Sechzehn

Alex lief im Zimmer auf und ab, während Avery erneut die Karte studierte, die auf dem Buch abgebildet war, das sie aus dem Hexenmuseum gestohlen hatten. Sie erschuf ein Hexenlicht, schloss die Jalousien, um den Sonnenschein des hellen Nachmittags abzuhalten, und starrte auf die feinen weißen Zeichen, die so verlockend nah zu sein schienen.

„Komm schon, Alex, wir müssen logisch vorgehen, wenn wir mögliche Verstecke für Helenas Zauberbuch finden wollen. Wir brauchen ein altes Gebäude, etwas, das wahrscheinlich unterirdische Gänge hat, einen Ort, der für sie zugänglich ist."

„Kirchen. In White Haven gibt es vier. Die *Old Haven Church*, in der sich das Mausoleum der Jacksons befindet. Und wo es wahrscheinlich eine Krypta gibt. Dann gibt es noch die *Pfarrkirche St. Peter* ..."

„Und die *Church of All Souls* im Zentrum des Pentagramms", beendete Avery seinen Satz. „Alle haben Krypten, alle sind alt. Die vierte ist die Methodistenkirche, aber die ist viel zu neu."

„Stimmt. Dann gibt es viele alte Häuser aus dem 16. Jahrhundert, aber wie wahrscheinlich ist es, dass sie unterirdische Tunnel haben?"

„Und zugänglich waren?", fügte Avery hinzu.

Alex fuhr fort, Gebäude aufzulisten. „Die alten Pubs entlang der Hafenpromenade und im Stadtzentrum. Sie haben eine lange Schmugglervergangenheit, dort gibt es wahrscheinlich viele Tunnel."

„Was ist, wenn es unter Helenas Familienhaus ist, dem Punkt von Luft auf dem Pentagramm?"

Alex verdrehte die Augen, als sie immer mehr Ideen hatten. „Wo ist das Haus, in dem sie mit ihrem Mann gelebt hat? Es könnte darunter liegen. Tatsächlich zeigt die Karte vielleicht gar keine Durchgänge. Es könnte sogar der Grundriss eines Hauses sein, und das Zauberbuch ist in den Wänden versteckt."

„Oder auf einem Dachboden."

„Elspeths Buch war auf dem Grundstück ihres Hauses versteckt, Reubens im Mausoleum – ebenfalls auf ihrem Grundstück."

„Aber was ist mit deinem und Briars? Wer weiß, wo sie ursprünglich versteckt waren."

„Da ist das Aquarium, ein altes Gebäude, das kürzlich umgebaut wurde, direkt am Ufer."

„Oder natürlich das Hexenmuseum."

„Oder das *White Haven Museum*?"

„Daran habe ich gar nicht gedacht", erwiderte Avery verärgert über sich selbst. Es handelte sich um ein weiteres Steinhaus in einer Straße am Hafen mit herrlichem Blick auf das Meer. Es war der Stadt von der Familie, der es gehörte, geschenkt worden und gehörte nun dem *National Trust*.

„Aber welche Verbindung hatte Helena zu diesem Haus?", fragte Alex.

„Hervorragend, sehr logisch. Schließen wir es aus."

Alex suchte bereits nach Helenas zweiter Adresse. „Penny Lane, das war Helenas Haus, in dem sie mit ihrem Mann gelebt hat", bemerkte er und blickte auf. „Das muss die Straße sein, die von der Hauptstraße abzweigt.“

„Genau. Es ist eigentlich eine schöne alte Straße“, entgegnete Avery und erinnerte sich an die hübschen Stein- und Fachwerkhäuser.

„Versuchen wir, uns vorzustellen, was Helena gedacht hat. Die fünf Hexen – oder Hexenfamilien – haben gerade einen großen Zauber ausgeführt, der nicht rückgängig gemacht werden darf, der Hexenjäger kommt und du musst dein Buch verstecken. Wohin würdest du gehen?“

„Ich würde mein Haus meiden, das wäre zu offensichtlich. Das Haus meiner Mutter würde ich wahrscheinlich auch meiden“, sagte sie und dachte an das kleine Häuschen, vor dem sie neulich angehalten hatte. Sie durchsuchte die Papiere auf dem Tisch und konsultierte ihren Familienstammbaum, um die Daten zu überprüfen. „Helenas Mutter war zu diesem Zeitpunkt bereits gestorben, deshalb habe ich ihren Namen in den Gerichtsakten nicht gesehen – zumindest blieb ihr dieser Schrecken erspart.“

Alex runzelte die Stirn. „Wir übersehen etwas.“

Avery schlug sich mit der Handfläche auf den Kopf. „Wir vergessen die Newtons! Lohnt es sich herauszufinden, wo er gelebt hat?“

Alex zuckte mit den Schultern. „Wir können es herausfinden, aber warum sollte sie es beim Friedensrichter verstecken?“

„Ich hätte gedacht, dass es der perfekte Ort ist, um es zu verstecken. Wer würde dort nachsehen?“

„Das ist einleuchtend, das hat eine gewisse Logik.“ Er nahm die Briefe, die Thaddeus Faversham an Newton geschickt hatte, und überflog sie schnell. „Auch Penny Lane! Nebenan von Helena!“ Er sah zu ihr auf, seine Pupillen waren im gedämpften Licht groß. „Sie waren Nachbarn – er muss sie gut gekannt haben.“

„Kein Wunder, dass er so verärgert war, dass er sie nicht retten konnte. Glaubst du, er wusste, dass sie wirklich eine Hexe war? Aber er wusste auch, dass sie vertrauenswürdig war?"

„Vielleicht", erklärte er schulterzuckend, nicht überzeugt. „Sie könnten Keller gehabt haben, die miteinander verbunden waren. Vielleicht hat er nie erfahren, was sie bei ihm versteckt hatte. Es lohnt sich, das zu überprüfen. In diesen Gebäuden sind jetzt Geschäfte, oder?"

Avery konsultierte erneut Google Maps und lachte dann. „Natürlich sind sie das! Ich bin so dumm."

„Was?"

„Sowohl Helenas Haus als auch Newtons Haus sind jetzt ein Gebäude." Sie sah ihn erwartungsvoll an, als ob er es wissen sollte.

„Und? Welches Gebäude? Ein großes Geschäft?"

„Es ist ein Restaurant, ein ziemlich schickes – *Penny Lane Bistro*."

Alex grinste. „Öffentlich zugänglich! Toll! Was hast du heute Abend vor?"

„Das, was ich jeden Abend vorhabe – nach diesem verdammten Zauberbuch suchen."

„Darf ich dich zum Essen einladen?"

Avery lachte. „Wirklich? Du willst dich nicht reinschleichen, nachdem sie geschlossen haben?"

„Natürlich will ich mich reinschleichen, nachdem sie geschlossen haben, aber wir können es uns erst einmal offiziell ansehen."

„Es ist teuer!"

„Na und?" Er runzelte die Stirn, verschränkte die Arme und lehnte sich zurück an den Tisch. „Willst du nicht mit mir in der Öffentlichkeit gesehen werden?"

Avery schnaubte über Alex' genervten Gesichtsausdruck. *Meinte er das ernst?* „Ich werde ständig mit dir gesehen! Bist du verrückt?"

„Als Freunde. Das hier ist ein Date."

„Ein Date – so wie ein richtiges Date mit Essen und Wein?"

„Also, du schläfst mit mir, aber gehst nicht mit mir essen?"

Jetzt wusste sie, dass er sie auf den Arm nehmen wollte. „Ich habe heute ein Bier mit dir getrunken! Außerdem war ich mir nicht sicher, wie ernst das mit dem Sex war."

Sein Gesicht verdunkelte sich und ihr wurde klar, dass sie einen schweren Fehler begangen hatte. „Du denkst also immer noch, ich sei nur ein Frauenheld? Und du bist was, das weibliche Gegenstück? Ich bin für dich nur ein schnelles Abenteuer im Bett? Weißt du was? Vielleicht sollte ich besser gehen."

Er legte das Buch beiseite und drehte sich um.

„Nein! Alex, bitte – es tut mir leid!" Panik überkam sie bei dem Gedanken, dass sie eine perfekte, wenn auch unsichere Beziehung ruiniert hatte. „Weißt du was, wir sind beide schuld – wir schlafen miteinander, und das war's! Ich weiß nicht, was ich *von dem hier* halten soll!" Sie senkte ihre Stimme. „Du bist nicht *nur ein schnelles Abenteuer im Bett*. Du bist mehr als das. Und ich weiß, dass du kein Frauenheld bist. Es tut mir leid, manchmal fühle ich mich etwas unsicher. Du bist sehr ...", sie zögerte.

Er drehte sich wieder zu ihr um und lehnte sich wieder mit zu Schlitzen verengten Augen an den Tisch. „Unzuverlässig, arrogant, nervig?" Er zitierte all die Dinge, die sie zuvor gesagt hatte.

„Heiß. Sehr, sehr heiß. Und klug und schlagfertig. Und ich frage mich, warum du an mir interessiert bist", stieß sie hervor, weil sie befürchtete, die Nerven zu verlieren, wenn sie nicht sagte, was sie in diesem Moment wirklich dachte. „Die letzten Wochen waren toll, aber ich wollte mir nicht zu viel erhoffen."

Er ließ die Schultern sinken und sie spürte, wie seine Wut etwas nachließ. „Ist dir aufgefallen, wie heiß *du* in letzter Zeit bist? Und mutig, und witzig, und stark?"

Sie errötete. „Alex, mach keine Witze. So bin ich überhaupt nicht."

Er streckte die Hand aus und strich ihr das Haar aus dem Gesicht, was ihr ein Kribbeln den Rücken hinunterschickte. „Ich finde dich sehr schön, Avery, und ich kann nicht aufhören, an dich zu denken. Und du bist nicht nur wunderschön, sondern auch eine verdammt gute Hexe, der ich bedingungslos vertraue. Und glaub mir, ich hatte schon lange nicht mehr so viel Spaß mit jemandem wie heute mit dir. Möchtest du heute Abend mit mir essen gehen?"

Sie legte ihre Hand über seine und drückte sie an ihre Wange. „Ja. Sehr gerne."

„Gut. Ich hole dich um viertel nach Sieben hier ab." Er küsste sie sanft und ging dann, ein Summen von Restenergie blieb im Raum zurück.

Heiliger Strohsack. Was war gerade passiert? Ihr Herz raste und sie ging nervös im Raum auf und ab, während die Katzen sie mit zu Schlitzen verengten Augen beobachteten, während sie auf dem Sofa halb dösten. *Atme, Avery, atme.* Er hatte ihr nicht seine Liebe gestanden, er hatte ihr nur gesagt, dass sie schön, hinreißend, mutig und stark sei. Und er hatte sie auf eine Weise angesehen, wie er es noch nie zuvor getan hatte, noch nicht einmal, als sie Sex hatten.

Was zum Teufel sollte sie anziehen?

Als Alex um neunzehn Uhr fünfzehn eintraf, hatte Avery Stunden verschwendet und es war ihr nicht gelungen, sich auf Annes Papierkram oder Helenas Karte zu konzentrieren. Sie hatte schließlich aufgegeben und geduscht und dann ein halbes Dutzend Kleider und Schuhe anprobiert und wieder ausgezogen, bevor sie sich streng ermahnte, dass sie Alex kannte, mit ihm geschlafen hatte und sie keinen Grund zur Panik hatte. Schließlich entschied sie sich für ein schwarzes, knielanges Kleid und hohe, hellbraune Keilabsatzschuhe, die ihre Beine zur Geltung brachten. Mit dieser einfachen Bitte um ein Date schien sich alles geändert zu haben, es war ernster geworden. Offiziell. Aber natürlich war es das nicht. Sie bildete sich das alles nur ein.

Als Alex auftauchte, konnte sie nicht anders, als zu staunen. „Wow, du siehst gut aus."

„Du aber auch", sagte er und küsste sie auf die Wange.

Er trug schwarze Stiefel, dunkle Jeans, ein schwarzes V-Ausschnitt-Shirt und eine dunkle Anzugjacke. Sein Haar war zu einem Männerdutt gebunden. Es war immer noch Alex, nicht zu gepflegt, aber gerade gepflegt genug – er hatte immer noch dunkle Stoppeln und sein gewohntes Grinsen im Gesicht.

Er nahm ihre Hand. „Bereit?"

„Bereit", stimmte sie zu und griff nach ihrer Ledertasche.

Avery konnte nicht anders, als zu lächeln, als sie die Straße entlangschlenderten, aber ausnahmsweise schienen beide etwas unbeholfen zu sein. Am Ende sprachen beide gleichzeitig und lachten. „Ladies first", sagte Alex.

„Ich habe die Pläne mitgebracht, nur für den Fall."

„Du hast doch nicht vor, ein Hexenlicht über unseren Tisch schweben zu lassen, oder?

„Nein! Planen wir, heute Abend einzubrechen?"

„Ich denke schon, wenn es wahrscheinlich ist." Er drückte ihre Hand. „Aber vielleicht nicht in diesen Schuhen?"

„Oh, du Kleingläubiger", lachte sie und wiederholte damit seine Worte von vorher.

Penny Lane war, wie Avery sich erinnerte, eine schmale, gepflasterte Straße, die von Gebäuden aus dem 16. Jahrhundert gesäumt war, die aus Stein und Holz gebaut waren. Der Stein hatte eine warme Bernsteinfarbe und wurde vor Ort abgebaut, während das Holz nicht nur die Fenster umrahmte, sondern auch einige der oberen Wände bedeckte und in sanften Weiß-, gedämpften Gelb- und Rosatönen gestrichen war.

Die meisten Gebäude waren jetzt Geschäfte, die unteren Stockwerke für den Einzelhandel, die oberen Stockwerke entweder als Lagerräume oder Wohnungen genutzt. Einige Gebäude waren Bed and Breakfasts und bei Touristen sehr beliebt. Überall in der Stadt, so auch in dieser Straße, hingen Blumenkörbe voller Sommerblumen.

Der Eingang zum Bistro war eine dezente Holztür, die sich unter einem tiefen Vordach befand. Zweibogige Fenster auf beiden Seiten der Tür, auf deren Fensterbänken Kerzen brannten, gaben einen Einblick in das Innere. Im Inneren war am Eingang eine kleine Theke aufgestellt worden, um Gäste zu empfangen. Die Innenwände waren herausgebrochen worden, sodass nun ein großer, offener Raum entstanden war, der nur durch Säulen und Torbögen unterteilt war. Die Decke war noch aus Holz und der ganze Ort war eine gekonnte Mischung aus Alt und Neu.

Auf der anderen Seite des Raumes befand sich eine lange Glaswand, die den Blick auf einen Garten im Innenhof freigab, und sie hörte das Klirren von Gläsern und gemurmelte Gespräche, die durch den Raum hallten.

Avery atmete tief und glücklich ein, als sie die weißen Leinentischdecken, die sanfte Beleuchtung, die Gläser und das Silberbesteck betrachtete.

Ihr Tisch befand sich in der Ecke mit Blick auf den Innenhof, und als sie sich setzten, bemerkte Avery, dass sich viele andere Tische bereits mit Gästen füllten. „Wir hatten Glück, hier einen Tisch zu bekommen."

„Das hat man davon, wenn man in der Branche tätig ist – ich kenne den Geschäftsführer irgendwie."

„Glaubst du, er würde uns als Gefallen in den Keller lassen?"

„So gut kenne ich ihn auch wieder nicht", entgegnete er und schaute auf die Weinkarte.

Sie seufzte. „Ich versuche, nicht schon wieder irgendwo einzubrechen. Das wird langsam zur Gewohnheit."

„Aber es macht Spaß", gab er zu bedenken und blickte sie mit einem Grinsen an.

„Ich glaube nicht, dass Newton das so sehen würde."

„Er hat Briar, die ihn ablenkt. Und außerdem glaube ich nicht, dass es so schlimm wird wie ein Angriff auf *Faversham Central*."

Avery schaute auf die Speisekarte und fand es schwierig, sich zu konzentrieren. Ihre Freunde waren in zwei Lager gespalten, die möglicherweise anfällig für Angriffe waren. Briar war, magisch gesprochen, auf sich allein gestellt, ebenso wie El. Avery war sich nicht sicher, wie effektiv Reuben im Moment wäre. Je mehr sie über diesen Morgen nachdachte, desto voreiliger kam sie sich vor. Und hier saßen sie nun und aßen im wunderschönen *Penny Lane Bistro*. Sie sah zu Alex auf, der über die Speisekarte gebeugt war, und ihr wurde ganz flau im Magen. *Was, wenn er verletzt wurde?*

Alex sah auf und schreckte sie aus ihren Gedanken. „Hör auf, dir Sorgen zu machen, und sag mir, welchen Wein du möchtest."

„Entschuldigung. Wir sind heute Abend alle getrennt. Ich habe nur daran gedacht, wie verletzlich wir sind."

„Ein Grund mehr, dein Zauberbuch zu finden, um herauszufinden, wie der Zauberspruch wirklich lautet, und mehr Druckmittel zu bekommen."

Sie nickte. „Du hast recht. Einen sehr großen Tempranillo, bitte."

„Und das ist ein Date, vergiss das nicht. Die Leute werden denken, ich bin ein mieses Date, wenn du nicht fröhlicher wirst."

Sie lachte: „Entschuldige, das ist toll, danke. Ich war schon lange nicht mehr an einem Ort wie diesem."

„Ich auch nicht." Er sah sich um. „Ist dir aufgefallen? Hier drin gibt es keine Kameras."

„Das sollte man meinen. Sie sind kaum förderlich für Romantik und feines Essen. Ich wette, hinten gibt es welche", entgegnete sie und nickte in Richtung des Innenhofs.

Sie wurden vom Kellner unterbrochen, und nachdem sie bestellt hatten, sagte Avery: „Es ist seltsam, nicht wahr? Hier hat Helena einmal gelebt. Sie ist durch diese Räume gegangen, hat hier geschlafen, hier gegessen. Ihre Kinder wurden hier geboren. Und hier wurde sie verhaftet." Sie wurde von einem Schwall der Emotionen überwältigt und hielt einen Moment inne, um ihre Gedanken zu ordnen.

„Und jetzt werden wir uns für sie rächen", erklärte Alex. „Irgendwo in diesen Wänden könnte ihr Vermächtnis an dich sein."

Sie nickte. „Es gibt ein paar Türen zu Bereichen, die nur für das Personal zugänglich sind – glaubst du, dass es noch einen Zugang zum Keller gibt?"

„Das ist jetzt ein Restaurant. Ich wette, sie lagern dort Wein. Tatsächlich", sagte Alex und starrte nach draußen, „sehe ich eine große Luke im Boden. Das muss ein Außeneingang sein."

Avery folgte seinem Blick und sah ein dunkles Rechteck im Hof, das an die Wand des Gebäudes stieß. „Ich sehe es. Perfekt!"

„Wie wendig bist du in diesen Schuhen?"

„Sehr. Warum?"

„Nachts in Kampfausrüstung durch White Haven zu streifen, mitten in der Stadt, wäre sehr verdächtig. Wenn wir hier fertig sind, gehen wir in die Kneipe und kommen nach Ladenschluss zurück. Klingt das gut?"

„Toll."

„Ausgezeichnet, und jetzt können wir unser Date genießen", meinte er mit einem gewissen Unterton und brachte sie wieder völlig aus dem Konzept.

Nach dem Essen gingen Alex und Avery in eine kleine Kneipe namens *The Startled Hare*, die sich nur ein paar Häuser weiter befand, und blieben dort, bis die Kneipe zumachte.

Sie versuchten, die Themen Grimoires, die Favershams oder Magie zu meiden und sprachen stattdessen über alles Mögliche. Avery wusste nicht, ob das Date eine gute oder schlechte Idee gewesen war, denn nun war ihr klar, dass sie bis über beide Ohren in Alex verliebt war. Sie fühlte sich wieder wie ein Schulmädchen und ab und zu bemerkte sie, dass er sie vielsagend ansah, worauf ihr Herz noch schneller schlug.

Sie waren fast die einzigen Menschen, die noch auf der Straße waren, als das Barpersonal sie nach der letzten Bestellung zum Gehen aufforderte. Sie schlenderten am Bistro vorbei und als sie sahen, dass es jetzt leer war, abgesehen von ein paar Kellnern, die noch aufräumten, gingen sie bergauf und aus dem Stadtzentrum und versuchten dann, die Gasse zu finden, die hinter dem Bistro verlief. Die kühle Nachtbrise strich über ihre Haut und Avery zog ihre leichte Strickjacke enger um sich. Alex zog sie an sich und schlang seine Arme um sie, während sie versuchten, so unauffällig wie möglich zu wirken.

Gegen Ende der Penny Lane hielten sie vor einer Gasse an, die hinter den Gebäuden verschwand.

„Hier entlang", sagte Alex, blickte die Straße entlang und zog Avery dann hinter sich her.

Sie kamen an Mülltonnen vorbei, die vor den Seiteneingängen der Geschäfte auf beiden Seiten standen, und bogen dann links ab in Richtung Bistro. Die Zäune hinter den Geschäften waren hoch, und die meisten Läden waren ruhig, da es schon lange nach Ladenschluss war. Sie kamen am Pub vorbei und blieben dann stehen, als sie sahen, dass sich weiter unten ein Tor öffnete und schloss. Ein Kellner kam aus dem Schatten, um Müll in einen Mülleimer zu werfen, und verschwand dann wieder hinter dem Zaun.

„Das muss es sein", stellte Alex fest und sie gingen näher heran und spähten durch die Holzbretter.

„Wie lange dauert es noch, bis sie gehen?", fragte Avery.

„Kann nicht mehr lange dauern."

Sie hüllten sich in einen Schattenzauber, warteten weitere fünfzehn Minuten, nachdem das Licht ausgegangen war, und öffneten dann das Tor mit einem weiteren Zauber und schlichen sich in den Hof.

Zwei Kameras befanden sich hoch oben an der Wand, eine war auf die Glastüren zum Restaurant gerichtet, die andere auf die Kellertür, und es gab eine Sicherheitsleuchte. Avery brachte sie alle mit einem geflüsterten Zauberspruch zum Erliegen, und nachdem sie überprüft hatte, dass das Restaurant völlig dunkel war, schlossen sie die Kellerluke im Boden auf und gingen die Stufen hinunter in die Dunkelheit, wobei sie die Tür hinter sich schlossen.

Sie standen einige Momente lang lauschend da, aber es herrschte nur Stille.

Avery zauberte ein Hexenlicht hervor, und das kühle, weiße Licht zeigte einen gepflasterten Steinboden und Regale mit Wein und anderen Vorräten, die sich bis in die Dunkelheit erstreckten. Sie zog das Buch mit der Karte aus ihrer Tasche und sah es sich genauer an.

Die Karte war lang und schmal, ähnlich wie der Kellerraum. „Das könnte es sein", flüsterte sie und zeigte es Alex.

„Nun, links von uns ist nicht mehr viel Keller übrig. Wir sind am Rand des Gebäudes, aber es sollte den ganzen Weg bis dorthin reichen", erklärte er und zeigte unter den Hauptbereich des Restaurants.

Die Kellerräume bestanden, im Gegensatz zum darüber liegenden Restaurant, immer noch aus kleinen Räumen, die alle durch Torbögen miteinander verbunden waren. Auf der Karte waren ähnlich große Blöcke zu sehen, und an einer Innenwand war ein winziges Pentagramm markiert.

„Komm schon, sehen wir uns um", sagte Alex und ging voran.

Sie schlängelten sich um die freistehenden Regale, in denen Weinflaschen und andere Vorräte untergebracht waren, und gingen in die Mitte des Kellers. Eine steile Treppe führte zu einer in die Wand eingelassenen Tür, aber sie gingen vorerst daran vorbei und schauten, was sich sonst noch dort unten befand. Sie kamen zu einer dicken Wand, die aussah, als markierte sie die Stelle, an der die beiden Gebäude unterteilt gewesen wären, und als sie durch den Torbogen darin gingen, kamen sie an einer weiteren Treppe vorbei, die oben zugemauert worden war.

Die Lagerräume endeten und die restlichen Räume waren leer, bis auf ein paar alte Kisten, Stühle und endlosen Staub. Avery unterdrückte den Drang zu niesen.

„Welches Haus gehörte wem?", fragte Alex.

„Das, was jetzt der Hauptspeiseraum ist, gehörte Helena, der Küchenbereich gehört Newton."

„Also sind wir jetzt unter Helenas Haus. Wo ist das Pentagramm markiert?"

„Das ist schwer zu sagen, ich bin mir nicht sicher, wie herum die Karte sein sollte. Sie scheint an einer Innenwand des ersten oder letzten Raums zu sein, je nachdem, wie sie platziert ist."

„Dann schauen wir hier zuerst nach, nur für den Fall."

Sie gingen zur alten Steinmauer und untersuchten sie sorgfältig. Die Steinmetzarbeiten waren grob und fast einen Fuß dick, aber sie sahen intakt aus. Selbst mit dem Hexenlicht, das über ihnen schwebte, war nichts markiert oder sah verdächtig aus. Dann versuchten sie es zur Sicherheit auch an den umliegenden Wänden, bevor sie zu der Seite des Gebäudes zurückkehrten, an der sie eingetreten waren.

Sie gingen zur hinteren Wand und arbeiteten sich von dort aus zurück.

„Es sollte hier sein", meinte Avery verwirrt. „Wenn das der richtige Ort ist. Siehst du, die zweite Wand im Inneren hat das Pentagramm-Zeichen, aber es gibt keine Wand."

„Aber es gibt eine", sagte Alex und zeigte nach oben. Über ihnen befand sich ein paar Meter Wand, die ein Drittel des Kellers überspannte und einen Torbogen bildete, der einen Abschnitt vom anderen trennte. „Es ist nur eine sehr kleine Wand."

Avery holte eine Taschenlampe aus ihrer Tasche und richtete sie auf die Steine über ihnen. „Sie sind so eng aneinandergefügt, aber ich glaube, ich kann eine Kante sehen, die herausragt."

„Wir müssen es uns genauer ansehen." Er sah sich nach einer Leiter um, aber es war nichts in Sicht. „Das kann ich auf keinen Fall erreichen, das sind mindestens drei Meter nach oben."

„Aber ich kann, wenn du mir hoch hilfst." Avery beschloss, dass sie auf keinen Fall gehen würde, ohne das zu überprüfen.

Alex hockte sich hin. „In Ordnung. Kletter auf meine Schultern. Und sprich leise, nur für den Fall."

Avery balancierte die Taschenlampe, während sie sich in Position begab, und Alex stand langsam auf.

„Verdammt", rief Avery, als sie schwankte und sich an der Wand festhielt, um nicht das Gleichgewicht zu verlieren.

Als sie in Position war, leuchtete sie mit ihrer Taschenlampe auf die Stelle. Aus der Nähe war dort definitiv eine Kante. „Alex, ich habe recht", flüsterte sie.

„Nun, mach schon", zischte er zurück und leuchtete mit seiner Taschenlampe zur Wand hinauf.

Einige Augenblicke lang versuchte Avery, die Ziegel zu lösen, was ihr jedoch kläglich misslang. Als Alex ihre Position veränderte, schwankte sie und stützte sich schwer auf einen der umliegenden Ziegel, woraufhin der gesamte Abschnitt mit einem deutlichen Klicken nach vorn kippte. Ihr Herz pochte nun wie wild in ihrer Brust. Sie wackelte an den Ziegeln, bis ein halbes Dutzend in einem unregelmäßigen Rechteck in ihren Händen lag.

„Alex, halt das mal", sagte sie und reichte sie ihm.

Ein paar Augenblicke lang jonglierten sie mit Taschenlampen und Ziegeln, und dann, als sie beide Hände frei hatte, richtete Avery ihre Taschenlampe auf das Loch. Es war ein kleiner, trockener Hohlraum in der Wand, und darin befand sich etwas. Sie zog ein dickes, schweres Objekt von der Größe eines großen Buches heraus, das in Ölzeug eingewickelt war, und steckte ihre Taschenlampe in den entstandenen Spalt.

„Ich glaube, wir haben es gefunden", flüsterte sie. Vorsichtig öffnete sie das Ölzeug, und darunter kam ein in Leder gebundenes Buch zum Vorschein.

„Und?", fragte Alex, der seine Position veränderte und Avery erneut ins Wanken brachte.

Triumph und Erleichterung waren in ihrer Stimme zu hören. „Ja! Es ist Helenas Buch. Das Zeichen für Luft ist auf dem Einband."

„Ausgezeichnet, tun wir die Ziegel zurück und verschwinden von hier ..."

Siebzehn

Alex setzte Avery vor ihrer Tür ab und gab ihr einen Kuss, bei dem sie bis in die Zehenspitzen kribbelte.

„Kommst du nicht mit rein?“

„Ich arbeite morgen besser mal einen ganzen Tag durch. Außerdem denke ich, dass du etwas Zeit verdient hast, um das Buch zu untersuchen. Aber wir sehen uns morgen, oder?“

„Ja. Und danke für den heutigen Abend. Ich habe es wirklich genossen.“

„Ich auch. Pass auf dich auf.“ Und dann verschwand er und hinterließ bei ihr ein Gefühl der Sehnsucht, das das Buch wohl nicht stillen würde.

Nachdem sie sich einen Kamillen-Lavendel-Tee gemacht hatte, ging sie ins Bett und kuschelte sich mit dem Buch auf dem Schoß und einer Katze auf jeder Seite ein. Sie konnte es kaum glauben. Nach tagelanger Suche hatte sie es endlich gefunden. Den Göttern sei Dank, dass es nicht in einer dieser verrückten Runenkisten war.

Das Leder knirschte unter Averys Fingern, als sie ihr Zauberbuch öffnete, und sie spürte, wie ein magisches Kribbeln durch sie hindurchlief.

Wie bei den anderen Zauberbüchern füllte eine lange Liste von Namen die Titelseiten aller Hexen, die vor ihr gelebt hatten, und Helena war die letzte. Sie strich über die Seite und spürte das abgenutzte Papier, das sich weich unter ihren Fingern anfühlte, und plötzlich wurde ihr bewusst, dass jemand in der Nähe war. Sie schaute auf, ebenso wie die Katzen, die aus ihrem Schlummer erwachten und mit großen Augen zur Tür schauten. Der Raum blieb leer, aber eine leichte Brise wehte um sie herum und trug den Duft von Veilchen mit sich, und sie spürte einen Hauch auf ihrer Wange und das Gefühl eines Kusses, und dann war er verschwunden.

Helena.

Schnell fuhr Avery mit der Hand über ihre Wange. Tränen stiegen ihr in die Augen, als sie von schmerzlicher Einsamkeit und Trauer übermannt wurde – und dann von etwas anderem. Erleichterung.

Sie rief: „Helena, geh nicht. Rede mit mir."

Aber Helena war gegangen und hatte ihren Segen hinterlassen, so fühlte es sich für Avery an.

Sie wischte sich eine Träne weg und wandte sich wieder dem Buch zu. Sie nahm sich Zeit, blätterte die Seiten sorgfältig um und versuchte, die krakelige Schrift zu entziffern. Ein Hexenlicht schwebte an ihrer Schulter, und sie konnte Runen und Symbole auf den Seiten erkennen. Ihre Neugierde war nicht zu zügeln, und so blätterte sie zum Ende des Zauberbuchs und fand den verborgenen Zauberspruch. Er begann: *Der erste Teil: Die vier Punkte zusammenbringen und sie an die Aufgabe binden.*

Doch dann fand sie statt des Zauberspruchs eine Notiz von Helena.

„Es ist mit großer Beklommenheit und Trauer, dass wir diesen Zauber aussprechen. Wir haben jahrelang in White Haven gelebt, geheilt, Zaubertränke hergestellt und die Armen und Reichen gleichermaßen beschützt. Wir versuchen, keinen Schaden anzurichten, sondern nur Gutes zu tun, und wir haben uns geschworen, dass wir uns nicht von unserer Aufgabe abbringen lassen. Und doch haben die Umstände uns dazu gebracht, unsere Entscheidung zu ändern.

Und es ist meine Schuld. Deshalb lege ich hier mein Geständnis ab, denn ich bin schuld daran, dass dieser Fluch über uns gekommen ist. Bevor ich meinen Mann kennengelernt habe, als ich jung und dumm war, habe ich mit Thaddeus Faversham geschlafen, und schon bald stellte sich heraus, dass ich sein Kind in mir trug. Er versprach mir alles, aber am Ende gab er mir nichts. Ich hätte das Kind loswerden können, es liegt in meiner Macht, das zu tun, aber ich konnte es nicht, und um meine Schande zu verbergen, heiratete ich meinen Mann, verzögerte mit einem Zauber die Geburt und log dann, dass es sich um eine Frühgeburt handelte. Und er ahnte nichts.Meine Tochter Ava ist jetzt acht Jahre alt, eine große Freude und eine liebe Schwester für Louisa. Aber vor Kurzem ist mein lieber Ehemann Edward gestorben, und Octavia Faversham hat beschlossen, dass Ava jetzt bei ihnen leben muss. Sie und Thaddeus haben endlich (unter vier Augen) zugegeben, dass sie eine Faversham ist, und sind arrogant genug zu glauben, dass ich es nicht verdiene, meine eigene Tochter großzuziehen.

Ava zeigt bereits Anzeichen von übernatürlichen Kräften, lange bevor man es erwarten würde, und ich glaube, dass es eher ihre Kräfte als ihre Blutsbande sind, warum Octavia Ava in die Familie aufnehmen will. Und Octavia ist mächtig genug, um sie zu entführen, ohne dass es jemand merkt oder sich daran erinnert.

Ich werde das nicht zulassen. Ich bin wütend und habe einen Plan ausgearbeitet, um sie für immer zum Schweigen zu bringen. Sie wird niemals ruhen, bis sie das hat, was mir gehört, und Thaddeus auch nicht. Sie denken, ich sei ohne meinen Ehemann allein und verwundbar, aber sie irren sich. Meine Macht war noch nie stärker und die anderen vier Familien werden mir beistehen. Wir werden Octavia für immer verbannen, eingeschlossen in der Erde mit ihrem Lieblingsdämon, den sie zu entfesseln droht. Thaddeus wird es sich zweimal überlegen, bevor er mich erneut bedroht.

Aber das wird seinen Preis haben. Große Zauber bringen große Opfer mit sich und ich opfere meine Macht, um meine Tochter zu behalten. Es wird uns alle schwächen, und es kann sein, dass die anderen es eines Tages bereuen werden. Aber auch sie werden jetzt von den Favershams bedroht, und deshalb müssen sie das tun, um sich selbst zu schützen. Ein Leben ohne Magie – oder zumindest mit sehr wenig Magie – wird wie ein halbes Leben sein. Es kann gut sein, dass es auch meiner Tochter die übernatürlichen Kräfte nimmt.

Ich habe vor, diesen Zauber zu brechen, wenn die Zeit reif ist. Ich habe keine Ahnung, wann das sein wird, aber wenn nicht zu meinen Lebzeiten, dann vielleicht durch die Hand und Zunge eines Nachfahren, den ich nie kennenlernen werde. Deshalb habe ich den Zauber, der Octavia binden wird, und auch den Zauber, der ihn brechen wird, aufgeschrieben, und die genauen Anweisungen für diese Beschwörungen sind unten beschrieben. Dieses Zauberbuch ist der Schlüssel zu allem.

Der Zauberspruch wurde in fünf Teile aufgeteilt, und alle fünf Hexen müssen anwesend sein, um ihn zu wirken, und alle fünf, um ihn zu brechen. Er umfasst White Haven selbst, gebunden in der Erde der Stadt, gewirkt in ihrem Herzen. Mein Teil ist hier niedergeschrieben, die anderen Teile sind in den anderen Zauberbüchern verborgen.

Ich habe keine Ahnung, welche Auswirkungen dies haben könnte. Es kann sein, dass dieser Zauber über die Jahre hinweg nachhallt, und ich bitte jeden, der dies liest, um Vergebung.

Aber eine Warnung an diejenigen, die sich dafür entscheiden, ihn zu brechen: Die Macht, die in dem Zauber gebunden ist, wird entfesselt. Wenn du meine Nachfahrin bist, werden deine Kräfte wachsen und dein rechtmäßiges Erbe wird wiederhergestellt. Und ich ermutige dich, dies zu tun. Du wirst deinen Platz in der Welt einnehmen, wie alle anderen Hexen, die an deiner Seite stehen.

Ich wünsche dir viel Glück, denn sobald der Zauber gebrochen ist, wird auch Octavia zurückkehren. Hüte dich vor ihrem Dämon."

Unter der Notiz befand sich der Zauberspruch, komplex und vielschichtig, mit einem halben Dutzend Zutaten, und darunter ein letztes abschließendes Wort.

„Es ist vollbracht, und ich bin schwächer, als ich es mir je hätte vorstellen können. Ich fürchte, ich habe White Haven für immer verflucht, und unsere Feindschaft mit den Favershams wird über die Jahre besiegelt sein. Und jetzt höre ich, dass der Hexenjäger kommt, und ich muss das Zauberbuch für immer verstecken.

Vergib mir,

Helena"

Avery spürte, wie ihr erneut Tränen in die Augen stiegen. *Arme Helena*. Ein Kind mit Thaddeus zu haben und von ihm verlassen zu werden, war an sich schon schrecklich, besonders zu dieser Zeit, aber dann damit zu drohen, ihre Tochter zu entführen, war noch schlimmer. Kein Wunder, dass Helena sich für den Zauber entschieden hatte. Kein Wunder auch, dass sie sich nicht wehren konnte, als sie vom Hexenjäger beschuldigt wurde – Thaddeus hätte gewusst, dass ihre Kräfte fast verschwunden waren. Er muss sie gehasst haben, um sie zu einem solchen Tod zu verdammen.

Und Averys wahre Kräfte – ihre und Helenas, die nun eins waren – waren unter White Haven gebunden, ebenso wie die von Alex, El, Reuben und Briar. Bedeutete dies, dass die Kräfte, die sie jetzt hatten, nur ein Bruchteil dessen waren, was sie hätten haben können? Galt es immer noch? Oder waren ihre Kräfte im Laufe der Jahrhunderte schließlich zurückgekehrt?

Avery ließ sich mit wirrem Kopf auf das Kissen fallen. Helena sagte, die Kräfte würden *entfesselt werden*. Was bedeutete *das*? Würden sie wie eine Flutwelle durch sie hindurchfluten – würde sie die Stadt überfluten? Oder war das alles nur ein Märchen? Eine Geschichte aus längst vergangener Zeit, die jetzt keine Macht mehr über sie hatte, außer mit Worten?

Aber dann dachte sie an die Favershams. Warum sollten sie mit Dämonen angreifen, wenn sie die Bedrohung nicht für real hielten? Sie lachte. Kein Wunder, dass Sebastian sich neulich auf ihr Gespräch eingelassen hatte. Ihm war Octavias Seele völlig egal. Er wollte nur nicht, dass sie ihre Kräfte zurückbekamen. Aber warum? Es war ja nicht so, dass sie die Favershams angreifen würden. Sie hatten schließlich jahrelang kein Problem damit gehabt, nebeneinander zu existieren.

So viele Fragen. Avery musste mit den anderen sprechen. Eines war jedoch sicher. Sie wusste, dass sie ihre Kräfte freisetzen wollte, ungeachtet der verrückten Octavia und ihres Dämons. Es war ihr Geburtsrecht, und sie wollte es zurückhaben. Und das bedeutete auch, dass sie sich Rubens Zauberbuch zurückholen mussten.

Avery zog das Buch an ihre Brust und machte es sich gemütlich. Sie würde dieses Buch von vorne bis hinten durcharbeiten, für den Fall, dass es noch weitere verborgene Geheimnisse gab, die es zu enthüllen galt.

# Achtzehn

very betrat den Laden mit düsterem Blick und einem Kopf voller Fragen. Sally warf ihr einen Blick zu und stellte ihr einen Kaffee hin.

„Bitte schön. Wieder eine lange Nacht?"

Avery nickte und nahm genüsslich einen Schluck von dem heißen Getränk. „Ja, ich habe nur etwas gelesen."

Sally grinste. „Wirklich? Ich habe nämlich gesehen, wie du gestern Abend mit Alex im *The Startled Hare* warst."

Avery sah ihr langsam in die Augen. „Wir haben etwas gegessen und sind in die Kneipe gegangen. Und dann bin ich nach Hause gegangen – *ganz allein.*"

„Also ist es offiziell? Anstatt: ‚Oh, wir sind nur Freunde, die etwas recherchieren ...'", bemerkte Sally in singendem Tonfall.

„Wir werden sehen, wie es läuft", entgegnete Avery, der es in den Fingern juckte, Sally zum Schweigen zu bringen, aber sie fand, dass das viel zu gemein wäre.

Ein Grinsen huschte über Sallys Gesicht. „Ausgezeichnet. Ich habe Alex immer gemocht. Er ist gut für dich."

Avery geriet ins Stottern. „Mach dich nicht lächerlich. Ich werde den Laden öffnen."

Avery nahm ihren Kaffee mit und spürte, wie ihre Wangen heiß wurden, selbst als sie wegging. Auf dem Weg durch den Laden zündete sie ein paar Räucherstäbchen an und verstärkte den Zauber, der den Kunden half, das Buch zu finden, von dem sie nicht wussten, dass sie es wollten.

Den ganzen Tag über war sie mit den Gedanken nicht bei der Sache und ging wie in Trance ihren Aufgaben nach, bis es Zeit war, zu Alex zu gehen. Er hatte ihr am Morgen eine Nachricht geschickt, dass er die anderen für den Abend eingeladen hatte und dass sie alle zugesagt hatten. Sie hoffte, dass Newton einen Plan hatte, wie sie das Jackson-Grimoire zurückbekommen würden.

Am späten Nachmittag räumte Avery die Regale in der hinteren Ecke des Ladens auf, in der sich die Esoterikabteilung befand, als sie etwas hinter sich spürte. Erschrocken drehte sie sich um und sah, dass Caspian Faversham ihr den Weg zum Rest des Ladens versperrte. Sein Gesicht war blass und verkniffen, und er sah noch schlimmer aus als gestern, als sie *Kernow Shipping* angegriffen hatten.

„Verschwinde aus meinem Laden", zischte sie und ballte die Hände, und bündelte ihre Zauberkraft.

„Ich bin hier, um zu reden."

„Du kannst unmöglich etwas zu sagen haben, das ich hören möchte."

„Mein Vater schlägt einen Deal vor."

Sie wollte gerade an ihm vorbeigehen, als sie innehielt und ihn misstrauisch ansah. „Was für ein Deal?"

„Übergebt die Zauberbücher und es stirbt niemand mehr."

„Steck dir deine Drohungen sonst wohin, Caspian. Und sag deinem selbstgerechten Mistkerl von Vater, er soll dasselbe tun. Das sind *unsere* Bücher. Glaubst du, wir lassen Gil umsonst sterben? Du *Mörder*", spuckte sie ihm vor die Füße.

Sie spürte, wie der Wind um sie herum aufkam, und das Glockenspiel, das in der Fensternische hing, begann zu läuten. Sie versuchte, ihren Ärger zu unterdrücken, um keine Aufmerksamkeit zu erregen.

Caspians dunkle Augen schienen sie an die Wand zu nageln. „Ich wollte Gil nicht töten."

„Lügner! Ich nehme an, dass du auch nicht versucht hast, Reuben in der Old Haven Church zu töten. Deine Kräfte sind dir entglitten, oder? Und Alicia hat nicht versucht, Reuben zu töten, als sie Dämonen in seinem eigenen Haus beschwor? Und was ist mit den beiden Menschen, die hier in White Haven von den Dämonen getötet wurden? Unschuldige Menschen. Oh, stimmt ja, du hast gesagt, normale Menschen zählen nicht", erinnerte sie sich an ihr Gespräch am Strand.

„Wir haben schlecht angefangen, das gebe ich zu. Wir schlagen einen Waffenstillstand vor", erklärte er und blieb ihr dabei weiterhin im Weg stehen.

Sie trat einen Schritt zurück. „Was ist los? Warum schlagt ihr jetzt einen Waffenstillstand vor? Euer Vater hat uns einen Drachen auf den Hals gehetzt, weil wir genau das vorgeschlagen haben!"

„Ihr habt ihn wegen Alicia schockiert. Wir glauben euch jetzt und er möchte einen Kompromiss."

Irgendetwas stimmte hier ganz und gar nicht. Sie versuchte, über seine Schulter zu sehen. *Sally.* Sie war ein „unschuldiger Mensch". „Wo ist Sally?"

Ein langsames Lächeln breitete sich auf Caspians Gesicht aus. „Ihr wird nichts geschehen. Solange ihr uns die Grimoires gebt."

Eine lodernde Wut breitete sich in ihr aus, ebenso wie eiskalte Angst. „Wage es nicht, ihr wehzutun, oder ich schwöre, ich werde dich töten."

„Du bist hier nicht die Person mit der Macht, oder, Avery?"

„Du auch nicht, ohne diese Zauberbücher. Ich weiß jetzt, warum du sie haben willst, und es hat nichts mit der gefangenen Seele der armen alten Octavia zu tun."

In Caspians Augen blitzte ein Hauch von Zweifel auf.

Sie fuhr fort: „Es geht um die größere Macht, die wir haben werden, wenn wir den Bindungszauber lösen. Und glaub mir, das werden wir tun."

Caspian wurde mit jedem Schritt, den er auf sie zukam, bedrohlicher, und sie spürte, wie seine Kraft sie wie eine Mauer einengte. „Nicht ohne Reubens Zauberbuch. Und du wirst es *niemals* finden. Fünf Zaubersprüche, fünf Hexen. Ohne diesen Teil kannst du es unmöglich schaffen. Gib jetzt auf und sorg dafür, dass Sally nach Hause kommt. Sie hat doch zwei Kinder, oder? Es wäre eine Schande, sie ohne Mutter aufwachsen zu sehen."

Avery wusste, dass er sie provozierte, und sie wollte ihre Macht entfalten, ihm das Gesicht zerfetzen und sein Lächeln in Stücke reißen. Aber dann roch sie wieder Veilchen in der Luft und spürte eine Präsenz in ihrer Nähe, die sie mit Wärme und Kraft erfüllte. *Helena.* Und dann wusste sie plötzlich, wie sie den Bann brechen konnten.

Sie holte tief Luft und trat von Caspian zurück, wobei sie darauf achtete, nichts zu verraten. Er musste denken, dass sie verängstigt und machtlos war, also ließ sie die Schultern hängen und sah niedergeschlagen aus. „Ich muss mit den anderen sprechen."

„Beeil dich – dir läuft die Zeit davon."

Er konnte unmöglich wissen, dass sie Helenas Buch gefunden hatte. Sie musste lügen, und zwar gut. Hexen waren gut darin, Lügen zu erkennen. „Aber ich habe Helenas Buch noch nicht gefunden. Wir können sie nicht ausliefern."

„Aber du hast eine Karte", sagte er leicht genervt.

„Und keine Ahnung, wofür sie ist!"

„Nun, dann solltest du dich besser beeilen. Du hast bis Mitternacht Zeit, sie zum Haus meines Vaters zu bringen."

„Das ist nicht lang genug – ich suche schon seit Wochen", erwiderte sie panisch. „Und was sage ich Sallys Ehemann?"

„Das ist dein Problem." Caspians selbstgefälliges Lächeln kehrte zurück. „Ich freue mich darauf, dich später zu sehen."

Er drehte sich um, ging um die Ecke des Regals und verschwand.

Avery rannte durch den Laden und hoffte, dass er ihr nur Angst eingejagt hatte. „Sally? Sally!"

Einer der Einheimischen, ein älterer Mann mit grauem Haar, drehte sich um und antwortete. „Sie ist nach hinten gegangen, Liebes, mit einer jungen Dame."

Avery wurde vor Angst übel. Sie hatten sie wirklich entführt. Sie rannte durch die Tür in den hinteren Teil des Ladens und fand Sallys Hexenbeutel auf dem Boden, der Inhalt verstreut.

Sally war verschwunden.

„Sie haben Sally entführt? Deine Angestellte?" Newton kochte vor Wut. „Das ist Entführung. Ich werde jeden einzelnen von ihnen verhaften."

„Sie ist meine *Freundin*. Und du weißt, dass du das nicht kannst", argumentierte Avery und biss sich auf die Zunge, um ihren Ärger zu unterdrücken. „Wir müssen den Bindungszauber brechen. Das ist unsere einzige Hoffnung. Dann haben wir die Macht, die Favershams zu bekämpfen und Sally zu retten. *Und* das Zauberbuch zurückzubekommen. Und wir haben nur bis Mitternacht Zeit, um es zu tun.“

„Mitternacht! *Heute Abend*?“, rief Alex mit großen Augen aus.

„Ja. Es tut mir leid“, entgegnete Avery und sah sie alle an.

Sie stand in der Mitte von Alex’ Wohnung, kampfbereit gekleidet. Sie trug ihre schwarzen Röhrenjeans, ein eng anliegendes T-Shirt, Stiefeletten mit niedrigen Absätzen und ihre schmal geschnittene Lederjacke.

Das Licht war gedämpft und die Stimmung düster. Reuben war immer noch außer sich wegen Alicia und Gils Tod; seine Stimmung hatte auch El zugesetzt. Sie saß neben Reuben auf dem Sofa und sah genauso schlecht aus wie er. Das Gute war, dass sie zusammen angekommen waren und ihre Differenzen offenbar beigelegt hatten. Newton hatte nach seiner Begegnung mit den Dämonen immer noch Schmerzen. Er hielt sich steif und Avery konnte Verbände um seinen Arm sehen, die unter seinem T-Shirt hervorschauten. Sie waren alle schwächer, als sie sein sollten, aber sie mussten jetzt handeln.

„Was hast du ihrer Familie erzählt?“, fragte Newton.

Avery zögerte verlegen. „Ich habe Sam, ihrem Ehemann, erzählt, dass wir eine nächtliche Bestandsaufnahme durchführen, und ich habe einen kleinen Zauber zur Unterstützung eingeworfen. Es war nicht schwer, aber es fühlte sich schrecklich an.“

Avery erzählte ihnen dann, was sie in ihrem Zauberbuch gefunden hatte und was sie und Alex über das Pentagramm über White Haven und das Zentrum, in dem der Zauber ausgeführt worden war, herausgefunden hatten.

„Das ist der Punkt, an dem ich nicht mehr mitkomme“, unterbrach El. „Wie können wir den Bindungszauber brechen, wenn uns ein Teil des Zaubers fehlt – der Teil für Wasser?“

„Weil wir Helena haben.“

Ein Chor von ungläubigem „*Was?*" hallte durch den Raum.

„Sie ist jetzt bei mir. Ich kann sie spüren. Sie riecht nach Veilchen und sie will, dass wir das Ganze durchziehen. Sie hat den Zauberspruch erfunden. Sie *kennt* den Zauberspruch. Sie braucht kein Zauberbuch, um ihn zu rezitieren."

„Das ist es also, was ich spüre", sagte Alex nachdenklich. „Ich dachte, ich bilde mir das ein."

Newton sah verstört aus. „Sie ist hier? *Jetzt gerade*?" Er sah sich um, als würde sie sich gleich neben ihm materialisieren.

„Ich kann sie nicht sehen, Newton", entgegnete Avery und versuchte, ihn zu beruhigen. „Es ist ihre Anwesenheit, ihr Geist. Ich *spüre sie*."

Alex unterbrach ihn: „Avery, du weißt, dass ich dir vertraue, das tue ich, und ich glaube dir. Aber sie ist ein Geist. Sie hat keinen Körper. Wie kann sie an einem Zauber teilnehmen?"

„Weil du, Alex, die Essenz des Geistes kontrollierst. Du hast das Zauberbuch. Du hast selbst gesagt, dass es Zaubersprüche enthält, um Geister zu beschwören. Aber sie ist *bereits* hier. Du musst einen Zauberspruch kennen, der es ihr ermöglicht, in meinen Körper einzudringen, und dann habe ich ihr Wissen, um den Zauberspruch auszuführen. Reuben kann den Luftteil des Zauberspruchs ausführen, meinen Teil, und ich werde seinen Teil übernehmen."

Briar antwortete zuerst. „Das klingt unglaublich gefährlich, Avery."

„Es handelt sich aber um Helena, sie wird mir nichts tun. Alex?"

Einen Moment lang sagte er nichts und starrte sie nur an. „Briar hat recht. Es *ist gefährlich*. Und so wird es nicht funktionieren. Wenn sie in deinen Körper eindringt, wird dein Geist verdrängt – *sie wird dich kontrollieren*!"

Avery stockte für eine Sekunde. *Das klang unangenehm, aber* … „Es wird schon gutgehen. Ich vertraue ihr."

Alex hakte nach: „Was ist, wenn du sie nicht loswirst, wenn sie dich in den Wahnsinn treibt?"

„Das wird nicht passieren. Sie wird es nicht. Ich spüre sie. Sie ist sanft und fair – sie wird mir nicht wehtun."

„Du *kennst* sie nicht, Avery, also kannst du das nicht mit Sicherheit sagen. Und was ist, wenn der Zauber schiefgeht?"

„Es gibt also einen?"

Er seufzte. „Ja, den gibt es. Du müsstest deinen Geist dem ihren unterwerfen, um sie einzulassen. Aber ich habe Angst, dass sie die Kontrolle übernimmt und dich unterdrückt. Dann wärst du verloren. *Für immer.* Ich will nicht, dass das passiert."

Es fühlte sich an, als wären sie die einzigen Personen im Raum. Sie spürte, dass die anderen sie beobachteten, aber das war ihr egal. „Ich verspreche, dass ich wiederkomme."

„Das hoffe ich für dich." Er brach schließlich den Blickkontakt ab und wandte sich seinem Zauberbuch zu, das vor ihm auf dem Boden lag.

„Dann ist es also beschlossene Sache", bemerkte Briar mit ruhigem Ton, aber angespanntem Gesicht. „Ich muss meine Zutaten vorbereiten. Für meinen Teil brauche ich viele Kräuter. Was ist mit den Zutaten der anderen?"

„Für meinen werden ein halbes Dutzend benötigt", entgegnete Avery. „Ich habe sie bereits mitgebracht. Reubens, Els und Alex' Beschwörungen sind reine Beschwörungsformeln. Da mein Zauberbuch der Schlüssel zum Zauber ist, beschreibt es auch die Vorbereitung des Raums. Es scheint der übliche Schutzkreis zu sein. Es beschreibt auch die Reihenfolge der Beschwörungsformeln, um den Zauber zu brechen. Es ist sehr detailliert. Man muss damit vertraut sein."

„Ich nehme an, wir machen das *jetzt*?", fragte El.

„Wir müssen“, erwiderte Avery. Sie schaute auf ihre Uhr. „Es ist bereits nach sechs – das gibt uns nur sechs Stunden, um den Bann zu brechen und zu Favershams Haus zu kommen.“

„Wie?“, fragte Reuben und sah sie alle an. Er hatte dunkle Ringe unter seinen Augen und es sah so aus, als hätte er seit Tagen nicht geschlafen. „Du sagst, das Zentrum des Pentagramms ist dort, wo die *Church of All Souls* ist. Aber *wo* in der Kirche? Wie finden wir es?“

„Du bist also bereit zu helfen?“, fragte El ihn neugierig.

„Natürlich bin ich das. Ich trauere um meine Freunde, ich bin deswegen allerdings nicht nutzlos“, erwiderte er schroff.

„Okay“, sagte Avery und hatte das Gefühl, dass sie die Dinge in Gang bringen musste. „Sehen wir uns die Zaubersprüche und alle Zutaten an und fangen wir hier mit der Vorbereitung an. Wir müssen den Zauberspruch, der Helena später in meinen Körper lässt an der Stelle wirken, an der wir die Bindung brechen. Ich gehe ihn besser suchen.“

„Also“, sagte Newton, „was kann ich tun?“

„Du kannst mir helfen, den richtigen Ort zu finden.“

„Ja, gut, das kann ich“, stimmte er zu, begierig darauf, etwas Hilfreiches beizutragen.

„Aber was dann?“, hakte Reuben nach. „Sagen wir, wir sind erfolgreich und brechen den Zauber. Dann werden ein Dämon und ein rachsüchtiger Geist freigesetzt. Haben wir einen Plan dafür?“

„Mit denen werde ich schon fertig, mit etwas Hilfe“, bemerkte Alex. „Ich habe die Zaubersprüche in meinem Zauberbuch bis ins kleinste Detail gelernt. Und hoffentlich werden, wenn Helena recht hat, unsere Kräfte freigesetzt, und das verschafft uns einen Vorteil.“

„Sie sagte *entfesselt*. Das klingt ziemlich heftig“, bemerkte Briar.

„Nun, es wird mit Sicherheit interessant“, gab Alex seufzend zu.

„Und dann machen wir uns auf den Weg zum *Faversham Central* und retten Sally. Und dein Zauberbuch, Reuben." Avery spürte, wie das Adrenalin durch ihren Körper schoss. „Und es wird mir ein großes Vergnügen sein, Daddy Faversham zu zeigen, wohin er sich seine Drohungen stecken kann."

Neunzehn

Avery stand neben Newton vor der *Church of All Souls*. Die mittelalterliche Architektur ragte über sie empor, und trotz der Wärme des Abends spürte Avery, wie ihr ein Schauer über den Rücken lief.

Die Kirche war typisch für diese Art von Bauwerk, mit gotischen Bogenfenstern, einem Turm, Wasserspeiern und seltsamen, mythischen Bildern des Grünen Mannes auf dem Mauerwerk sowie einem tiefen Vorbau mit schweren Eichentüren. Sie lag direkt an einer Kreuzung und hatte einen kleinen gepflasterten Platz davor, auf dem sich die Besucher von Hochzeiten und Beerdigungen aufhalten konnten.

Es war noch hell und Touristen und Einheimische schlenderten auf dem Weg zu Restaurants und Bars durch die Stadt. Um diese Zeit gestern Abend war Avery eine von diesen Menschen gewesen, und nun fragte sie sich, ob sie es jemals wieder sein würde.

Die Kirchentüren standen noch offen, damit die spätabendlichen Kirchgänger eintreten konnten, und Avery und Newton schlichen sich in die Dunkelheit dahinter.

In der *All Souls Church* war es düster und still, und die Temperatur sank um einige Grad, als sie die kühlen, engen Räume hinter den dicken Mauern betraten. Abgesehen von ein paar Menschen, die in stiller Andacht vorne saßen, war die Kirche leer.

Newton sah so ernst aus, wie sie ihn noch nie gesehen hatte, und als sie sein besorgtes Profil sah, fragte sie sich, wie er diese Nacht wohl überstehen würde.

„Wie fühlst du dich, Newton?"

„Als würde ich gleich eine der dümmsten Sachen machen, die ich je gemacht habe", erwiderte er leise.

„Du kannst auch gehen. Wir kommen auch ohne dich klar. Du brichst sogar deine eigentliche Rolle. Du solltest uns aufhalten."

Er drehte sich zu ihr um und sah sie mit dunklen, besorgten Augen an. „Das war, bevor ich die Wahrheit über das, was eure Familien getan hatten und warum, kannte. Ich soll euch eigentlich auch beschützen – das wollte Peter auch. Und außerdem gilt: Je mehr Macht ihr habt, desto weniger müssen wir uns vor den Favershams fürchten."

„Danke. Wir wissen deine Unterstützung zu schätzen."

„Versprich mir nur, dass ihr wisst, was ihr tut."

Sie spürte, wie erneut Zweifel in ihr aufstiegen. „Ich denke, das tun wir. Aber du weißt, dass wir so etwas noch nie zuvor gemacht haben."

„Du begibst dich in große Gefahr, Avery."

„Meine Freundin Sally ist in größerer Gefahr als ich", erwiderte sie und hoffte, dass Faversham sein Wort hielt und sie vorerst in Sicherheit war.

Er blickte sich im dunklen Inneren der Kirche um. „Nun, wir sollten den Ort besser finden, oder? Irgendwelche Ideen?"

„Die Krypta", schlug sie vor und dachte an ihr Gespräch mit Alex. „Es kann nur dort sein – oder zumindest an einem Ort, der von dort aus zugänglich ist."

Es war eine große Kirche, und sie gingen das Kirchenschiff entlang in Richtung Altar, wobei sie sich links hielten und ihre Schritte widerhallten. Sie passierten die Querschiffe und gingen in eine kleine

Kapelle, die ebenfalls auf der linken Seite lag und für die Besucher nicht einsehbar war.

„Und jetzt?"

Avery zeigte auf ein schmales, rechteckiges Loch im Boden hinter dem Presbyterium. Es war mit einem verzierten Eisengeländer eingefasst, um zu verhindern, dass Menschen hineinfielen, und eine Treppe führte hinunter in die Dunkelheit.

Sie schauten sich vorsichtig um, um sich zu vergewissern, dass sie niemand sehen konnte, und machten sich auf den Weg zum Eingang.

„Wo ist der Pfarrer?", flüsterte Newton.

Avery zuckte mit den Schultern. „In seinen Privaträumen?"

Avery war im Begriff, den Weg nach unten anzutreten, aber Newton hielt sie auf. „Lass mich das machen."

Mit jedem Schritt nach unten sank die Temperatur immer weiter, bis Avery zu zittern begann. Unten befand sich eine massive Eichentür, schwarz vor Alter, in die das obskure Gesicht eines Wasserspeiers geschnitzt war. Sie war verschlossen.

Avery ging an Newton vorbei, legte ihre Hand auf das Schloss und flüsterte einen kurzen Zauberspruch. Das Schloss gab nach und sie drückte auf den eisernen Griff, woraufhin sich die Tür schwungvoll öffnete. Dahinter erwartete sie nur Dunkelheit. Avery schickte ein Hexenlicht in den Raum und dann traten sie ein und machten die Tür hinter sich zu.

Sie standen am Rand des langen, niedrigen, Gewölbes, dessen Wände, Boden und Decke aus massiven Steinblöcken bestanden. Gewölbte Torbögen erstreckten sich über die gesamte Länge des Raums, und an beiden Seiten des Mittelgangs befanden sich Steinsarkophage. Auf halber Strecke durch den Raum befand sich ein weiteres Eisengeländer mit einem verschlossenen Tor. Dahinter befanden sich wertvolle Gegenstände – silberne Kelche und Kerzenleuchter.

Die Krypta war feucht und muffig und zudem eisig kalt.

Am hinteren Ende des Raumes, an der Rückwand hinter dem Geländer, befand sich ein Schild, das nur vom Hexenlicht beleuchtet wurde. Es war ein großes Siegel mit mehreren Runenzeilen darunter.

„Nun, zumindest wissen wir, wo wir suchen müssen", meinte Newton. „Ist es nicht ein bisschen offensichtlich, den Ort zu markieren?"

Avery schüttelte den Kopf. „Das Siegel warnt und bietet gleichzeitig Einlass, aber nur denen, die würdig sind."

„Was meinst du damit?"

„Es erfordert, dass einer von uns aus den alten Familien es öffnet."

Avery ging wie in Trance vorwärts. Mit einem weiteren geflüsterten Zauberspruch öffnete sie das verschlossene Tor in der Mitte des Geländers und ging auf das Siegel zu.

Aus der Nähe strahlte es Macht aus und gebot Ehrfurcht. Das Siegel war komplex, aber um es herum zeigte das Hexenlicht die Ränder einer Tür, die in einem blassen, unirdischen Licht schimmerte.

„Kannst du das sehen?", fragte Avery.

Newton nickte. „Ich kann es auch fühlen. Was sagen die Runen?"

Avery zögerte eine Minute, während sie sie übersetzte, und war froh, dass sie sich kürzlich mit ihnen befasst hatte.

Durch Luft und Feuer, Wasser und Erde, tue deinen Geist mir ku nd.Seid ihr würdig, gewähre ich euch Zugang als Bund.Doch scheitert ihr, wird euer Geist ewig in Qualen verwehrt,Seid ihr bereit? Zeigt euch, und lasst frei, die Macht, die in euch währt.

Avery schluckte. „Nun, ich denke, das ist ziemlich klar, oder?" Sie wandte sich an Newton. „Tritt zurück. Ich habe keine Ahnung, was gleich passiert."

Newton warf ihr einen langen, besorgten Blick zu und trat dann einige Schritte zurück, bis er sich hinter dem Geländer befand.

Avery drückte ihre Hände gegen das Siegel.

Ein paar Augenblicke lang passierte nichts, aber dann begannen schwache Linien wie Feuer von ihren Händen auszustrahlen und erhellten jede wirbelnde Linie und Markierung des Siegels. Ein Kribbeln breitete sich in Averys Armen und über ihrer Brust aus und strahlte über ihren ganzen Körper, genau wie auf dem Schild.

Und dann begann es zu brennen.

Sie schrie auf und Newton rief: „Was ist los?"

Aber Avery konnte vor Schmerzen kaum sprechen. Sie bemerkte, dass Newton sich auf sie zubewegte, und sammelte all ihre Kraft, um zu schreien: „Bleib zurück!"

Das Brennen verstärkte sich, bis es sich anfühlte, als stünden ihre Venen und ihr Gehirn in Flammen. Ihre Sicht begann sich zu trüben, und von allen Seiten breitete sich Schwärze aus, bis nur noch das Siegel vor ihr zu sehen war und ihre Sicht ausfüllte.

Ihre Hände waren nun mit ihm verschmolzen und es schien, als würde es auf ihren Geist zugreifen und all ihre Geheimnisse herausziehen. Bilder blitzten vor ihrem inneren Auge auf – Alex, ihre Mutter, ihre Großmutter, die Zauberbücher und schließlich Caspian Faversham.

Sie versuchte, ihre Atmung zu beruhigen. Dies war ein Test, wie er es für Alex und El gewesen war. Sie war rein; sie war eine Nachfahrin von Helena. Sie hatte es verdient, hier zu sein. Es war ihr Schicksal.

Und als sie an Helena dachte, spürte Avery, wie ihre glühend heiße Haut für einen Moment eiskalt wurde, und sie bemerkte eine Gestalt neben sich. Avery riss ihren Blick vom Siegel los und sah Helena neben sich stehen.

Für ein paar Augenblicke war Helenas Bild durchscheinend, dann wurde es fest.

Helena war wunderschön. Ihr Haar war lang und dunkel und fiel ihr in üppigen Wellen über den Rücken. Sie war in einen dunklen Umhang gehüllt und ihr Gesicht darüber war blass. Aber ihre Augen leuchteten vor wildem Eifer, als sie Avery musterte.

Der Geruch von Veilchen war jetzt stark, ebenso wie der widerliche Geruch von Asche und Rauch, und Avery fühlte sich elend. Sie konnte den Geruch von brennendem Fleisch riechen, und er wurde von Augenblick zu Augenblick stärker, aber sie hielt durch und zwang sich, auf den Beinen zu bleiben und nicht ohnmächtig zu werden.

Das Siegel flammte nun in einem feurigen Licht auf. Avery hatte das Gefühl, als würde ihre Seele aus ihrem Körper gesaugt. Sie hielt mit jeder Faser ihres Wesens durch und weigerte sich, aufzugeben.

Und dann war es vorbei. Das Siegel ließ sie los und sie fiel zu Boden.

Mit einem Flüstern öffnete sich die Tür an den Rändern und schwang dann auf, und Helena trat an ihr vorbei in den Raum, ohne sich umzusehen.

Innerhalb von Sekunden war Newton an Averys Seite.

„Geht es dir gut?“

Für ein paar Augenblicke konnte sie nicht sprechen, aber langsam ließ das Brennen nach und ihr Gehirn begann wieder zu funktionieren, während sich ihre Sicht klärte. Sie nickte und atmete tief und ruhig ein. „Ja, ich denke schon.“

Newtons hatte beruhigend die Hände auf ihre Arme gelegt und er half ihr, sich aufzurichten.

„Kannst du Helena sehen?“, fragte Avery.

Newton blickte in den Raum, der sich hinter dem Siegel offenbarte. „Ja, aber kaum. Sie ist eine geisterhafte Erscheinung.“

Avery folgte seinem Blick und murmelte: „Für mich nicht. Es ist, als wäre sie wirklich aus Fleisch und Blut.“

Als könnte Helena sie hören, drehte sie sich um und sah Avery mit brennenden Augen in ihrem blassen Gesicht an. Ihr Umhang war aufgegangen und Avery sah, dass sie ein langes, dunkles Kleid mit einem engen Mieder trug, aber dann wandte sie sich ab, ignorierte Avery und sah sich im Raum um. Das Gefühl des Trostes, das sie Avery zuvor gegeben hatte, war verschwunden.

Avery spürte, wie sich Angst in ihr ausbreitete. Sie war dabei, diese Frau in ihren Körper zu lassen.

„Ich habe ein sehr schlechtes Gefühl dabei", zischte Newton.

„Komm schon. Das ist nicht die Zeit für Zweifel", entgegnete Avery und versuchte, ihre eigenen zu unterdrücken, während sie den Weg in den Raum anführte.

Unmittelbar hinter der verborgenen Tür führten einige flache Stufen hinunter auf eine niedrigere Ebene. Als Avery die Schwelle überschritt, erstrahlte überall Licht und erhellte die prächtige Kammer.

Dutzende von Stumpenkerzen mit großen Ständern standen in den Ecken, entlang der Wände, säumten die Gänge und schmückten den Altar und gaben den Blick auf die Decke aus gewölbtem Stein frei, die von verzierten Steinsäulen getragen wurde, die sich in zwei Reihen auf beiden Seiten des zentralen Raums befanden.

In der Mitte des Bodens befand sich ein riesiges Pentagramm, umgeben von einem doppelten Kreis. Es bestand aus verschieden-farbigen Steinen – Granit und einem roten Stein, den Avery nicht identifizieren konnte. Die Zeichen für die fünf Elemente waren ebenfalls auf dem Boden markiert, und in der Mitte des Penta-gramms befand sich eine Dämonenfalle.

Zwei große Kohlenbecken standen auf beiden Seiten des Altars an der gegenüberliegenden Wand und in ihnen loderte das Feuer.

Avery konnte die starke Magie und Kraft im Raum spüren. Sie schwang mit ihr mit und streichelte ihren Körper. Es schien ihr wie ein Liebhaber ins Ohr zu flüstern, und sie hätte schwören können, Lippen auf ihrer Haut zu spüren.

Sie zitterte, und das lag nicht nur an der klirrenden Kälte im Raum, die ihren Atem in weißen Wölkchen aufsteigen ließ.

Avery hielt Abstand zu Helena, die mit überirdischer Anmut auf der anderen Seite des Raumes war, und ging um das Pentagramm herum zum Altar, dicht gefolgt von Newton.

„Dieser Ort ist furchterregend“, bemerkte Newton mit düsterer Miene. „Mir läuft es kalt den Rücken hinunter.“

„Mir auch“, stimmte Avery leise zu und fragte sich, ob Helena sie hören und verstehen konnte.

Sie wandte ihre Aufmerksamkeit dem Altar zu und hielt den Atem an, als sie ein großes Gefäß sah, das mit einer wirbelnden schwarzen Flüssigkeit gefüllt war, die sich ganz von selbst bewegte.

„Was ist das?“, fragte Newton und beäugte es misstrauisch.

„Ich habe das schreckliche Gefühl, dass das Octavia ist.“

„Und ihr Dämon?“

„Ich vermute, sie sind darin gefangen“, erklärte sie und zeigte auf die riesige Dämonenfalle in der Mitte des Pentagramms.

Zögernd berührte Avery die anderen Gegenstände auf dem Altar. Es handelte sich um die übliche Anordnung aus einem Kelch, einer Schale, einem Ritualmesser und den pulverisierten Überresten von etwas, von dem Avery annahm, dass es sich um Kräuter handelte.

Sie spürte, wie das eisige Kribbeln auf ihre Haut zurückkehrte, und bemerkte, dass Helena direkt zu ihrer Rechten stand, mit einem triumphierenden Lächeln im Gesicht, als sie die Schale streichelte. Sie hob den Kopf und sah Avery an, was ihr einen Schauer bis in die Tiefen ihrer Seele sandte. Dann wandte sie sich Newton zu, kniff die

Augen zusammen und stürmte auf ihn zu, sodass Newton vor Angst zurückschrak.

Aber Helena war körperlos und durchdrang ihn, sodass Newton vor Schreck nach seiner Brust griff.

Helena wandte sich wieder den beiden zu, und in ihren Augen glomm Groll. Sie versuchte zu sprechen, konnte es aber nicht, und Avery sah, wie sich noch mehr Wut in ihrem Gesicht ausbreitete und sie in eine Hexe aus den Märchenbüchern verwandelte. Und dann verflog ihre Wut, und es war wieder nur Helena.

Avery bemerkte, dass sie den Atem anhielt und ihn langsam wieder ausstieß, während sie sich Trost suchend an Newtons Arm klammerte.

Newton richtete sich auf und atmete wieder leichter, aber sein Gesicht war kreidebleich.

Avery stellte sich vor ihn und wandte sich Helena zu. „Die Dinge haben sich geändert, Helena. Peter Newton hat sich nie verziehen, was dir angetan wurde. Seine Nachkommen haben uns über die Jahre hinweg geholfen!"

Helena warf Newton einen verärgerten Blick zu, nickte aber.

„Wirst du uns heute helfen? Uns helfen, den Bann zu brechen und uns unsere Macht zurückzugeben? Alle fünf Familien werden hier sein, aber wir brauchen deine Hilfe. Die Favershams sind nach wie vor stark, und wir können sie nicht ohne zusätzliche Magie bekämpfen. Sie haben bereits das Zauberbuch der Jacksons. Kannst du dich an den Zauberspruch für Wasser erinnern? Reuben Jackson wird die Plätze tauschen und den Zauberspruch für Luft aufsagen."

Helena nickte, und wieder schoss ein bösartiger Ausdruck über ihr Gesicht. Sie konnte zwar nicht sprechen, aber sie verstand. Sie streckte die Hand aus und legte sie auf Averys Arm, und ein Stromschlag durchzuckte Avery. Mit brennender Klarheit wusste sie, dass Helena einverstanden war, und sie hatte eine letzte Anweisung übermittelt, als wäre sie in ihr Gehirn eingebrannt.

Ich werde führen.

Avery atmete erleichtert auf. Sie hatte schon früher gespürt, dass Helena einverstanden war, aber es war gut, es bestätigt zu bekommen. Sie wandte sich Newton zu, der ebenfalls nervös war. „Geh und ruf die anderen an. Sag ihnen, dass wir bereit sind."

Zwanzig

Der Rest der Gruppe traf innerhalb einer halben Stunde ein, nachdem sie in die inzwischen geschlossene Kirche und hinunter in die Krypta geschlichen waren.

Sie waren mit ihren Zauberbüchern und den Kräutern beladen, die erforderlich waren, um den Bann zu brechen.

Als sie die Kammer betraten, staunten sie nicht schlecht, und Alex pfiff. „Wow. Das ist ziemlich beeindruckend!" Er sah Helena am Altar stehen und schnappte nach Luft. „Ich kann Helena sehen."

Helena drehte sich um und musterte ihn, ein langsames Lächeln breitete sich auf ihrem Gesicht aus, dann sah sie Reuben, El und Briar an, die neben ihm standen. Ihr Blick kehrte zu Reuben zurück, ihre Augen verengten sich zu Schlitzen, und blieb dann an Alex hängen.

Helena begehrte Alex, das konnte Avery spüren; sie sah Avery erneut an und ein wissendes Lächeln huschte über ihr Gesicht.

Ein weiterer Schauer lief Avery über den Rücken. Sie hatte das Gefühl, dass Helena, sobald sie in ihrem Körper war, ihn nicht mehr verlassen wollte. Sie unterdrückte den Gedanken. Sie musste Helena vertrauen. Sie würde sie alle retten.

„Kann sie sonst noch jemand sehen?", fragte Alex.

„Als Geist, kaum sichtbar", entgegnete El und wiederholte damit, was Newton zuvor gesagt hatte.

„Genau", stimmten Reuben und Briar zu.

„Ich kann sie viel deutlicher sehen", erklärte Alex und blickte Helena misstrauisch an. „Es ist nicht das erste Mal, dass ich Geister sehe, aber sie ist viel ..." Er rang nach Worten.

„Greifbarer?", schlug Avery vor.

Er nickte, und sie beobachteten beide Helena, die auf und ab ging, ungeduldig, endlich anzufangen.

„Das gefällt mir *überhaupt nicht*", bemerkte Briar und zog ihre Kräuter aus der Tasche. „Ich traue ihr nicht."

„Wir haben keine große Wahl", gab Avery zu bedenken. Sie wandte sich an Alex. „Irgendwelche Tipps, wie man einen Geist aus meinem Körper austreibt?"

Alex ergriff ihre Hände. „Bleib stark. Erinnere dich daran, wer du bist. Halte an deinen wertvollen Erinnerungen fest." Er zog sie an sich, küsste sie und raubte ihr den Atem.

„Leute, nehmt euch ein Zimmer!", bemerkte Reuben grinsend.

„Ach, halt den Mund, Reuben", sagte Alex, löste sich widerwillig von ihr und zog sein Zauberbuch aus seiner Tasche.

Avery versuchte, das Kribbeln auf ihren Lippen zu ignorieren. „Hier steht", las sie die Anweisungen in ihrem eigenen Zauberbuch vor, „dass wir uns alle auf unsere jeweiligen Punkte des Pentagramms stellen müssen. Ich muss das Glasgefäß neben die Dämonenfalle stellen. Helena hat mir bereits mitgeteilt, dass sie die Führung übernimmt, also macht einfach, was sie sagt. Hattet ihr alle schon Gelegenheit, den Zauberspruch zu lernen?"

Sie nickten, und El umklammerte die rote Edelsteinkette, die als Geschenk in ihrer Holzschatulle gelegen hatte. „Ich bin so bereit, wie ich es nur sein kann."

„Wo soll ich stehen?", fragte Newton.

„Einfach außerhalb dieses Raums", schlug Alex vor. „In der Tür. Ich vermute, dass sich der Dämon in dieser Dämonenfalle manifestiert, wenn wir mit dem Zauberspruch beginnen, und dass er vielleicht sogar herauskommt. Halte besser etwas Abstand."

„Vielleicht", gab Briar zu bedenken, „solltest du in der Kirche warten, nur für den Fall, dass der Pfarrer vorbeikommt?"

Newton nickte zustimmend. „Ich werde in der kleinen Seitenkapelle warten."

„Ich habe etwas für dich mitgebracht, nur für den Fall", sagte Reuben und griff in seine Sporttasche nach einem großen Gegenstand, der in eine Decke gewickelt war. Er rollte es aus und enthüllte eine Schrotflinte und eine Schachtel mit Patronen.

„Wo zum Teufel hast du das her?", fragte Newton alarmiert.

„Keine Sorge, wir haben eine Lizenz. Wir bewahren sie auf dem Anwesen auf. Die Patronen sind mit Salz gefüllt."

Alex nickte und lachte. „Deswegen bist du also zurückgegangen. Gute Idee."

„Findest du?", fragte Newton, nahm ihm das Gewehr ab und inspizierte es.

„Ja. Salz vertreibt Geister, nur für den Fall, dass jemand eine Erinnerung daran braucht, wer das Sagen hat." Reuben nickte Helena zu. „Kannst du damit umgehen?"

„Ich habe eine Ausbildung im Umgang mit Schusswaffen", bestätigte Newton nickend. „Also gut. Wenn ihr mich braucht, ruft mich."

Während sie sich vorbereiteteten, schien sich die Energie im Raum zu verschieben und zu verändern, als würde die Spannung steigen.

„Ich kann die Spannung förmlich spüren, ihr auch?", fragte El, als sie ihren Platz auf dem Pentagramm eingenommen hatte.

„Wie eine aufgeladene Batterie", stimmte Reuben zu und straffte die Schultern. Er wirkte lebhafter als seit Tagen.

Abgesehen von Briar waren sie alle in Jeans, Stiefeln und Jacken gekleidet und kampfbereit. El trug ihre schwarze Lederhose und sah mit ihrem hellen, weißen Haar, das ihr über den Rücken fiel, aus wie der Engel des Todes.

Briar hingegen trug immer noch ihre langen, fließenden Kleider und zog nun ihre Schuhe aus, um barfuß auf den kalten Steinen zu stehen. Sie sah, wie sie sie beobachteten. „Das erdet mich", erklärte sie.

„Was mache ich wegen Helena?", fragte Avery Alex, nachdem sie das Glasgefäß an den richtigen Platz gestellt hatte.

„Stell dich auf das Wasserelement-Zeichen", sagte er, holte eine Fläschchen mit einem Zaubertrank aus seiner Tasche und ging dann zu ihr hinüber. „Dieser Trank wird deine Sinne betäuben, aber nur leicht", fügte er hinzu, als er Averys besorgten Gesichtsausdruck sah. „Es wird so sein wie bei unserer Seelenwanderung. Du musst ein paar Worte sagen, es ist eine Art Beschwörung, um sie in deinen Körper einzuladen. Bist du sicher, dass du das tun willst?" Helena stand nun neben Avery und ihr Gesicht zeigte einen erwartungsvollen, begierigen Ausdruck.

Avery nahm all ihren Mut zusammen. „Ja. Wir haben keine Wahl."

„Wir haben eine Wahl. Wir könnten die Favershams auch ohne zusätzliche Kräfte bekämpfen."

„Wir würden scheitern und das weißt du", erwiderte sie und warf Helena einen misstrauischen Blick zu.

Helena hatte seit ihrer Ankunft nicht versucht, mit ihr zu kommunizieren, und die Ruhe, die sie Avery anfangs vermittelt hatte, war nun völlig verflogen. Stattdessen hatte Avery das Gefühl, dass Helena ihr etwas übel nahm, anstatt sie zu unterstützen.

Alex warf Helena einen letzten besorgten Blick zu und gab Avery dann einen Zettel, auf den er den Zauberspruch geschrieben hatte. Es waren nur ein paar Zeilen, und sie las sie schnell durch.

„Alles klar", erklärte sie und nickte ermutigend, und Alex kehrte auf seinen Platz auf einem der Pentagramm-Punkte zurück, der dem Altar am Nächsten und direkt links von ihr lag: Spiritualität.

Sie blickte sich lange im Raum um, nahm die Hunderte von Kerzen, die hellen Kohlenbecken, die jetzt eine rauchige Hitze ausstrahlten, und die langen Schatten der Steinsäulen, die die Decke stützten, in sich auf und hoffte, dass dies nicht der letzte Raum sein würde, den sie je sah. Schließlich blickte sie Helena an.

Sie waren sich auffallend ähnlich, abgesehen von der Farbe ihrer Haare und Augen. Sie waren gleich groß, von kleiner, schlanker Statur und hatten beide eine blasse Haut, aber Helenas Augen brannten von einem heftigen Verlangen, dem Avery sich nicht gewachsen fühlte. Dennoch trank sie den Trank, den Alex zubereitet hatte.

Er brannte in ihrem Hals und sie hustete, als die Flüssigkeit sich ihren Weg in ihren Magen bahnte. Sie schmeckte Zimt und Brombeeren, dann etwas Pfeffriges und Scharfes und dann etwas Beißendes.

Nein. Das war Helena, die sie riechen konnte.

Der Geruch von verbranntem Fleisch war wieder da, und Rauch schien nun um Helena herumzuwirbeln, während sie kaum eine Armlänge von Avery entfernt stand und sie mit durchdringendem Blick fixierte. Averys Sicht begann zu verschwimmen, und sie schaute auf die Notiz und sprach schnell die Worte des Zaubers, solange sie noch konnte.

Sobald sie ausgesprochen waren, spürte sie, wie ihr Bewusstsein nachließ und in einen entfernten Teil ihres Wesens zurückglitt.

Avery spürte, wie Helena in sie eindrang und sich ihren Weg in ihren Körper bahnte. Es war, als würde eine kühle Brise durch ihre Adern strömen und ihre Haut kitzeln. Für ein paar Sekunden war es angenehm, doch dann füllten sich ihre Gedanken mit Hunderten von

Bildern, von denen einige zu schnell waren, um sie zu erfassen, andere brannten in ihrer Intensität – insbesondere eines.

Die scharfe, bittere Angst, auf den Scheiterhaufen gezerrt zu werden, stolpernd auf Beinen, die unter ihr versagten. Wut und der Wunsch nach Rache waren so stark, dass sie das Gefühl hatte, sie könnte sich fast losreißen. Aber die Männer, die sie festhielten, waren zu groß, ihr Griff um ihre Arme war eisern. Im nächsten Moment war sie an den Pfahl gefesselt, ein riesiger Scheiterhaufen war unter ihr vorbereitet. Die brennenden Fackeln trafen auf das Holz und schlugen unter ihr Flammen.

Avery versuchte zu schreien, aber sie konnte nicht, Helena hielt ihr den Mund zu. Und dann war das Bild verschwunden und wurde durch die Erinnerungen an ihre Nächte mit Alex ersetzt. Sie konnte fühlen, wie Helena sie genauestens untersuchte, und wenn Avery hätte erröten können, hätte sie es getan, aber dann verschwand auch das.

Avery geriet nun in Panik. Sie fühlte sich erstickt; erdrückt von Helenas Verstand und ihrer beachtlichen Willenskraft.

Wenn Helena Averys Panik bemerkte, zeigte sie es nicht, sondern konzentrierte sich stattdessen auf den Raum und die Notwendigkeit, den Zauberspruch auszuführen.

Avery betrachtete den Raum durch ihre Augen, die anderen Hexen standen bereit und wirkten nervös, aber entschlossen. Sie spürte Helenas Aufregung, aber auch ihren Ärger und ihre Enttäuschung. Sie blickte auf sie herab und auf ihren Mangel an Wissen, sie konnte fühlen, wie es in ihr brodelte. Außer bei Alex. Den *wollte* sie.

Als würde Helena plötzlich Averys Anwesenheit bemerken, stieß sie sie mental von sich, und Avery musste sich mit aller Kraft zusammenreißen, um sich festzuhalten. Es war, als würde sie versuchen, sie aus ihrem eigenen Körper zu verdrängen.

Alex sprach. Avery konnte sehen, wie sich seine Lippen bewegten, aber sie konnte ihn nicht hören. Es schien, als wäre sie unter Wasser.

„Ich bin bereit. Bist du es auch?", fragte Helena. Ihre Worte kamen aus Averys Mund, was Avery eine Gänsehaut bescherte. Und auch die anderen schienen sich dabei unwohl zu fühlen. Sie warfen ihr einen langen Blick zu, warfen sich gegenseitig einen Blick zu und nickten dann.

Helena begann.

Sie sprach die Worte des Zaubers sauber und mit Autorität aus, wobei ihre Stimme im Laufe der Zeit immer kräftiger wurde. Sie stockte kein einziges Mal und nickte nacheinander jedem der anderen zu, wenn sie an der Reihe waren, mitzumachen.

Die Energie im Raum nahm zu, und während der Zauberspruch ausgesprochen und wiederholt wurde, wobei jeder Teil Zeile für Zeile übereinandergelegt wurde, voller Absicht und Überzeugung, begann die Dämonenfalle mit einem seltsamen, blauen Licht zu leuchten.

Die Gestalt eines Dämons erhob sich aus dem Boden und strömte wie Rauch durch eine Öffnung, während gleichzeitig ein schreckliches, markerschütterndes Knurren durch den Raum dröhnte.

Helenas Aufregung wuchs und sie zeigte mit ihrem Finger – Averys Finger – auf das Glasgefäß, das nicht weit von der Dämonenfalle entfernt stand, und sprach einen letzten Befehl aus.

Die wirbelnde Flüssigkeit wurde unruhig und beschleunigte sich wie ein Strudel, bis das Glas heftig schwankte und umkippte, wobei es sofort zerbrach und die Flüssigkeit sich über den Stein ausbreitete. Ein Schrei durchdrang den Raum, der in seiner Intensität das Blut in den Adern gefrieren ließ.

Und dann schien es, als wäre die Hölle losgebrochen.

Eine Welle purer Kraft explodierte aus der Mitte des Raumes und warf sie alle von den Füßen und aus dem Pentagramm.

Avery flog durch die Luft und spürte dann den knochenerschütternden Schlag eines kalten Steins auf ihrem Rücken und auch Helenas Schock. Sie rang nach Luft und zuckte vor Schmerz in ihrem ganzen Körper zusammen, aber Helena sprang wieder auf die Beine, warf den Kopf in den Nacken und rief die Kraft zu sich.

Avery spürte es eher, als dass sie es sah, und fühlte, wie eine Welle der Kraft sie mit solcher Wucht durchflutete, dass ihr Geist ihren Körper mit einem Ruck verließ und bis zur Decke über ihnen geschleudert wurde.

Sie war einen Moment lang schockiert, als sie ihren Körper unter sich sah, der nun von Helena beherrscht wurde. Das silberne Band, das sie mit ihrem Körper verband, kringelte sich unter ihr und schwankte in der Kraft, die durch den Raum geschossen war.

Avery wurde klar, dass sie das Geschehen von oben betrachtete. Sie konnte die Aura magischer Energie sehen, die sich wie ein Tornado durch den Raum schlängelte, in allen Schattierungen von Rot, Blau, Violett, Orange und Grün. Die verschiedenen Farben konzentrierten sich auf die verschiedenen Hexen und flossen in sie hinein. Alle fünf Hexen standen nun aufrecht da, mit zurückgeworfenem Kopf und weit geöffnetem Mund, während die Magie in sie strömte.

In der Mitte des Pentagramms nahmen der Dämon und Octavia weiter Gestalt an, während die mächtigen Fesseln, die sie gehalten hatten, verschwanden.

Aber es war zu viel Energie in dem kleinen Raum, um sie zu bändigen. Avery sah, wie sie durch die Tür und durch die Decke nach draußen strömte, und folgte ihr, durch die Kirche hindurch und hinaus in die Nachtluft.

Am Himmel über White Haven breitete sich eine dunkelviolette Masse wie eine Flutwelle über die Stadt aus, und das riesige Pentagramm, das die Stadt mit diesem Punkt verband, funkte wie ein Zünddraht.

Für einige Augenblicke beobachtete Avery wie gebannt, wie die magische Energie in die Nacht strömte, in der Luft hing und einen Schleier über die Stadt legte.

Unten auf der Straße schauten sich die Menschen erschrocken um, als hätten sie etwas gehört oder gesehen, aber dann gingen sie achselzuckend weiter, und Avery wurde klar, dass sie vielleicht unterbewusst registriert hatten, dass etwas geschah, aber keine Ahnung hatten, was es tatsächlich war.

Avery schwebte über der Kirche, während ihr Band zu ihrem Körper unter ihr herabhing. Sie hatten heute Abend etwas Grundlegendes freigesetzt, das konnte sie in ihrem Geistkörper spüren, und mit einem Gefühl der Aufregung, aber auch einer gewissen Sorge, fragte sie sich, welche Konsequenzen das haben würde.

Und dann spürte Avery ein kurzes, scharfes Ziehen an ihrem Band und mit einem Gefühl der Verwirrung wusste sie sofort, dass Helena versuchte, ihre Verbindung zu ihrem Körper zu durchtrennen.

Einundzwanzig

A very konzentrierte sich auf ihren Körper und kehrte eilig in die Krypta zurück.

Sie betrat eine Szene des Chaos.

Der Dämon hatte sich nun aus der Dämonenfalle befreit und schlug mit Flammenpeitschen um sich. Er war riesig, größer als alle Dämonen, die sie bisher gesehen hatten. Seine Gestalt wogte und veränderte sich, und es war unmöglich vorherzusagen, was er als Nächstes tun würde. Alex versuchte verzweifelt, ihn zu bändigen, seine Lippen bewegten sich wild in einem Sprechgesang, seine Arme waren ausgestreckt, die anderen drei Hexen unterstützten ihn.

Helena war vollauf damit beschäftigt, Octavia zu bekämpfen, die nun beunruhigenderweise komplett Gestalt angenommen hatte. Avery vermutete, dass sich ihre Geisterform wie die von Helena bereits sehr stark manifestiert hatte. Octavia war eine imposante Frau mit langen, weißen Haaren, die über ihre Schultern wehten, auf ihrem Gesicht spiegelte sich reine Wut wider. Sie griffen sich gegenseitig mit jeder Elementarkraft an, die sie aufbringen konnten, was für Avery ein Glück war, denn solange Helena mit Octavia beschäftigt war, hatte sie keine Gelegenheit, sie zu töten. Denn so sehr sie es auch hasste, es zuzugeben, genau das versuchte Helena offensichtlich.

Avery versuchte, nicht in Panik zu geraten. Sie konzentrierte sich darauf, wieder in ihren Körper zu gelangen, aber Helena hatte sie irgendwie blockiert; sie konnte einen Schild um ihren Körper herum sehen. Wie hatte sie das gemacht? Avery konnte auch einen schwarzen Fleck auf ihrer Lebensschnur sehen. Wenn diese durchtrennt wurde, war sie tot. Während die beiden uralten Hexen miteinander kämpften, bemerkte Avery, dass der Schild bei jedem Treffer, den Helena einsteckte, etwas schwankte. Das war ihre Chance.

Sie beobachtete ihre Freunde, die den Dämon endlich unter Kontrolle gebracht hatten. Während Briar und Reuben den Dämon in einem magischen Kraftfeld gefangen hielten, begann sich in der Luft dahinter eine Tür zu öffnen, und durch sie hindurch konnte Avery die Welt dahinter sehen. Ihr Geistkörper konnte mehr sehen als ihr physischer Körper, und sie taumelte vor Schreck zurück. Tausende gequälte und rachsüchtige Geister drängten an der Türöffnung, und einige schlichen sogar hinaus und flohen aus dem Raum. Sie mussten die Tür schließen, bevor noch mehr entkamen. Aber bevor sie darüber nachdenken konnte, wie sie sie warnen sollte, schleuderte Octavia Helena mit einem Lufttornado durch den Raum, sodass sie gegen die Wand krachte und zusammenbrach. Der Schild schwankte und verschwand, und Avery kehrte schnell in ihren Körper zurück.

Avery konnte Helenas Schock und Wut spüren – nun auf sie *und* Octavia gerichtet, aber da Octavia sie immer noch angriff, konnte Helena Avery nicht angreifen. Avery konnte auch die Kraft ihrer neu entdeckten Magie spüren. Für einen Moment war sie überwältigt, dann nutzte sie den Vorteil und griff auch Helena an, um sie aus ihrem Körper zu vertreiben.

Es schien Minuten zu dauern, aber es waren wahrscheinlich nur Sekunden, in denen ihre Geister miteinander rangen, während Octavia auf sie zukam.

Avery nahm vage eine Bewegung in ihrem peripheren Sichtfeld wahr, und dann erschien Newton mit erhobener Schrotflinte. Er zielte auf Octavia, schoss auf sie und schleuderte sie nach hinten. Er feuerte erneut und lud dann nach.

Avery spürte nun Helenas Panik und sie schrie: *„Verlasse meinen Körper!"* Sie hatte keine Ahnung, ob sie wirklich schrie oder ob das alles nur in ihrem Kopf war.

Helena brodelte und schrie zurück: „Nein! Ich bin zu früh gestorben. Ich werde Rache nehmen!"

„Du hattest deine Zeit, Helena. Du hast dein Opfer gebracht." Avery war so wütend, dass Helena versuchte, sie zu töten, dass ihre Wut sie stärker machte, und mit einem letzten, wütenden Stoß stieß sie Helena aus sich heraus.

Erleichterung durchflutete sie. Aber Helena stand vor ihr, ihr Gesicht verzerrt vor Wut, und sie versuchte erneut, sich den Weg in ihren Körper zu bahnen. Und dann ertönte links von ihr eine Explosion, und Helenas Geist schwankte und flackerte. Sie drehte sich um und sah, wie Newton auf sie zuschritt, und erneut sprengte er Helena in die Luft, diesmal in tausend Stücke.

„Werde Octavia los!", schrie er. "Ich werde Helena unter Kontrolle halten."

Avery lief mit zitternden Knien zu Octavia, die nun Mühe hatte, sich auf den Beinen zu halten. Mit einem zeitlich gut abgestimmten Luftstoß brachte sie sie erneut ins Schleudern. Doch Octavia erlangte schnell wieder die Kontrolle und flog auf sie zu, wobei hunderte Jahre des Zorns ihre Magie befeuerten.

Mit einer überraschenden Demonstration körperlicher Kraft riss Octavia Avery zu Boden und legte eine Hand auf ihre Brust. Avery spürte, wie sich eine eisige Kälte in ihrem Körper ausbreitete. Sie konnte nicht atmen, und je mehr sie versuchte einzuatmen, desto schlimmer wurden die Schmerzen.

Dann erhaschte Avery einen Blick auf den Dämon über Octavias Schulter.

Er wurde zurück in die Geisterwelt gesogen, die Türöffnung wirbelte hinter ihm. Aber er hatte nicht vor, allein zu gehen. Mit einem letzten Hieb seiner feurigen Peitschen erwischte er Octavia und riss sie mit sich. Avery konnte wieder atmen.

Auf ein Wort von Alex hin kollabierte die Tür und löste sich auf, und der Dämon und Octavia verschwanden, nur ihr widerhallender Schrei erinnerte daran, dass sie jemals dort gewesen war.

Newton schrie. „Was willst du mit ihr machen?"

Avery rang immer noch nach Luft, drehte sich um und sah Newton über Helenas sich windender Geistergestalt stehen, die Waffe auf sie gerichtet.

Alex rannte hinüber. „Lass mich das machen." Aber bevor er handeln konnte, verschwand Helena aus seinem Blickfeld.

„Wo zum Teufel ist sie hin?", schrie Newton und wirbelte herum.

„Keine Ahnung", entgegnete Alex, „aber sie wird eine Weile nicht zurückkommen."

„Vielleicht solltest du eine geladene Schrotflinte in deiner Wohnung aufbewahren", sagte Newton zu Avery.

„Wir werden einen anderen Weg finden, mit ihr fertig zu werden", entschied Alex. Er drehte sich mit zusammengekniffenen Augen zu Avery um. „Geht es dir gut?"

„Mir geht es jetzt gut", erwiderte sie und setzte sich auf. „Eine Weile lang war es ein bisschen beängstigend. Und wie geht es dir?"

„Ich habe das Gefühl, ich könnte das die ganze Nacht machen", sagte Alex. „Dieser magische Moment war intensiv!"

Reuben, El und Briar gesellten sich zu ihnen. Alle sahen leicht mitgenommen aus. Ihre Haare waren zerzaust, Schmutz war über

Reuben verteilt, weil er zu Boden gegangen war, und El hielt sich den Arm, an dem Avery eine Verbrennung sehen konnte.

El grinste: „Alex hat recht. Die Kraft, die uns durchströmt hat, war unglaublich. Es fühlt sich an, als würde sie etwas nachlassen, aber wow, es war unglaublich."

Briar stimmte zu: „Es ist, als hätte es ein magisches Wissen geweckt. Einige der Zaubersprüche aus dem alten Zauberbuch ergeben für mich jetzt tatsächlich Sinn."

„Meine Magie ist definitiv erwacht", meinte Reuben und rieb sich den Kopf. „Und deine, Alex. Woher zum Teufel hast du den Zauberspruch?"

„Der Eingangsspruch?" Alex grinste. „Wie du schon sagtest, ich war voller Magie und das Wissen strömte nur so in mich hinein."

Newton schüttelte den Kopf. „Nun, ich konnte nichts sehen, aber ich konnte etwas fühlen. Es war, als würde eine Welle durch die Stadt ziehen. Wenn ich nicht gewusst hätte, was hier vor sich ging, hätte ich es wahrscheinlich abgetan – als würde ich mir etwas einbilden. Aber das habe ich eindeutig nicht."

„Nun, dazu kann ich dir eine Menge erzählen", sagte Avery, „aber wir müssen noch woanders hin. Seid ihr bereit für Runde zwei?"

„Auf keinen Fall kann *Faversham Central* so schlimm sein, wie das, was wir gerade durchgemacht haben", bemerkte Reuben und sah sich in der Krypta um.

„Darauf würde ich nicht wetten", gab Avery zu bedenken. „Newton, du kommst besser auch mit. Du bist ziemlich geschickt mit dieser Schrotflinte."

„Da ist Salz drin, keine echten Schrotkugeln."

Reuben griff in seine Tasche und holte eine weitere Schachtel heraus. „Echte. Nur für den Fall."

Newton funkelte ihn an. „Ich bin Polizist – ich werde niemanden töten. Und du auch nicht."

„Wir wissen nicht, was uns erwartet. Nimm sie."

Newton nahm die Patronen widerwillig entgegen.

„Und warum hast du auf Helena geschossen?", fragte El. „Ich dachte, sie wäre deine Freundin?"

„Das war, bevor sie versucht hat, meinen Körper zu stehlen, aber ich erzähle dir später mehr. Sind alle bereit?"

„Ja, gehen wir." Alex ging aus der versteckten Krypta voran, und als Avery die Schwelle überschritt, versank die Kammer in Dunkelheit und verschloss sich erneut.

Zweiundzwanzig

S ie erreichten Sebastian Favershams Anwesen und parkten ein Stück die Gasse hinauf, weit außerhalb seiner Sichtweite.

Er lebte in einem großen Anwesen im Tudorstil am Rande von Harecombe, das im Stil dem *Greenlane Manor* sehr ähnlich und von einer hohen Backsteinmauer umgeben war.

Sie kletterten über die Mauer und landeten unter den Bäumen auf der anderen Seite des Gartens. Das Haus war in einiger Entfernung zu sehen, die Fenster waren größtenteils dunkel, bis auf einige wenige im Erdgeschoss und im ersten Stock, und auf der Zufahrt vor dem Haus standen mehrere Fahrzeuge.

„Also, wie sieht der Plan aus?", fragte Reuben und sah sich nervös auf dem Gelände um.

„Zuerst müssen wir Sally finden und hier rausbringen, und dann holen wir uns das Zauberbuch", entgegnete Avery.

„Wie sollen wir sie finden?", fragte Reuben. „Das ist ein großes Haus."

„Ich bin vorbereitet. Sie hat eine Haarbürste bei der Arbeit. Ich habe ihr Haar genommen und einen Ortungszauber erstellt. Ich werde ihn auslösen, sobald wir im Haus sind – wir müssen nur dem Licht folgen. Und dann muss einer von uns sie in Sicherheit bringen."

„Das kann ich machen", bot Newton an. „Ich bringe sie zum Wagen zurück."

„Aber wie zum Teufel finden wir das Zauberbuch?", fragte Alex. „Für so etwas gibt es keinen Ortungszauber."

„Uns wird schon etwas einfallen. Das Wichtigste ist, dass wir Sally sicher herausbringen."

Als Briar mit dem Sprechen fertig war, ertönte ein Heulen auf dem Gelände.

„Was ist das?", fragte Newton und hob seine Waffe.

„Mist! Hunde", bemerkte Alex und zeigte auf ein halbes Dutzend Tiere, die über das Gelände auf sie zurasten.

Die Hunde verteilten sich knurrend und schnappend in einer Reihe. Sie hatten einen wilden grünen Schimmer, waren doppelt so groß wie normale Hunde und als sie näher kamen, funkelten ihre großen Eckzähne im Licht der Gartenbeleuchtung.

„Na toll, nicht irgendwelche Hunde", bemerkte Avery und machte sich bereit, sich zu verteidigen. „Ich glaube, wir haben ein magisches Alarmsystem ausgelöst."

„So viel zum heimlichen Heranschleichen", sagte Briar. „Überlasst die Hunde mir. Ihr geht alle zum Haus, und ich komme später nach."

Briar war immer noch barfuß, stemmte sich fest in den Boden, straffte die Schultern und sprach einen Zauberspruch. Mit einem ruckartigen Schütteln brach der Boden vor den Hunden auf und sie fingen an, heulend und jaulend hineinzufallen, aber die anderen blieben nicht stehen, um zuzusehen.

Sie rannten zu einem Fenster im Erdgeschoss auf der Rückseite des Hauses, weit weg von den hell erleuchteten Fenstern.

„Die Eingänge sind mit einem Zauber belegt", sagte El und berührte das Holz vorsichtig. „Er sieht kompliziert aus."

„Nun, wir sollten ihn besser bald brechen, denn einige dieser Hunde sind noch in der Nähe und kommen in unsere Richtung", warnte Reuben und drehte sich zu ihnen um. Er richtete einen Energiestoß auf den nächsten Hund, der daraufhin zu Boden fiel.

„Ich *schmelze* den Zauber einfach", erklärte El, die nun zuversichtlich war. Sie legte ihre Hand auf die Halskette, die sie zusammen mit ihrem Zauberbuch geerbt hatte. „Diese Kette scheint Elementarfeuer zu speichern, und sie ist im Moment super aufgeladen."

Sie nahm ihre Halskette ab und hielt den Stein auf das Glas. Für den Bruchteil einer Sekunde erhellte er das Netz aus Zaubersprüchen, das das Haus schützte, und dann rasten Flammen über das Fenster, brachen den Zauber und zerschmetterten das Glas auf einmal.

Sie brachen das restliche Glas aus dem Fenster, stürmten in den Raum und rannten dann zur Tür.

Bevor sie sie öffneten, holte Avery Sallys Haar aus ihrer Tasche. Es war in einem kleinen Baumwollsäckchen aufbewahrt und mit Bindfaden umwickelt. Sie flüsterte einen Zauberspruch darüber und es erblühte zu einem winzigen blauen Licht.

Für einen Moment schwebte das Licht in der Luft, dann verschwand es durch die Tür und sie folgten ihm schnell.

Dahinter befand sich ein Durchgang, und das Licht führte sie hinunter zum Hauptteil des Hauses. Sie waren nur ein paar Schritte gegangen, als eine vertraute, dunkelhaarige Frau in einem Wirbel aus Luft und Magie auftauchte. Es war Estelle, Caspians Schwester.

Estelle war von statuenhafter Schönheit, mit langem, dunklem Haar und einem fesselnden Blick. Sie war von Kopf bis Fuß in Schwarz gekleidet und ihre Arme waren ausgestreckt. Sie versperrte ihnen den Durchgang und war zum Angriff bereit. Ihr Gesicht war ein Ausdruck des Triumphes. „Ihr wagt es also tatsächlich, mit euren lächerlichen Kräften hierher zu kommen? Ihr seid noch dümmer, als wir dachten. Dachtet ihr, ihr könntet unser Haus betreten, ohne dass wir es mitbekommen?"

Avery trat vor und wollte ihr das Lächeln aus dem Gesicht wischen.

„Natürlich sind wir davon ausgegangen, dass ihr es mitbekommt, aber so leicht lassen wir uns nicht abschrecken."

Estelle kniff die Augen zusammen. „Nun, ihr seid noch dümmer, als ich dachte." Und ohne Vorwarnung schickte sie eine schwarze Rauchwolke auf sie zu. Sie waberte schnell um sie herum und machte sie alle blind, während sie dichter und undurchdringlicher wurde. Averys Augen brannten, und zum zweiten Mal an diesem Abend hatte sie Schwierigkeiten zu atmen.

Aber jemand reagierte ebenso schnell, und sie hörte Estelle vor Schmerz aufschreien. Innerhalb von wenigen Augenblicken verschwand der schwarze Rauch, und Avery sah, wie El ihr flammendes Schwert Estelle in die Seite stach. Reuben zögerte nicht; er schickte einen Energiestoß an die Decke über Estelle und brachte Gips und einen großen Holzbalken dazu, auf ihren Kopf herabzufallen. Sie fiel bewusstlos zu Boden.

„Das war einfacher, als ich gedacht habe", bemerkte Reuben, zog Els Schwert heraus und gab es ihr zurück. „Gut gezielt, El."

„Das war wirklich ein Glückstreffer", entgegnete sie und verzog das Gesicht.

Sie traten zu Estelles reglosem Körper, und El beschwor ein feuriges Seil, das sich um Estelles am Boden liegende Gestalt wickelte. Sie zerrten sie in einen Nebenraum und versiegelten die Tür.

Das blaue Licht schwebte vor ihnen und sie folgten ihm schnell durch einen anderen Seitengang in die Tiefen des Hauses. Das Haus war mit tadellosem Geschmack eingerichtet und sie schlichen leise durch die mit Teppich ausgelegten Gänge, die von unschätzbaren Kunstwerken gesäumt waren.

Ein Schrei ließ sie aufschrecken und sie drehten sich um und sahen sich zwei Männern gegenüber, die sie noch nie zuvor getroffen, sondern nur aus Fotos kannten: Caspians Cousins Hamish und Rory, einer blond und der andere dunkelhaarig.

Während Avery ihre Gegner schnell einschätzte, bemerkte sie eine Bewegung hinter sich. Sie drehte sich um und sah Caspian, der bösartig grinste. Sie waren umzingelt.

Die nächsten Minuten waren ein Durcheinander aus Schreien, Wind, Feuer und Wasser, und sie mobilisierten all ihre Kräfte. Els Schwert blitzte vor Feuer, Energiekugeln prallten von den Wänden ab, und dann gingen die Lichter aus.

Avery war sich nicht sicher, ob sie dabei waren, zu gewinnen, oder nicht. Die Energiekugeln trafen sie, und sie fiel mehrmals hin, rappelte sich aber immer wieder auf. Sie bemerkte, dass sie von den anderen getrennt worden war, und plötzlich tauchte Caspian vor ihr auf, der sie drohend überragte.

Gerade als Avery einen Schutzschild aufbauen wollte, knackte und polterte der Boden und auch Caspian verlor das Gleichgewicht und fiel auf Avery. Sie konnte seinen heißen Atem in ihrem Gesicht spüren und sein Gewicht drückte sie zu Boden.

Briar war hier, irgendwo.

Gewaltige Wurzeln schossen durch den Boden des Anwesens, schlangen sich um Caspians Knöchel und zogen ihn durch den zersplitterten Boden in das Erdreich hinunter.

Sein Gesicht war vor Wut verzerrt, und er drehte sich um und versuchte, die Wurzeln wegzusprengen. Einige konnte er tatsächlich zerstören, aber die anderen waren zu stark.

Avery hing mit ihm fest und konnte sich nicht befreien. Als Caspian das bemerkte, packte er sie noch fester und zog sie mit sich.

Avery wartete auf das schreckliche, erstickende Gefühl, von Erde bedeckt zu werden, aber stattdessen fielen sie durch den Raum und stürzten auf einen Steinboden darunter.

Der Geruch von Feuchtigkeit und Schimmel war überwältigend. Sie befanden sich in den Kellern.

Sie war auf Caspian gefallen, was ihr zumindest eine weiche, wenn auch holprige Landung beschert hatte. Sie kämpfte sich von ihm herunter und befreite sich von den Wurzeln, die sich weiterhin um sie schlangen. Aus dem Augenwinkel sah sie das blaue Licht zu ihrer Rechten verschwinden.

Sally.

Newton fiel neben ihr durch das Loch in der Decke, war außer Atem, hielt aber immer noch seine Schrotflinte. „Geht es dir gut?"

„So einigermaßen", sagte sie und schlug auf eine weitere Baumwurzel ein. „Besser als ihm."

Caspian war nun in Wurzeln eingewickelt, die ihn wie eiserne Fesseln umschlossen. Avery konnte hellblaue Blitze sehen, die seinen Körper umhüllten, als er versuchte, sich zu befreien, aber bisher war er gescheitert.

„Geht es den anderen da oben gut?" Sie blickte in die Dunkelheit des darüberliegenden Ganges. Das Zischen der Magie zuckte wie ein Blitz in der Dunkelheit, und sie erhaschte einen Blick auf Els Schwert, das durch die Luft sauste.

„Soweit ich sehen konnte, ja. Komm schon, wir müssen darauf vertrauen, dass es ihnen gut geht." Newton folgte dem blauen Licht und ließ Avery keine andere Wahl, als ihm zu folgen.

Das Licht führte durch mehrere miteinander verbundene Räume, die alle dunkel waren, bis sie schließlich zu einem weiteren Gang kamen. Die Luft roch hier etwas frischer und sie sahen ein weiteres Licht vor sich.

Zu ihrer Linken öffnete sich ein Raum, in den durch eine kleine Luke in Augenhöhe in einer Holztür ein schwaches Licht sickerte.

Die Luke war mit Eisenstangen ausgekleidet und sie näherten sich ihr kampfbereit.

Avery spähte durch die Öffnung und sah Sally auf einer Pritsche auf dem Boden liegen. Sonst war niemand zu sehen. Erleichtert wandte sie sich an Newton: „Es ist Sally, und sie ist allein."

Als sie nach der Klinke griff, ertönte ein Knurren aus der Dunkelheit, und ein Hund stürzte sich mit weit aufgerissenem Maul und schäumenden Lefzen auf sie.

Newton hob das Gewehr und schoss zweimal. Der Hund heulte auf und fiel ihnen dann tot vor die Füße.

„Schnelle Reflexe, Newton", bemerkte Avery bewundernd. Sie rief: „Sally, wir sind es, wir kommen rein!"

Die Tür war mit einem sehr einfachen Zauber versiegelt, und Avery konnte sie leicht öffnen, während Newton nachlud. Glücklicherweise war die Arroganz der Favershams dieses Mal für sie von Vorteil.

Sally setzte sich auf und blickte verwirrt drein. Ihr Gesicht war von Tränen und Schmutz gezeichnet, ihre Hände blutig und voller blauer Flecken, und sie zitterte vor Kälte. „Avery! Wo bin ich? Wie lange bin ich schon hier?"

Avery eilte zu ihr und umarmte sie. „Sally, wir erklären dir alles später. Geht es dir gut?"

„Ja – nein, eigentlich nicht", entgegnete sie und brach in Tränen aus.

„Kannst du gehen?"

„Ja, ich bin nicht verletzt."

Sie kämpfte sich auf die Beine.

„Was hast du mit deinen Händen gemacht?", fragte Avery besorgt.

„Ich habe gegen die Tür geschlagen und mich heiser geschrien, aber ich konnte nur einen verdammt großen Hund hören."

„Kannst du dich an irgendetwas erinnern?"

„Nein! Ich erinnere mich nur daran, dass ich im Laden war und dann hier aufgewacht bin."

„Okay, wir müssen hier weg. Wir holen dich hier raus. Newton, ist da draußen irgendetwas?"

„Noch nicht!", rief er.

„Gut, folge mir, Sally."

Avery zog Sally aus dem Raum und folgte dann Newton den Gang entlang, bis sie schließlich zu einer Treppe kamen. Oben angekommen gingen sie durch eine weitere Tür und stellten fest, dass der Gang in zwei Richtungen führte – eine zurück in den Hauptteil des Hauses und eine zu einem Hintereingang.

„Gut, lass Sally bei mir", erklärte Newton. „Wir warten im Wagen."

„Bist du sicher, dass du das Gelände verlassen kannst?"

„Ich bin mir ziemlich sicher, dass die Familie hier feststeckt. Und mit den Hunden komme ich schon klar." Er sah Sally an. „Kannst du rennen?"

Sallys Gesichtsfarbe war bereits wieder normal. „Ja, ehrlich gesagt geht es mir gut. Ich bin nur froh, aus diesem Raum raus zu sein."

Avery nickte. „In Ordnung. Bis später. Und Newton, wenn wir in einer Stunde nicht draußen sind, dann hau ab."

„Wenn du in einer Stunde nicht draußen bist, komme ich und hole dich", erklärte er bestimmt, und seine Augen funkelten wild in der Dunkelheit. Und damit ging er mit Sally zur Tür hinaus.

Avery wandte sich wieder dem Inneren des Hauses zu.

Sie hörte ein entferntes *Dröhnen*, und dann bebte das Haus. Jedes Licht ging aus. *Waren das wir oder sie, die dafür verantwortlich sind?* Avery überlegte, ob sie ein Hexenlicht erzeugen sollte, entschied sich dann aber vorerst dagegen. Sie schlich den Gang entlang, während sich ihre Augen langsam an die Dunkelheit gewöhnten. Die Luft veränderte sich und sie erkannte, dass sie die große Eingangshalle betreten hatte, als sie die breite geschwungene Treppe neben sich sah. Zu ihrer Rechten verlief ein langer Gang in die Dunkelheit, und sie hörte Rufe und spürte das Knistern von Magie. Sie wollte sich gerade auf den Weg dorthin machen, als eine Gestalt auf sie zugerannt kam. Sie bereitete sich auf einen Angriff vor und erkannte dann, dass es Alex war. Auch er hatte die Hände erhoben. Er blieb stehen, als er sie sah, und seufzte erleichtert auf. Sie rannte zum Rand der Halle, um sich ihm anzuschließen.

„Geht es dir gut?", flüsterte sie.

Er nickte. „Rory und Hamish sind richtige Schläger und stark, und dann hat sich Onkel Rupert eingemischt. Eine Weile lang stand es auf der Kippe, aber wir konnten uns freikämpfen. Briar kommt jetzt, während El und Reuben die anderen sichern."

Über seine Schulter hinweg sah Avery Briars kleine Gestalt auf sie zulaufen. Sie grinste, als sie Avery sah. Sie war etwas außer Atem, aber blaue Flammen züngelten durch ihre Finger und sie schien voller Tatendrang zu sein. „Habt ihr Sally gefunden?", fragte sie, als sie bei ihnen ankam.

Avery nickte. „Ja, und Newton hat sie zum Wagen gebracht. Jetzt müssen wir nur noch das Zauberbuch finden."

„Irgendeine Ahnung, wo es sein könnte?"

Avery ließ die Schultern sinken. „Nicht wirklich."

Sie schwiegen für ein paar Augenblicke, dann grinste Alex. „Was wäre, wenn wir den Ortungszauber mit Blut verwenden würden? Würde er bei Reubens Zauberbuch funktionieren?"

„Vielleicht!", meinte Avery und ihre Stimmung wurde besser. „Er brauchte sein Blut, um das Buch zu finden; vielleicht führt uns sein Blut auch dorthin."

Alex führte sie den Korridor entlang, und sie waren nur ein kurzes Stück gegangen, als sie auf Reuben und El trafen. Mit ihrem hellen

Haar und der dunklen Kleidung und Els Schwert, das immer noch feurig glühte, sahen sie aus wie Racheengel. Beide rochen nach angesengtem Haar und Rauch. Alex zog sie alle in einen eleganten Raum, der nur vom schwachen Mondlicht von draußen erhellt wurde.

„Wir brauchen dein Blut und deine Haare", sagte Alex zu Reuben.„Jetzt?", fragte Reuben, sichtlich verwirrt. „Wofür?"

„Um dein Zauberbuch zu finden."

Avery schaute betreten drein. „Ich wünschte nur, ich hätte früher daran gedacht."

„Kennst du den Zauberspruch auswendig?", fragte Briar, die an der Tür stand, um dafür zu sorgen, dass niemand unerwartet auftauchte.

„Klar, aber es wird ein einfacher sein." Avery drehte sich um und holte eine antike Silberschale aus einem Schrank. „Und das eignet sich perfekt dazu."

Reuben zupfte sich ein paar Haarsträhnen aus, und dann gab El ihm ihr Schwert. Er fuhr damit über seine Handfläche, und ein Blutstrahl tropfte in die Schale. Avery fügte die Haare hinzu und flüsterte dann einen Zauberspruch, während sie ihre Hand darüber hielt. Das Blut und die Haare begannen zusammen zu brodeln, und als sie sich vermischten, kochte es zu nichts zusammen, bis nur noch Rauch in der Schale übrig blieb. Der Rauch stieg dann aus der Schüssel auf, in der ein tiefes, blutrotes Leuchten zu sehen war, und schwebte einen Augenblick lang in der Luft. Avery sprach einen weiteren Zauberspruch: „Blut zu Blut, Haar und Haut, führe uns zum Zauber der Ahnen vertraut."

Der Rauch bewegte sich zur Tür, wo er für einige Momente hängen blieb, bevor er nach rechts, zurück zum Haupteingang, und dann die große Treppe hinauf in den nächsten Stock zog.

„Bist du sicher, dass die anderen gefesselt sind?", fragte Avery El, während sie dem Rauch folgten.

„Absolut. Irgendein Zeichen von Caspian?"

„Er ist unten, Briar hat sich um ihn gekümmert."

„Also nur Sebastian?", versicherte sich Alex, der ihr Gespräch mitbekommen hatte.

Avery nickte. „Das hoffe ich."

Oben an der Treppe bewegte sich der Rauch einen langen Gang entlang, vorbei an mehreren Türen. Er bewegte sich immer schneller, bis er einen anderen Gang entlang und dann durch eine Tür zu ihrer Rechten strömte, wo sie sich in einer riesigen Bibliothek wiederfanden.

Der trübe Mond hinter dem Fenster tauchte den Raum in ein silbernes Licht. Als sich Averys Augen an die Dunkelheit gewöhnt hatten, sah sie, dass alle vier Wände mit Regalen voller Bücher gesäumt waren. Im Raum standen Ledersessel verteilt und in der Mitte befand sich ein großer Schreibtisch aus Holz. Darauf lag Reubens Zauberbuch.

Leider saß Sebastian Faversham gemütlich und entspannt daneben. Er saß ganz still da, die Ellbogen auf den Armlehnen des Stuhls abgestützt, die Hände unter dem Kinn zusammengelegt, als würde er beten.

Sie blieben in der Tür stehen und bereiteten sich darauf vor, sich zu verteidigen. Aber Sebastian starrte sie nur an, sein Gesicht im Schatten verborgen.

Seine Stimme zischte durch den Raum. „Was *habt* ihr getan?"

„Wir haben uns verteidigt", entgegnete Avery und dachte, er beziehe sich auf ihren Kampf.

„Das meine ich nicht!", erwiderte er mit drohender Stimme. „Ihr habt mein Haus zerstört und meine Familie angegriffen, aber ihr habt noch etwas viel Schlimmeres getan."

Reuben kochte vor Wut. „Ihr habt mein Buch gestohlen, eine unschuldige Frau entführt und meinen Bruder *getötet*! Ihr wagt es zu fragen, was *wir* getan haben?"

Sebastian stand langsam auf und wirkte im Schatten riesig. „Ich meine die Magie, die ihr unter der *All Soul's Church* freigesetzt habt."

„Ah, ja", sagte Avery und trat unbeholfen von einem Fuß auf den anderen. „Das ist dir aufgefallen?"

„Aufgefallen?" Seine Stimme wurde lauter. „Die gesamte magische Gemeinschaft wird es bemerkt haben! Die Magie sammelt sich sogar jetzt noch über White Haven und zieht die Aufmerksamkeit aller möglichen Kreaturen auf sich."

Avery spürte, wie ihr Herz heftig zu schlagen begann. Sie warf den anderen einen Blick zu, aber sie sahen genauso verblüfft aus, wie sie sich fühlte. „Was meinst du mit ,Kreaturen'?"

„Jeder oder jedes *Ding*, das auch nur im Entferntesten mit Magie zu tun hat, wird das heute gespürt haben. Es hat dieses Haus und darüber hinaus erschüttert. Ich hoffe, ihr seid stolz auf euch."

Tausend Möglichkeiten schossen Avery durch den Kopf, aber sie verdrängte sie. Es war noch genug Zeit, sich später über seine Anschuldigungen Sorgen zu machen. *Wie konnte er es wagen, sich für so viel besser zu halten als sie!*

„Wir freuen uns, dass wir unsere alte Familienmagie wiedergefunden haben", entgegnete Avery genervt und betrat den Raum. „Wenn Octavia nicht gewesen wäre, wäre es dort unten sowieso nicht gefangen gewesen! Wenn es etwas gab, worüber man sich Sorgen hätte machen müssen, hättest du vielleicht ehrlicher sein sollen."

Alex stellte sich neben sie. „Nein, er ist nur sauer, weil wir genauso viel Macht haben wie er."

Sebastian warf den Kopf in den Nacken und lachte, und das Geräusch jagte Avery einen Schauer über den Rücken. „Macht! Es geht nicht nur um Macht!"

„Also können wir das Zauberbuch dann haben?", fragte Reuben.

„Du hältst dich wohl für besonders schlau, was?" Avery konnte den Spott in Sebastians Stimme hören. Er hob die Hände und in seinen Handflächen begannen Flammen zu knistern. „Du magst deine Magie entfesselt haben, aber ich werde dein Buch zerstören, und dann wirst du sehen, was wahre Macht ist!"

Im Bruchteil einer Sekunde drehte er sich um und schleuderte Flammen auf das Zauberbuch, aber bevor einer von ihnen reagieren konnte, flog das Zauberbuch durch den Raum auf sie zu, traf Reuben in den Bauch und brachte ihn ins Wanken. Er schloss seine Hände um das Buch und hielt es fest. Briar und El traten auf beiden Seiten von ihm vor und bereiteten sich auf den Angriff vor.

Avery drehte sich wieder zu Sebastian um und fragte sich, was passiert war. Dann sah er die helle, brennende Erscheinung von Helena vor sich auftauchen. Der Geruch von verbranntem Fleisch war scharf und widerlich, und Rauch strömte von Helenas Körper aus und erfüllte den Raum.

Wenn es eine Erscheinung war, dann eine starke. Avery hielt sich Mund und Nase zu und blinzelte durch den Rauch. Helena war auf Sebastian gesprungen und umschloss ihn mit ihrem brennenden Körper. Die Magie, die zuvor freigesetzt worden war, hatte Helena gestärkt, und sie schwoll nun vor Kraft an.

Helena schien nicht nur eine physische Form angenommen zu haben, Sebastian konnte sie auch deutlich spüren. Als sie sich um ihn schlang, schrie er vor Wut und Schmerz.

Avery spürte Alex' Hand auf ihrem Arm. „Zeit von hier zu verschwinden."

„Aber …" Sie schaute sich entsetzt zu Sebastian um. Er brannte bei lebendigem Leib.

„Jetzt sofort, Avery", erklärte Alex mit Nachdruck und zog sie aus dem Zimmer und den Gang entlang, wo sie den anderen hinterherliefen, die vor ihnen herrannten.

Der dichte, schwarze Rauch strömte ihnen hinterher, folgte ihnen wie ein Tier, und sie rannten die Treppe hinunter, durch die Eingangstür nach draußen und über den Rasen.

Avery riskierte einen Blick zurück zum Haus. Von dort aus konnte sie das Fenster der Bibliothek sehen; es war das einzige, das von Flammen erfüllt war.

Dreiundzwanzig

Newton fuhr sie alle so schnell wie möglich nach White Haven zurück, ohne Aufmerksamkeit zu erregen. Da sie unbedingt nach Hause wollten, wählte er einen Umweg, um Verkehrskameras und alles, was sie in Bezug auf die Geschehnisse im Herrenhaus belasten könnte, zu vermeiden.

Sie saßen auf dem Boden im hinteren Teil des Trucks, auf alte Decken gestützt und zwischen Kisten und den Seitenwänden eingezwängt, und versuchten, nicht herauszufallen, während Newton sie in Sicherheit brachte.

„Können wir bitte die Zauber lösen, die die anderen gefangen halten?", fragte Avery, sobald sie wieder zu Atem gekommen war. „Ich will nicht daran denken, dass Helena sie alle töten wird – das haben sie nicht verdient."

„Da bin ich anderer Meinung", entgegnete Reuben mit starrem Blick. Er hielt immer noch sein Zauberbuch umklammert.

Briar antwortete: „Schon erledigt. Das will ich auch nicht, Avery."

„Wie zum Teufel hat Helena sich überhaupt so materialisiert?", wollte Reuben wissen.

„Ich bin mir nicht sicher, ob sie das wirklich hat", erklärte Alex. „Ich denke, es ist nur eine starke und heftige Manifestation, hervorgerufen durch die Welle der Magie, die wir freigesetzt haben, und ihre Wut auf die Favershams. Schließlich ist sein Vorfahre der Grund, warum sie auf dem Scheiterhaufen verbrannt wurde.“

„Aber der Geruch“, sagte Briar und hielt sich die Hände vors Gesicht. „Es war schrecklich. Mir ist immer noch übel.“

„Stell dir vor, lebendig verbrannt zu werden – das wäre noch viel schlimmer“, gab El zu bedenken. „Geht es dir gut, Avery? Es war wirklich seltsam unter der *All Souls Church*, als sie von dir Besitz ergriffen hat.“

Avery schwieg einen Moment und versuchte, das Geschehene zu verarbeiten. „So ungern ich es auch zugebe, aber ich glaube nicht, dass sie mich in meinem Körper haben wollte. Ich habe mich versehentlich auf eine Seelenwanderung begeben, als der Zauber gebrochen wurde, also ist sie dafür nicht verantwortlich, aber sie wollte mich auch nicht wieder in meinen Körper hinein-lassen.“

Alex saß neben ihr, legte seinen Arm um sie und zog sie an sich. Avery bebte vor Glück und kuschelte sich an ihn. Er seufzte. „Ich hatte das schreckliche Gefühl, dass das passieren würde.“

„Ich weiß, aber wir haben sie gebraucht“, erwiderte Avery. „Und zumindest haben wir den Zauber gebrochen, Sally gerettet und das Zauberbuch bekommen.“

„Aber wird sie zurückkommen?“, fragte Briar. „Was ist, wenn sie versucht, wieder in dich hineinzukommen?“

„Ich habe sie letztes Mal freiwillig reingelassen, erinnerst du dich? Ich glaube nicht, dass das noch einmal passieren kann.“

„Ich denke, ein weiteres Tattoo wäre angebracht“, bemerkte Reuben mit einem Augenzwinkern.

Avery verdrehte die Augen. Sie schaute nach vorn, wo Sally auf dem Beifahrersitz neben Newton saß und vorerst schwieg. Sie rief: „Wie geht es dir, Sally?“

Einige Augenblicke lang rührte sich Sally nicht, dann drehte sie sich um und schaute sie alle an, bis ihr Blick schließlich auf Avery landete. „Ich weiß nicht so recht, Avery. Tatsächlich bin ich mir im Moment über gar nichts sicher.“

Newton rief über seine Schulter zurück: „Ich habe versucht, Sally ein paar Dinge zu erklären, aber ...“

Sie beendete den Satz für ihn. „Es gibt Magie und es gibt *Magie*, und ich brauche nur etwas Zeit, um das zu verdauen. Und *wage es ja nicht*, darüber nachzudenken, es aus meinem Kopf zu zaubern, sodass ich es vergesse!“, erklärte sie energisch.

Avery hob abwehrend die Hände. „Hexenehrenwort – wenn du das Ganze für dich behältst!“

„Natürlich werde ich das“, schnaubte Sally, als sie sich wieder umdrehte, um aus der Windschutzscheibe zu schauen. „Schließlich möchte ich nicht in die örtliche Irrenanstalt gebracht werden.“

„Und wie geht es dir, Newton?“, fragte Briar.

„Mir geht es gut“, erwiderte er und konzentrierte sich weiterhin auf die Straße. „Ich hoffe nur, dass ich uns alle aus Schwierigkeiten mit der Polizei heraushalten kann.“

„Die Favershams werden es auf keinen Fall melden, also denke ich, dass wir keine Probleme bekommen werden“, erklärte El.

„Und was ist mit der magischen Explosion?“, fragte Briar. „Ich denke, darüber müssen wir reden. Wir haben etwas freigesetzt, das enorme Konsequenzen haben könnte.“

„Ah, ja“, bemerkte Reuben. „Die *Kreaturen*, die wir nach White Haven locken werden.“

„Wisst ihr was?“, fragte Avery. „Ich bin einfach froh, dass wir heute Abend überstanden haben. Lasst uns morgen Abend über alles Weitere reden. Treffen wir uns bei mir?“

Alle nickten zustimmend, und dann sagte Sally: „Und mach mir einen neuen Hexenbeutel, ja, Avery? Nur *viel* stärker als der letzte."

Bevor Avery an diesem Abend schlafen ging, sicherte sie ihre Wohnung mit Schutzzaubern – nur für den Fall, dass die Favershams sich zu einer Vergeltungsmaßnahme entschließen würden – und verbrachte dann einige Zeit damit, sich ihre beiden Zauberbücher anzusehen.

Während sie die Seiten udurchblätterte, durchflutete sie ein neues Verständnis. Zaubersprüche, die sie nur schwer wirklich verstehen und anwenden konnte, ergaben nun mehr Sinn. Und mit einem Schock fand sie in ihrem neuen, oder besser gesagt, *alten* Zauberbuch, das sie für immer Helenas nennen würde, den Zauberspruch, der Verwandlung und Fliegen ermöglichte – die mysteriöse Art und Weise, wie es Caspian Faversham möglich war, aus der Luft zu erscheinen. Ein Schauer der Aufregung und Angst lief ihr über den Rücken. Sie würde diesen Zauberspruch üben und dann den anderen beibringen. Sie erlaubte sich ein Lächeln über ihren kleinen Sieg.

Da sie ihr zunehmendes Gähnen nicht unterdrücken konnte, ging sie ins Bett und dachte an Alex. Was auch immer jetzt zwischen ihnen passierte, schien mehr als nur körperlich zu sein. Er hatte sich vorhin wirklich Sorgen um sie gemacht, und als er sie hinten im Wagen in den Arm genommen hatte, hatte sie ein Gefühl von Frieden und Geborgenheit verspürt, das sie schon lange nicht mehr empfunden hatte.

Doch der letzte Gedanke, der ihr durch den Kopf schoss, als sie in den Schlaf driftete, war Sebastians Warnung vor den *Kreaturen*, die sie anziehen könnten, und sie fragte sich, ob dazu auch der Rat gehörte – wer auch immer dazugehören mochte.

Als Avery am nächsten Tag aufwachte, schaute sie aus dem Fenster und erwartete, dass White Haven anders aussah. Aber das tat es nicht. Die gleichen Leute schlenderten durch die verwinkelten Straßen, die Sonne ging immer noch wie gewohnt auf und ihre Wohnung sah genauso aus wie immer.

Aber sie merkte, dass sie sich deutlich anders fühlte. Die Kraft, die sie gestern freigesetzt hatten, floss immer noch durch ihre Adern, und sie spürte eine subtile Wahrnehmung ihrer Umgebung und ein Bewusstsein für ihre eigenen Fähigkeiten mehr denn je. Sie dachte an die anderen Hexen und fragte sich, ob es ihnen genauso erging.

Obwohl sie spät ins Bett gegangen war und jetzt unter Schlafmangel litt, fühlte Avery sich voller Energie und machte sich früh auf den Weg zum Laden, um sich langsam in den Tag hineinzufinden. Aber Sally war bereits da und sah angesichts ihrer Tortur überraschend gut aus. Sie saß mit ihrem Kaffee vor sich an dem kleinen Holztisch im hinteren Teil des Ladens und blickte auf, als Avery eintrat.

„Morgen, Avery", begrüßte sie sie lächelnd. Ihr blondes Haar war zu einem Pferdeschwanz gebunden, ihre Augen leuchteten vor Neugier, und Avery wurde klar, dass sie sie mit einem neuen Wissen und Bewusstsein ansah, das vorher nicht da gewesen war.

„Morgen, Sally! Wie geht es dir?" Avery eilte zu ihr und umarmte sie, sodass Sally unbeholfen von ihrem Stuhl aufstand.

„Mir geht es gut", sagte Sally mit einem sanften Tadel in der Stimme. „Wie geht es dir?"

„Gut. Sehr gut! Aber hör mal, es tut mir so leid wegen gestern, du musst heute nicht hier sein. Nimm dir den Tag frei – oder besser gesagt, nimm dir die Woche frei", erklärte sie hastig und spürte, wie Schuldgefühle sie überkamen.

„Sei nicht albern. Sam wird sich fragen, was los ist. Normalerweise nehme ich mir nach einer Inventur keine Woche frei."

Avery grinste verlegen. „Hat er es geglaubt?"

„Voll und ganz. Ich bin mir allerdings nicht sicher, ob ich es gutheißen kann, ihm gegenüber ein Geheimnis daraus zu machen."

Avery schenkte sich Kaffee ein und setzte sich Sally gegenüber. „Tu, was du tun musst. Ich vertraue deinem Urteilsvermögen und ich vertraue Sam."

Sally lächelte. „Danke, Avery. Dann würde ich mich besser fühlen. Außerdem, wer wird mir das schon glauben? Echte Hexen in White Haven!"

„Aber du wusstest, dass ich eine Hexe bin!", gab Avery zu bedenken und dachte an ihr Gespräch von neulich.

„Vielleicht habe ich es damals nicht so gut verstanden wie jetzt. Und ich denke, es wäre eine gute Idee, auch Dan einzuweihen. Deine magische Explosion letzte Nacht könnte der Beginn weiterer seltsamer Ereignisse hier sein."

Avery grinste, erfreut darüber, mehr Menschen in ihre bisher verborgene Welt einweihen zu können. „Ich stimme zu. Danke, Sally. Ich weiß es wirklich zu schätzen, dass du deswegen nicht ausflippst."

„Ich bin deine Freundin, Avery. Und außerdem, was wäre das Leben ohne ein bisschen Magie?" Sally beobachtete Avery ein oder zwei Augenblicke lang und nahm einen Schluck von ihrem Kaffee. „Möchtest du mir erzählen, was letzte Nacht passiert ist? Alles?"

„Klar", erwiderte Avery grinsend und erzählte alles so kurz und bündig wie möglich. „Hast du sie gespürt? Die Explosion, meine ich?"

Sally schüttelte den Kopf. „Ich fürchte nicht. Es muss an uns gewöhnlichen Menschen vorbeigegangen sein. Es sei denn, es lag daran, dass ich in einem Keller eingesperrt war."

Avery ließ ihre Schultern sinken. „Bist du sicher, dass er dir nichts getan hat?"

„Ja. Ich war die meiste Zeit bewusstlos."

Avery nickte und hoffte, dass dies bedeutete, dass Faversham eine gewisse Moral hatte. Und dann überkam sie ein Schuldgefühl wegen Sebastian.

„Komm schon", sagte Sally und beobachtete sie. „Öffnen wir den Laden und beschäftigen uns mit Arbeit."

Der Morgen verlief wie gewohnt, und sobald Avery die Gelegenheit dazu hatte, teilte sie Dan mit, was passiert war.

Sie nutzten einen ruhigen Moment im Geschäft und saßen beide hinter der Theke auf Hockern und knabberten an einem Gebäck-stück. Nun, Avery knabberte an einem Gebäckstück. Dan hatte seines in zwei Bissen verschlungen.

Er sah sie an, ähnlich wie Sally es getan hatte, mit einem Ausdruck neuen Wissens und Neugier. „Heißt das also, dass es im seltsamen alten White Haven noch seltsamer werden wird?"

„Möglicherweise", erwiderte Avery achselzuckend. „Hast du gestern Abend etwas Seltsames gespürt? Es war doch schon spät abends?"

Dan sah nachdenklich aus. „Ich war in der Kneipe und habe über das Leben philosophiert, wie immer ..."

„Du meinst über Fußball", unterbrach ihn Avery.

Er nahm einen würdevollen Gesichtsausdruck an und fuhr fort: „Ich habe über das Leben philosophiert, dabei an meinem Bier genippt, und ja, ich habe vielleicht etwas gespürt. Wie eine Welle von ...“ Er zögerte verwirrt. „Ich kann es nicht genau beschreiben. Es war wie eine Art Verschiebung. Und dann war es weg.“

„Eine Verschiebung?“

Er nickte. „Ja, als ob die Realität für einen Moment ins Wanken geraten wäre. Aber dann war es weg.“

Avery sah ihn skeptisch an. „Bist du sicher, dass du nicht betrunken warst?“

„Ich hatte vielleicht ein oder zwei Bier intus, aber ich war nicht betrunken“, erwiderte er und tat so, als sei er beleidigt.

„Glaubst du, dass es jemand anderes bemerkt hat?“

„Vielleicht. Für einen Moment schienen sich einige Leute umzusehen, aber dann war es wieder vorbei.“

Avery nickte und dachte daran, wie sie als Geist über der *All Souls Church* geschwebt und unten auf der Straße Menschen geblickt hatte. Einige Leute hatten also etwas gespürt.

„Danke, Dan. Ich hoffe, du willst trotzdem noch hier arbeiten.“

Er sah schockiert aus und grinste dann. „Natürlich will ich das! Das ist großartig!“

Vierundzwanzig

Nachdem in dem Geschäft oder in White Haven nichts Ungewöhnliches – oder zumindest noch ungewöhnlicher als normal – passiert war, schloss Avery zur gewohnten Zeit den Laden ab und ging in ihre Wohnung, um sich auf den Besuch der anderen Hexen vorzubereiten.

Sie verbrachte eine gute Stunde damit, aufzuräumen und Dinge wegzuräumen, und organisierte dann etwas zu essen. Als Alex ankam, wehte der Geruch von Knoblauch durch ihre Küche und ihr Wohnzimmer und strömte aus den offenen Balkontüren, vermischt mit dem Geruch von Weihrauch.

Überall im Raum standen Kerzen, und der Ort wirkte warm und einladend.

„Hey", begrüßte Alex sie, als er sich ihr in der Küche anschloss und eine Packung Bier auf die Arbeitsplatte stellte. Sein langes Haar war offen und leicht zerzaust, und sein üblicher Dreitagebart sah jetzt tatsächlich eher aus als hätte er ihn schon seit einer Woche.

Avery spürte, wie ihr Herz wild klopfte, nur weil sie ihn ansah. „Hey, du. Du bist früh dran."

„Ich weiß; ich wollte einen Moment mit dir allein sein, bevor die anderen kommen."

„Cool", sagte sie lächelnd. „Jederzeit."

Er beobachtete sie nur ein paar Augenblicke lang, seine Augen dunkel und nachdenklich. „Weißt du, dass du mich gestern Abend zu Tode erschreckt hast."

Sie drehte sich zu ihm um und lehnte sich an die Arbeitsplatte. „Ich habe mich auch zu Tode erschreckt."

„Ich meine es ernst, Avery. Wenn dir etwas passiert wäre, wenn Helena dich getötet oder deinen Körper in Besitz genommen hätte, ich weiß nicht, was ich getan hätte. Du bedeutest mir sehr viel. Das sollst du wissen." Er zog sie an sich, umschlang sie mit seinen Armen, und sie sah zu ihm auf und wünschte sich, ihr Herz würde sich beruhigen.

„Du bedeutest mir auch viel."

„Das Essen neulich Abend, das sollten wir öfter machen."

„Ich stimme zu. Es hat mir gefallen."

Sein Blick wanderte von ihren Augen zu ihren Lippen und wieder zurück. „Du warst schon immer schön. Du bist einer der Gründe, aus denen ich nach White Haven zurückgekommen bin."

Für einen Augenblick vergaß Avery völlig, dass sie in ihrer Küche standen.

„Was? Nein, bin ich nicht."

„Hörst du bitte auf, mir zu sagen, was ich denke? Ich bin deinetwegen zurückgekommen. Die ganze Zeit, in der ich unterwegs war, hat mir etwas gefehlt, und dann wurde mir klar, was es war. Sieh dich an. Du bist auf unfaire Weise sexy."

Unbewusst strich sie sich über den Kopf und glättete ihr Haar. „Nein, bin ich nicht." Sie bemühte sich, etwas Sinnvolles zu sagen, und scheiterte. „Was meinst du damit, du bist meinetwegen zurückgekommen?"

Er lächelte und nahm ihre Hand in seine. „Hör auf, mit deinen Haaren herumzuspielen. Ich habe dich vermisst. Du *weißt* doch, wie ich bin. Und die letzten Wochen haben mir das nur bewiesen."

„Aber als wir jung waren, warst du die meiste Zeit über so ... distanziert."

„Du auch. Wir waren Teenager."

Avery musste zugeben, dass er irgendwie recht hatte. „Aber du bist seit Monaten zurück und hast mich kaum eines zweiten Blickes gewürdigt."

„Ich habe dich oft angesehen, du hast es nur nicht bemerkt. Oder wolltest es nicht bemerken. Du errichtest sehr effektive Barrieren."

Sie schnappte nach Luft. „Lügner!"

„Das tust du. Zu jedem. Du willst es nur nicht zugeben." Er wurde plötzlich ernst. „Ich meine es ernst. Ich mag das. Uns. Ich möchte, dass es funktioniert. Du auch?"

„Ja, das tue ich", erwiderte sie und ein breites Grinsen breitete sich auf ihrem Gesicht aus.

„Gut", erklärte er und küsste sie, bis sie kaum noch Luft bekam und sie lauter Schmetterlinge im Bauch hatte. Und dann riss das laute Klopfen an der Außentür sie auseinander und die anderen kamen mit einem Getöse aus Geplauder, Wein und Bier herein.

Sie setzten sich an den Tisch und unterhielten sich stundenlang über die Ereignisse des vergangenen Abends.

Avery fragte Newton: „Hast du etwas über Sebastian oder die Favershams gehört?"

Er schüttelte den Kopf. „Nichts. Es gibt keine Polizeiberichte, in denen sie erwähnt werden, was ein Glück ist."

„Steht das Haus noch?", fragte Reuben. Er sah besser aus als seit Tagen, und Avery vermutete, dass er endlich gut geschlafen hatte.

„Ja, also müssen sie in der Lage gewesen sein, den Schaden durch Helenas Angriff zu begrenzen."

„Gut", bemerkte Avery erleichtert. „Ich verstehe, warum sie Vergeltung möchte, ich teile diesen Wunsch sogar, aber ich kann Mord nicht gutheißen."

„Und was jetzt?", fragte El und aß den letzten Bissen ihrer Pasta.

„Wir lernen, unsere neuen Kräfte und Zauber zu beherrschen", meinte Alex grinsend. „Ich spüre immer noch, wie die Magie, die wir freigesetzt haben, durch mich hindurchfließt, auch wenn sie etwas abgeklungen ist."

Briar nickte. „Ich auch. Ich spüre auch einen Unterschied in der Stadt. Du siehst Auren, Alex. Kannst du die Magie sehen, die wir freigesetzt haben?"

„Sowas in der Art. Es ist, als ob der Ort eine zusätzliche Energie hätte. Ich sehe, wie sie an bestimmten Stellen wirbelt – ich bin vorhin zur *All Souls Church* gegangen, dort ist sie auf jeden Fall vorhanden – und über White Haven liegt definitiv eine Energiewolke."

„Also, was sind das für Kreaturen, von denen Sebastian gesprochen hat?", fragte Newton besorgt. „Sind sie gefährlich?"

„Darüber habe ich nachgedacht", erwiderte El. „Ich nehme an, er meinte eher Hexen und vielleicht auch Geister."

„Ich bezweifle, dass Sebastian Hexen als ‚Kreaturen' bezeichnet hätte. Was ist mit weiteren Dämonen?", fragte Newton und fuhr sich mit den Händen durch die Haare. „Ich muss an die Stadt und die Umgebung denken."

„Vielleicht", erwiderte Briar und warf den anderen einen Blick zu. „Vielleicht andere Dinge, wie Vampire oder Gestaltwandler?"

„*Vampire*?", fragte Avery und hätte fast ihren Wein ausgespuckt. „Machst du Witze?"

„Nur weil wir noch nie einen gesehen haben, heißt das nicht, dass es sie nicht gibt. Schließlich hatten wir auch noch nie zuvor Dämonen gesehen. Jetzt wissen wir aber, dass es sie gibt."

Am Tisch wurde es für einen Moment lang still, dann seufzte Avery. „Ich könnte mit der Recherche beginnen, nur für den Fall."

„Nun, wenn wir dieses Problem verursacht haben", begann Newton und Avery lächelte darüber, dass er ‚wir' gesagt hatte, „dann liegt es in unserer Verantwortung, es zu bewältigen, und ich erwarte von jedem Einzelnen von euch, dass er dazu bereit ist." Er sah sich am Tisch um und sah sie einen nach dem anderen an.

„Natürlich", erklärte Avery und spürte, wie ihr allmählich klar wurde, was passieren könnte.

„Und Caspian, wird er Rache üben?", fragte Reuben.

„Ich bezweifle es", bemerkte Alex und nahm nachdenklich einen Schluck von seinem Bier. „Jedenfalls noch nicht, wenn überhaupt. Wir haben sie gestern Abend besiegt. Ich denke, jetzt herrscht hier erst mal wieder Ruhe und Ordnung."

„Ich würde mich aber vor Helena in Acht nehmen", sagte Briar zu Avery. „Ich glaube, sie wird noch eine Weile bleiben."

Ein Klopfen unterbrach ihre Unterhaltung und Avery runzelte die Stirn. „Ich frage mich, wer das ist?" Sie schob ihren Stuhl zurück und ging zur Haustür, wobei sie bemerkte, dass Alex ihr bis zur Treppe folgte.

Die Tür bestand zur Hälfte aus undurchsichtigem Glas und sie sah eine große Gestalt auf der anderen Seite. Sie öffnete die Tür vorsichtig und sah eine große Frau draußen stehen. Sie trug ein elegantes schwarzes Kleid und ihr langes schwarzes Haar war zu einem kunstvollen Dutt auf ihrem Kopf hochgesteckt. Sie hatte mit dem Rücken zu Avery gestanden und die Gasse hinter Averys Haus hinuntergestarrt, aber als sich die Tür öffnete, drehte sie sich Avery zu und fixierte sie mit einem durchdringenden Blick aus eisblauen Augen. Sie war sehr auffällig, mit hohen, markanten Wangenknochen und dunkelroten Lippen, voll und ausdrucksstark.

Sie war eine Hexe.

„Guten Abend", sagte die Frau mit leiser, fesselnder Stimme. Avery erkannte einen irischen Akzent in ihrem Tonfall. „Mein Name ist Genevieve Byrne. Ich bin Mitglied des Hexenrats. Darf ich eintreten?"

Einen Moment lang war Avery sprachlos. Ihre Großmutter hatte einen Rat erwähnt; sie dachte, es handele sich nur um wirres Geschwätz, aber anscheinend nicht.

Genevieve beobachtete sie, Belustigung und Verärgerung zugleich in ihrem Gesicht, und Avery fand endlich ihre Sprache wieder. „Natürlich, bitte komm herein."

Sie trat zurück, als Genevieve eintrat und eine Duftwolke mit sich brachte.

Avery blickte zu Alex auf, der sie mit gerunzelter Stirn beobachtete. „Folge mir, Genevieve."

Als sie in Averys Wohnzimmer ankamen, standen alle auf, und Genevieve ließ ihren Blick durch den Raum schweifen, auch über sie.

Avery warf ihnen allen einen bedeutungsvollen Blick zu. „Darf ich vorstellen: Genevieve Byrne vom Hexenrat."

„Guten Abend", sagte Genevieve mit ihrer tiefen, melodischen Stimme zu den gemurmelten Begrüßungen der anderen. „Es tut mir leid, euch unterbrochen zu haben, aber es ist dringend."

„Überhaupt kein Problem", entgegnete Avery und versuchte, ihre Sorge zu unterdrücken und die schockierten Gesichter der anderen zu ignorieren. „Bitte setz dich doch."

Sie deutete auf ihr Sofa, und alle setzten sich auf den Boden oder das Sofa und beobachteten ihre Besucherin.

Genevieve runzelte die Stirn. „Ich dachte, es gäbe fünf Hexen, nicht sechs."

„Ich bin keine Hexe", erklärte Newton und beobachtete sie, als befürchtete er, sie könnte ihn beißen. „Ich bin Detective Inspector Newton."

„Dann hast du hier nichts zu suchen", erklärte Genevieve hochmütig.

„Doch, das hat er", entgegnete Briar sofort. „Alles, was du uns sagst, kannst du auch ihm sagen."

„Wirklich?", fragte Genevieve und fixierte Briar mit ihrem undurchschaubaren Blick. „Das entscheide ich, nicht du."

Avery war verärgert und spürte, wie der Wind um sie herum zu wehen begann. „Es ist mein Haus und ich sage, dass er bleibt. Nur zu, Genevieve."

„Ich werde mich kurzfassen", erklärte sie und sah sie abweisend an. „Was ihr gestern getan habt, war voreilig und unklug. Ihr habt den Rat mit euren Entscheidungen verärgert."

„Was für Handlungen waren das?", fragte Avery und stellte sich dumm.

„Das weißt du ganz genau. Ihr habt das Siegel unter der *All Souls Church* gebrochen und die darin verborgene Magie freigesetzt. Ihr hättet genauso gut ein Leuchtfeuer auf dem Hügel neben der Burg entzünden können. Alle möglichen Kreaturen werden diese Macht gespürt haben. Der Rat ist sehr verärgert." Sie starrte jeden von ihnen der Reihe nach an.

„Macht nichts", erwiderte Alex ruhig. „Ich bin sicher, ihr werdet alle darüber hinwegkommen."

Avery unterdrückte ein Lachen, und dann ergriff Briar das Wort, mit einem Hauch von Verärgerung in ihrem Ton. „Um ganz ehrlich zu sein, Genevieve, wussten wir nicht einmal, dass es einen Hexenrat gibt. Vielleicht hättet ihr euch etwas früher vorstellen sollen. Woher sollten wir wissen, dass dies ein Problem sein könnte? Und um ganz ehrlich zu sein, wir sprechen hier von der Magie unserer Familien, also geht das wirklich niemanden etwas an."

Genevieve fuhr sie an: „Sebastian Faversham ist wegen euch tot."

Reuben rief: „Euch schien es nicht sonderlich wichtig zu sein, als mein Bruder Gil ermordet wurde! Nicht wichtig genug, um deine Aufmerksamkeit zu erregen, du hochnäsige Kuh?"

Genevieve sprang auf, stellte sich direkt vor Reuben, der nun ebenfalls aufgestanden war und die Fäuste an der Seite geballt hatte. „Wie kannst du es wagen, so unhöflich zu sein?"

„Wie kannst du es wagen, uns zu sagen, was wir mit unserem Erbe tun sollen?"

Die Spannung stieg und alle standen auf.

Genevieve trat zurück, ihre eigenen Hände ebenfalls geballt, und Avery konnte ihre Kraft spüren. Sie sah sie an. „Eure Handlungen werden Auswirkungen auf die Hexengemeinschaft haben. Der Rat tagt in fünf Tagen. Einer von euch muss teilnehmen, um White Haven zu vertreten."

„Sonst?", fragte Alex.

Sie grinste hämisch. „Ich schlage vor, dass ihr die Gelegenheit nutzt und daran teilnehmt. Sebastian hat euch für viele Jahre aus der Gemeinschaft verbannt, wie viele Favershams vor ihm, aber da Sebastian tot ist und das Siegel unter der *All Souls Church* gebrochen ist, habt ihr jetzt die Möglichkeit, im Rat zu sitzen und an echten Entscheidungen über unsere magische Gemeinschaft teilzunehmen. Ihr würdet gut daran tun, das auszunutzen. Mit zunehmender Macht geht auch eine zunehmende Verantwortung einher. Verpasst eure Chance nicht."

„Und wer nimmt Sebastians Platz ein?", fragte Avery, die befürchtete, die Antwort bereits zu kennen.

„Caspian natürlich."

Genevieve ging zur Treppe, bereit zu gehen, aber sie dreht sich noch einmal zu ihnen um. „Nicht viele wollten euch im Rat haben, trotz der jüngsten Ereignisse, aber ich habe für euren Platz gekämpft. Es ist nur angemessen, nachdem ihr jahrhundertelang ausgeschlossen worden seid. Enttäuscht mich nicht. Ich werde euch den Versammlungsort mitteilen."

Avery folgte ihr bis zum oberen Treppenabsatz und beobachtete sie, wie sie hinunterging. Sie verschwand, noch bevor sie ganz unten angekommen war.

Avery wandte sich mit klopfendem Herzen wieder den anderen zu. Der Raum war mit dem Sonnenuntergang dunkler geworden, und Schatten fielen in den Raum, die Kerzen leuchteten in dunklen Ecken und auf Tischplatten. Etwas Monumentales war geschehen; sie alle wussten es, und die Erleichterung über ihren Sieg und das Hochgefühl, das sie zuvor empfunden hatten, war verflogen.

„Was nun?", fragte Newton.

„Jetzt entscheiden wir, wer zum Rat gehen wird", entgegnete Avery leise, ihre Entscheidung war gefallen. „Es scheint, als wären uns viele Dinge verwehrt worden, und das schon seit sehr langer Zeit. Ich habe nicht vor, noch mehr zu verpassen."

Ich hoffe, dir hat *Ungezähmte Magie* gefallen. Es wäre wirklich toll, wenn du einen Review schreiben könntest.

Entfesselte Magie, Der dritte Band der Serie „Die Hexen von White Haven" ist mittlerweile auch verfügbar. Hier kannst du es kaufen.

Weiter geht es mit einem Auszug aus dem nächsten Band.

Newsletter

Hat dir dieses Buch gefallen, und du würdest gerne weiterer meiner Geschichten lesen, melde dich zu meinem Newsletter an auf tjgreenauthor.com. Du bekommst gratis zwei Kurzgeschichten, *Excaliburs Erweckung* und *Jacks Begegnung,* und außerdem gratis Charakterbögen zu all den wichtigen Hexen von White Haven.

Hast du dich für meinen Newsletter eingetragen, bekommst du Gratisauszüge aus neun Büchern zugeschickt, und auch Kurzgeschichten, Informationen zu Give-aways, und die Chance meinem Team beizutreten. Außerdem teile ich auch Informationen über andere Bücher in meinem Genre, die für dich von Interesse sein könnten.

Ream

Ich habe meinen eigenen Buchklub namens *Happenstance Book Club* gegründet. Ich weiß, was ihr jetzt denkt! Was ist Ream? Es ist ein bisschen wie Patreon, das euch vielleicht besser bekannt ist, und es ermöglicht euch, mich zu unterstützen und meine Bücher vor allen anderen zu lesen.

Dafür fällt eine monatliche Gebühr an, und es gibt verschiedene Stufen, sodass ihr wählen könnt, welche Stufe zu euch passt. Alle Stufen sind mit zahlreichen weiteren Boni verbunden, darunter Merchandise-Artikel, aber allen gemeinsam ist, dass ihr die neuesten Bücher lesen könnt, während ich sie schreibe – es handelt sich also um die Rohfassung. Ich werde jede Woche ein paar Kapitel veröffentlichen, die ihr in aller Ruhe lesen und kommentieren könnt. Ihr könnt natürlich auch kostenlos Follower werden.

Ihr könnt meine Bücher kommentieren, über Spoiler plaudern und Teil einer Gemeinschaft sein. Ich werde auch Umfragen und Illustrationen von Charakteren posten, Rituale und Zaubersprüche teilen, den Hintergrund zu den Mythen und Legenden in meinen Büchern teilen und einige meiner früheren Bücher sind kostenlos verfügbar.

Wäre das für dich interessant? Dann klicke auf den https://reamstories.com/happenstancebookclub

Der Happenstance Book Shop

Ich habe jetzt auch einen fantastischen Onlineshop namens , wo man meine eBooks, Hörbücher und Taschenbücher kaufen kann. Viele habe ich zu Paketen zusammengepackt, und sie sind zusammen mit meiner tollen Merchandise zu unschlagbaren Preisen erhältlich.

Ich bin mir sicher, es wird dir gefallen! Hier kannst du stöbern:

YouTube

Wenn dir Hörbücher gefallen, kannst du sie dir auf YouTube gratis anhören, denn dort habe ich sie alle hochgeladen. Ich weiß es zu schätzen, wenn du dafür meinen Kanal abonnierst. Vielen Dank.

Weiter geht es mit einer Liste meiner Bücher.

Anmerkung der Autorin

Vielen Dank, dass du „*Ungezähmte Magie*", den zweiten Band der White Haven Hexen-Reihe, gelesen hast.

Es hat mir wirklich Spaß gemacht, die Hintergrundgeschichten meiner Charaktere weiter auszuarbeiten und ihr Universum wachsen zu lassen. Ihr Leben wird nicht einfacher werden, tatsächlich wird es noch viel turbulenter werden! Ich kann es kaum erwarten, den Spaß mit euch zu teilen, und ich habe vor, Band 3 bis März 2019 zu veröffentlichen.

Nochmals vielen Dank an Fiona Jayde Media für mein tolles Cover und an Kyla Stein von Missed Period Editing für die Überarbeitung meines Entwurfs.

Vielen Dank an meine Beta-Leser, ich freue mich, dass es euch gefallen hat, euer Feedback ist wie immer sehr hilfreich!

Danke auch an mein Launch-Team, das wertvolles Feedback zu Tippfehlern gibt und gerne die Veröffentlichung überprüft. Es ist schön, von euch zu hören – ihr wisst, wer ihr seid – und euer Feedback ist immer so ermutigend. Ich habe Glück, dass ich euch in meinem Team habe! Ich freue mich über Nachrichten von all meinen Lesern, also zögert nicht, euch bei mir zu melden.

Wenn ihr mehr über die Hintergründe der Geschichten erfahren möchtet, besucht meine Website. Dort blogge ich über die Bücher, die ich gelesen habe, und über die Recherchen, die ich für die Serie durchgeführt habe. Es gibt dort auch viele Informationen über meine andere Serie, *Toms Artus-Erbe*.

Wenn ihr mehr von meinen Geschichten lesen möchtet, tragt euch bitte in meine Mailingliste ein. Ihr erhaltet eine kostenlose Kurzgeschichte namens *Jacks Begegnung*, in der beschrieben wird, wie Jack Fahey kennenlernt – eine längere Version des Prologs in *Der Ruf des Königs* – indem ihr meinen Newsletter abonniert. Außerdem erhaltet ihr KOSTENLOS *Excaliburs Erweckung*, einer Kurzgeschichte, die der eigentlichen Handlung vorausgeht.

Außerdem erhaltet ihr kostenlose Charakterbögen zu allen Hauptfiguren der Serie *Die Hexen von White Haven* – exklusiv für meine E-Mail-Liste!

Wenn ihr auf meiner Mailingliste bleibt, erhaltet ihr kostenlose Auszüge aus meinen neuen Büchern sowie Kurzgeschichten und Informationen zu Gewinnspielen. Ich werde euch auch über andere Bücher in diesem Genre informieren, die euch gefallen könnten.

Ich freue mich darauf, dich in meiner Lesegruppe begrüßen zu dürfen!

Über die Autorin

Ich bin Schriftstellerin, Paganistin und Hexe und liebe daher alles Magische. Ich schreibe Belletristik über Hexerei und das Paranormale, und meine Bücher sind vollgepackt mit fabelhaften Charakteren, farbenfrohen Schauplätzen, viel Action und jeder Menge Humor.

Ich wurde in England, im Black Country, geboren, lebe aber jetzt an der Algarve in Portugal und liebe das fantastische Wetter und die Menschen. Wenn ich nicht gerade mit Schreiben beschäftigt bin, bin ich eine begeisterte Leserin und liebe Gartenarbeit, Shopping und Yoga.

Zeit für ein Geständnis! Ich bin ein Star Trek-Freak – egal ob alt oder neu – und liebe Urban Fantasy und Krimiserien. Meine heimliche Leidenschaft – Columbo! Mein Lieblings-Star-Trek-Film ist „Der Zorn des Khan", das Original! Weitere Top-Filme: „Predator", das Original, und „Aliens".

In einem früheren Leben war ich Sängerin in einer Band und habe in einer Theatergruppe mitgespielt. Mehr über mich erfährst du in einigen meiner Blog-Beiträge. Ich bin eine alte Grunge-Queen, also kannst du auf meiner Website tjgreenauthor.com mehr über meine Liebe dazu erfahren.

Warum Magie und Mystik?

Ich habe das Seltsame, das Wunderbare und das Unerklärliche schon immer geliebt. Meine Lieblingsgeschichten sind solche über Magie und Mystik, die an den Grenzen des Vorstellbaren spielen, insbesondere Märchen, Sagen und Legenden – all die Erzählungen, die versuchen, unsere Realität zu erklären.

Die King-Arthur-Geschichten sind faszinierend, weil sie zwischen Realität und Mythos angesiedelt sind. Sie umfassen reale Lebensprobleme, überschreiten aber auch die Grenzen zur Welt der Feen – oder des Anderen, wie ich es nenne. Es gibt grüne Ritter, Hexen, Zauberer und Drachen, und das finde ich besonders faszinierend. Es sind Geschichten, die die Menschen seit Generationen faszinieren, und wie viele andere füge ich meine eigene Interpretation hinzu.

Ich bin auch ein großer Fan von Hexen und Magie, daher spielt meine Serie im schönen Cornwall. Es gibt Hexen, verschwundene Zauberbücher, übernatürliche Gefahren und Geister, und im Laufe der Geschichte passieren immer seltsamere Dinge. Auf meinem Blog findest du alle möglichen Beiträge zu meiner Buchreihe und meinen Charakteren.

Bitte folge mir in den sozialen Medien, um über meine Neuigkeiten auf dem Laufenden zu bleiben, oder trage dich in meine Mailingliste ein – ich verspreche, dass ich keinen Spam verschicke! Hier kannst du dich in meine Mailingliste eintragen: tjgreenauthor.com/landing

Bücher von T J Green

Rise of the King (auf Englisch erhältlich)
Eine Serie für junge Erwachsene über einen Teenager namens Tom, der dazu berufen wird, König Artus zu wecken. Es ist ein lustiges Abenteuer über König Artus in der Anderswelt!
Call of the King #1
The Silver Tower #2
The Cursed Sword #3

Die Hexen von White Haven (auf Deutsch erhältlich)
Dies ist eine Urban-Fantasy-Reihe, in der sich alles um Hexen dreht! Sie spielt in der fiktiven Stadt White Haven an der Südküste von Cornwall in England. Es ist meine erfolgreichste Buchreihe und handelt von Hexen – männlichen und weiblichen. Wenig Romantik, viel Action und Magie! Ich lasse auch viele englische Mythen und Legenden in die Geschichten einfließen. Und sie werden euch zum Lachen bringen!
Verlorene Zauber #1
Ungezähmte Magie #2

Ungebändigte Magie #3
All Hallows' Magic #4 (Englisch)
Undying Magic #5 (Englisch)
Crossroads Magic #6 (Englisch)
Crown of Magic #7 (Englisch)
Vengeful Magic #8 (Englisch)
Chaos Magic #9 (Englisch)
Stormcrossed Magic #10 (Englisch)
Wyrd Magic #11 (Englisch)
Midwinter Magic #12 (Englisch)
Sacred Magic #13 (Englisch)
White Haven and the Lord of Misrule: Yuletide Novella (Englisch)

White Haven Hunters (auf Englisch erhältlich)
Die spaßige Fortsetzung der Buchreihe *Die Hexen von White Haven*!
Mit Fey, Nephilim und der Jagd nach dem Okkulten.
Spirit of the Fallen #1
Shadow's Edge #2
Dark Star #3
Hunter's Dawn #4
Midnight Fire #5
Immortal Dusk #6
Brotherhood of the Fallen #7

Storm Moon Shifters

Dies ist ein Urban-Fantasy-Spin-off der White-Haven-Welt, das auch als eigenständige Geschichte gelesen werden kann. Es gibt eine Überschneidung von Charakteren aus meinen anderen Serien und viele neue. Es gibt auch eine neue Gruppe von Hexen, die ich liebe! Sie spielt in London, um *Storm Moon*, den Club von Maverick Hale, dem Alpha des Storm-Moon-Rudels. Audio wird verfügbar sein, sobald ich Zeit dafür habe!

Storm Moon Rising #1

Dark Heart #2

Moonfell Witches

Eine Hexenserie, die in Moonfell, dem gotischen Herrenhaus in London, spielt. Wenn du Magie, fantastische Charaktere, Urban Fantasy und paranormale Mysterien liebst, wirst du diese Serie lieben. Tritt jetzt dem Moonfell-Hexenzirkel bei!

The First Yule, a Moonfell Witches Novella.

Triple Moon: Honey Gold and Wild #1

9 781991 313058